어린
손님

○──○

어린 손님

발행일	2025년 7월 29일

지은이	이나르		
펴낸이	손형국		
펴낸곳	(주)북랩		
편집인	선일영	편집	김현아, 배진용, 김다빈, 김부경
디자인	이현수, 김민하, 임진형, 안유경, 신혜림	제작	박기성, 구성우, 이창영, 배상진
마케팅	김회란, 박진관		
출판등록	2004. 12. 1(제2012-000051호)		
주소	서울특별시 금천구 가산디지털 1로 168, 우림라이온스밸리 B동 B111호, B113~115호		
홈페이지	www.book.co.kr		
전화번호	(02)2026-5777	팩스	(02)3159-9637
ISBN	979-11-7224-747-8 03810 (종이책)		979-11-7224-748-5 05810 (전자책)

잘못된 책은 구입한 곳에서 교환해드립니다.
이 책은 저작권법에 따라 보호받는 저작물이므로 무단 전재와 복제를 금합니다.
이 책은 (주)북랩이 보유한 리코 장비로 인쇄되었습니다.

(주)북랩 성공출판의 파트너

북랩 홈페이지와 패밀리 사이트에서 다양한 출판 솔루션을 만나 보세요!

홈페이지 book.co.kr • 블로그 blog.naver.com/essaybook • 출판문의 text@book.co.kr

---

작가 연락처 문의 ▶ ask.book.co.kr

작가 연락처는 개인정보이므로 북랩에서 알려드릴 수 없습니다.

이나르 장편 소설

어린
손님

○ ──── ○

북랩

차례

스타를 보며 · 7
감탄과 공감 · 14
스타가 되기 위해 · 30
스타의 겸손함 · 56
겸손이란 · 73
다시 가식인가? · 98
능력의 드러냄 · 109
스타로서의 품위 · 132
꿈과 경쟁 · 151
불량소년의 자수성가 · 171
불량함을 자각하다 · 182
어느 달라진 아이 · 199
꿈의 설정 · 221
어린 시절이란 무엇인가 · 245
집단의 꿈 · 264
리더와 성품 · 286
스타와 경영 · 304

스타를 보며

학교를 졸업하고 이제 막 사회인이 된 나리는 소꿉친구인 민아와 오늘 어느 가수의 공연에 가기로 되어 있었다. 그녀는 아침부터 단장을 하고, 소지품이 가득 든 가방을 매고 집을 나섰다.

맑은 날씨에 파란 하늘이 펼쳐져 있었고, 공기도 도시 내에서 이렇게 상쾌한 날이 없었을 정도로 좋았다.

공연장에 도착하니 수많은 사람들로 북적대는 광경이 눈에 들어왔다. 나리는 군중속에서 길을 잘 잃어버리므로 그 광경에 불안해졌다.

빨리 민아를 찾아서 민아에게 의지해야겠다고 생각했다.

약속 장소인 편의점 앞에 가니 친구인 민아는 보이지 않았고, 사람들의 대열과 잡상인들의 호객 행위만 접할 수 있었다. 그 중 풍선을 파는 상인에게 다가가 보았다. 그녀는 풍선을 들고 있으면 민아의 눈에 잘 띌거라고 생각하고 풍선을 구입하였다. 풍선을 들고 잠시 벤치에 앉아서 기다리니 민아가 저만치에서 다가왔다. 사람들의 떠드는 소리로 주변은 몹시 시끄러웠다.

나리: 야… 여기….

민아: 어? 벌써 온 거야?

서로를 반갑게 맞이하며 인사를 나누었다. 그녀들은 먼저 서로 입고 있는 옷이 어떤 브랜드의 옷인지 눈여겨보았다. 민아의 옷은 최근 부도난 브랜드의 제품으로, 나리가 보기에 초라했다. 그래서 나리는 '푸시식' 하고 웃어 보였다. 민아는 나리가 유행 지난 옷을 입고 있는 것을 보고 엷은 미소를 띠며 비아냥거렸다. 그리고 가방엔 서로 뭐가 들었는지 물어보기도 했다. 그때, 한 마리 벌이 날아오더니 나리가 들고 있는 풍선 위에 앉았다. 곧 가지고 있던 풍선이 펑 하고 터져 버렸다. 민아가 깜짝 놀라며 뒷걸음질 쳤다.
하지만 나리는 태연하게 다음 대화를 이어 갔다.

나리: 오늘 목표는 우리의 가수 A씨를 보는 거야. 가까이서 볼 수 있을까?

민아: 그건 모르지. 아무래도 앞쪽으로 다가가긴 힘들 거야. 뒤에서라도 볼 수 있었으면 좋겠어. 실물로 본다는 건 설레는 일이야. 그동안 영상으로만 봐 왔잖아.

나리: 영상으로 보는 것과는 다를 거니까 무척 설레.

민아: 그래. 설레지. 공연 시작이 이제 5분 남았네. 빨리 줄을 서자.

나리: 아, 잠깐…. 내 지갑을 떨어뜨렸어.

공연장 내부에 들어섰을 때 안내 요원들이 응원 도구가 든 미니 가방과 더울 때 열을 식힐 수 있는 물수건을 나누어 주었다. 사람들이 왁자지껄 자기의 자리를 찾아 분주하게 움직이는 사이, 나리와 민아는 서로를 놓치지 않으려 손을 꼭 잡고 있었다. 화려한 조명이 비추고, 전기적 섬광들이 무대를 수놓고 있었다. 이어서 공연의 시작을 알리는 음악이 울려 퍼졌다.
사람들이 여전히 자리를 찾아 두리번거렸고, 질서가 갖추어질 때까지 그녀들에겐 불안감만이 느껴졌다. 진행 요원들이 사람들을 다 적당한 자리에 위치시킨 후에야 그녀들은 안정을 되찾았다. 나리가 가지고 있던 캔음료를 벌컥벌컥 마셨다. 이어서 무대 위 공연이 시작되어 그녀들의 시선은 무대에 고정되었다.

나리와 민아는 약간의 혼란을 진정시키고 무대를 감상할 수 있었다.
첫 번째로 등장한 가수는 마른 체격에 청바지를 입은 남자로, 어린 여자들의 함성 소리와 함께 등장했다. 그는 시선을 그다지 의식하지 않는 듯이 무대를 이리저리 돌아다녔다. 노래를 부르는 둥 마는 둥, 노래의 중간중간에 여러 잡담들을 곁들였다. 급기야 관객석에 다가오더니 실실 웃기도 하고, 욕을 하거나 비아냥거리는 몇 마디 말을 주고받기도 하였다. 목소리는 거칠었고, 마이크에선 손이 닿는 소리가 뒤섞이며 잡음을 내고 있었다. 고음으로 소리지르는 그의 노래가 사방에 울려 퍼졌다.

몇 분 후 소음이나 마찬가지인 그의 노래가 끝났다. 관객들은 야유를 보냈다. 종이 뭉치를 던지는 사람도 있었다.

두 번째로 등장한 가수는 머리를 붉은색과 갈색으로 물들인 여자 가수였다. 상체는 뜯어진 듯한 옷을 입고, 하체 역시 낡아서 닳은 듯한 이상한 옷을 입고 있었다. 노래가 시작되자 분위기를 맞춘 듯이 조명이 은은한 황색으로 그녀를 비추고, 그녀의 어렴풋한 형상만이 보였다. 그녀의 목소리는 옅은 바이올린 선율처럼 감미로웠다. 이별을 회고하는 듯한 가사는 다소 음울했다. 사람들은 귀를 기울이지 않을 수 없었다. 감미로운 노래가 끝났을 때 관객석에서 처음으로 박수가 쏟아졌다. 눈물을 짓는 사람들도 있었다.

민아와 나리도 환호의 박수를 보냈다.

그다음 등장한 가수는 네 명으로, 형성한 고전 음악과 현대음악의 융합을 추구하는 신에 그룹이었다. 그들은 단기 계획형, 프로젝트 그룹이란 형식으로 활동하고 있었다. 그중 한명은 이번 무대가 마지막 무대였다. 두 명이 노래를 부르고, 다른 두 명은 기타를 치면서 무대를 꾸몄다. 사람들은 그런대로 박수를 치며 그들을 환호하는 분위기를 만들어 냈다. 그들은 관객들에게 감사의 표시를 거듭하며 무대를 내려갔다.

이어서 그녀들이 기다리고 있던 가수가 나타날 차례였다.
그가 무대 옆 작은 계단을 올라오자 이내 환호성이 터져 나왔다. 무대 위로 올라오는 걸음은 힘이 차 있었고, 날개 같은 것을 뒤로 휘날리며 중세풍의 어느 왕자의 복장으로 나타났다. 사람들이 그를 가까이서 보기 위해 자리를 이탈하여 앞쪽으로 몰려들었다.
나리와 민아는 그 가수를 본 기쁨도 잠시, 뒤에서 밀려오는 군중들을 피해야 했다.
진행 요원들과 경호원들이 사람들을 제지시켰다. 그래도 굴하지 않고 사람들이 밀려들었다. 철제 지지대가 넘어졌고, 조명 지지대도 바닥에 나뒹굴었다. 일부는 경호원들에게 붙잡혀 끌려 나갔다.
가수는 노래를 시작하자마자 당황한 듯 두리번거렸다. 그의 목소리는 약간 떨리고 있었고, 가사를 잊은 듯 2절의 일부를 앞서 부르고 있었다. 고음으로 처리해야 할 부분에서 음성이 꺾이면서 음율이 깨졌다. 사람들은 그 와중에도 환호성을 멈추지 않았다.
진행 요원들이 가까스로 사람들을 진정시키는 데 성공하여 비로소 질서를 찾을 수 있게 되었다. 가수가 두 번째 노래를 시작했을 땐 그나마 경청할 수 있었다. 나리는 그의 노래를 따라 부르며 억눌렸던 기분을 펼쳐 내었다. 민아는 손을 흔들기도 하고 춤을 따라 추기도 하며 즐거운 기분을 만끽하였다. 그러나 그것도 잠시, 가수가 다 마치고 퇴장하려고 하자 다시 관객들이 밀려들었다.

나리와 민아는 서로를 꼭 붙잡고 뒤로 살금살금 후퇴하였다. 뒤쪽에는 사람들이 자리를 떠서 한산하였다. 멀리서 무대를 보니 조명 때문에 제대로 보이지 않았다. 다음 가수가 출연했을 때 누군지 알아보지 못해 민아가 물었다. 그러나 나리도 알아보지 못했다.

그 이후 그녀들은 더 이상 볼 것이 없다고 생각하고 자리를 벗어났다.

무사히 공연장을 빠져나왔을 때 민아의 머리는 헝클어져 있었고, 가방은 지퍼가 열린 채 물건들이 빠져나와 있었다.

누군가 민아의 가방을 소매치기하듯 털어 간 것 같았다. 살펴보니 버리려고 가지고 나온 소품들이 없어져 있었다. 입구에서 잠시 아직도 울려 퍼지고 있는 음악 소리를 엿들으며 대화를 이어 갔다.

나리: 이제 집으로 가야겠지?

민아: 응. 빨리 집으로 가서 씻어야겠어. 이 몰골이 뭐람?

나리: 정말, 이렇게 무질서한 공연장이 있다니. 돈 주고 구입한 입장료가 아까워.

그녀들은 오던 길을 거슬러 곧장 집으로 향했다. 날씨는 여전히 맑았다.

(그녀들은 집에 도착하여 그들만의 대화를 시작하게 된다.)

감탄과 공감

이윽고 집으로 돌아온 민아와 나리. 소지품을 정리하고 소파에 털썩 주저앉았다. 그러다가 씻기 위해 나리는 다시 일어서서 욕실로 향했다. 샤워를 하고 물기를 털며 곧 나왔다. 민아도 욕실로 들어간 후 깨끗한 모습으로 나타났다. 둘은 소파에 다시 앉았다. 피곤한 기색이 역력하였다. 공연장에서의 소음이 귓가에 울리는 듯했다. 커다란 소음은 때로 나리를 두렵게 했다.

그녀에게 이번에 공연장에 간 것은 용기를 낸 것이었다.

평소 인파가 몰려 있는 곳을 좋아하지 않았고, 외출해도 혼자 식사하기 위해 레스토랑에 들르는 경우가 있었을 뿐이었다.

그에 비해 민아는 사람들이 북적이는 곳에 잘 다녔다. 다만, 너무 주변이 시끄러울 경우 귀를 막는 경우가 생기기도 했다.

곧 그녀들은 이런 대화를 주고받았다. 민아가 먼저 말했다.

민아: 아, 정말 시끄러운 곳이었어. 정신이 하나도 없었다니까.

나리: 응. 나도 그래. 계속 있다간 실신할 것만 같았어.

민아: 아… 사람들이 질서를 맞추려고 하지 않다니…. 그런 공연장에선 질서를 맞추는 게 생명인데 말이야.

나리: 그러게 말이야. 하나둘씩 어기자 다들 따라 해 버린 것이지. 혼자서 무질서하면 튀어 보이지만 다같이 무질서할 땐 튀어 보이지 않거든…. 그래서 그런 현상이 일어나는 것이지.

민아: 아, 질서를 지킬 생각이 애초에 없었던 것이군.

사람들이 질서를 맞추지 않은 것을 원망했다. 그녀들 역시 다른 사람들처럼 무질서하게 돌아다녔지만 자기 책임이라고 생각하지 않았다. 길을 잃고 헤맨 것과 소지품을 잃어버린 것이 주변 때문이라고만 생각했다. 나리가 계속해서 말했다.

나리: 너도나도 따라 해 버리다니, 안 들킬 수 있다고 생각하고 그렇게 했겠지. 군중 속의 한 명이 될 뿐이니까…. 음, 그래도 어쨌든 팬들의 환호는 정말 대단한 것 같았어. 놀라웠어. 오늘 관람하러 간 것은 잘한 것 같아. 그렇지 않아?

민아: 그래. 대단한 것 같았어. 목청이 터져라 소리를 지르니 말야. 신인 가수가 나왔을 때는 별다른 환호가 없었는데 인

기 가수가 나타나니까 사방이 달라지는 것 같았어.

나리: 응. 그런 공연장에선 그런 분위기가 필요하지. 그런 환호가 있음으로써 축제 분위기를 나타낼 수 있으니까 말이야.

민아: 응, 그렇지. 공연은 떠들썩해야 돼. 다만 보는 사람들이 달아날 정도는 아니어야 하겠지.

나리: 응. 그렇겠지.

팬들의 환호는 대단했다고 했다. 팬들이 환호함으로써 공연장에 축제 분위기가 생겨날 수 있다고 했다. 이 떠들석한 공연장에의 참여는 그녀들의 일상에 신선한 자극이 되는 것 같았다.
그녀들도 같이 환호하고 춤추니 일상을 벗어난 낯선 경험이 되는 것 같았다. 그녀들은 그런 경험에 대한 감상에 젖었다.

민아: 그리고 보면 가수들은 참 행복할 것 같아. 항상 팬들이 따라다니며 응원해 주고 있으니까 말이야.

나리: 응, 그럴 거야. 행복할 거야. 응원을 받으며 일을 할 수 있는 직업이란 잘 없고, 예술과 유희를 선보이는 일이어서 더 행복할 거야.

민아: 응, 그렇겠지. 스타의 자리란 멋진 자리지. 그래서 너도나

도 가수가 되길 꿈꾸나 봐.

나리: 응, 그래. 그렇지.

스타들에 대한 팬들의 환호에 감동받았고, 스타의 위치에 부러움을 느꼈다고 했다. 스타에 대한 감탄과 놀라움의 반응들을 보며 '스타란 괜히 스타가 아니구나'라고 나리는 느꼈다. 그녀들은 단지 관람한 것에 지나지 않지만, 스타를 보며 스타의 자리가 어떠한 것인지 간접적으로 체험할 수 있었던 기회였던 것 같았다. 그녀 둘은 공연장을 다녀온 소감을 그렇게 말하였다.

그녀들은 곧 휴식을 취했다. 나리가 우유를 꺼내러 주방으로 갔다. 민아는 소파에서 기다리고 있었다. 창가에서 봄바람이 불어오고 있었다. 5월의 봄바람은 장미꽃과 유채꽃의 향기를 머금고 불어왔다. 민아의 머리카락이 바람에 약간 흩날렸다.
우유를 가지고 돌아온 나리가 소파에 앉았다. 나리는 아까 하던 얘기를 계속하고 싶었다. 스타에 대한 얘기 중 어떤 의심되는 구석이 있었기 때문이었다. 그녀의 의문은 때때로 대화를 잡담에서 진지한 논의로 바꿔 놓기도 한다. 의문이 없이 지나가는 이야기들은 시시한 이야기들일 뿐이다. 이번에도 어떤 이야기가 전개되어 민아를 당황시킬지 모르는 일이었다. 민아는 그런 긴장감으로 눈을 깜빡였다. 나리가 이렇게 말했다.

나리: 아, 그런데 우리 조금 전 무슨 얘기를 했었지? 아, 스타에

대한 팬들의 환호! 그래, 맞아, 팬들의 환호…. 그래, 그건 분명히 멋진 일이지. 팬들이 환호하는 거야. 스타는 동경의 대상이고 경외의 대상이니까 말이야. 우리도 때로는 '스타가 되면 얼마나 좋을까' 하고 생각하게 되기도 하지.

민아: 응, 그래. 그렇지. 부러움의 대상이지. 그런데?

나리: 음, 하지만 한편으론 이런 생각도 해 봐. 팬들이 환호하다니, 그게 무슨 뜻이지? 스타는 그런 환호를 받으며 좋은 것일까? 찬사가 쏟아져서 마냥 좋은 것일까?

민아: 뭐? 마냥 좋은 것이냐고? 그게 무슨 말이야? 팬들의 환호가 좋지 않으면?

나리: 응. 그러니까….

'팬들의 환호가 언제나 기분 좋은 것인가'라고 나리가 물었다. 민아는 이 질문에 약간 당황하였다. 일단 나리가 가져온 우유를 벌컥벌컥 마셨다. 일부는 옷으로 떨어졌다. 하지만 개의치 않았다.

나리의 질문은 종종 그녀를 당황시키며 그녀를 수치스럽게 만들기도 한다. 그리고 소문으로 퍼지며 이웃 사람들에겐 물론이고, 절친들에게까지 알려진다. 그 질문들은 때로는 사고 체계에 균열을 가져와 그 허술한 부분을 어떻게 메울지 시험해 보는 것 같았다.

 이번에도 제대로 대답하지 못한다면 자신의 저능한 개념들이 들통남과 동시에 멍청한 이로 낙인찍힐지도 모른다. 그녀는 긴장한 듯이 눈을 깜빡거렸다. 나리가 계속 말했다.

나리: 음… 뭐랄까, 팬들은 스타를 경외시하고 동경하고 있지. 스타를 항상 우러러보고 있어.

민아: 응, 그렇지. 스타를 우러러보지. 그래서 환호하는 거야. 그런데?

나리: 응, 그런데 우린 아까 그런 소리를 들을 수 있었어. '오빠, 너무 멋져요.', '언닌 우리의 여신~', '언니 최고예요!' 스타를 향해 팬들이 이런 말들을 했었잖아?

민아: 응, 그래. 그랬었지.

나리: 응, 그런데 말야, 그렇게 경탄한다고 무조건 좋은 것일까? 경탄만 나온다고 그게 무조건 좋은 것일까?

민아: 뭐? 경탄한다고 무조건 좋은 것이냐고?

 나리는 '경탄한다고 무조건 좋은 것인가'라고 물었다. 경탄이란 반응은 무언가 압도적인 것을 보았을 때 저절로 일어나는 반응이다. 입을 벌리게 하고 몸을 떨리게 하는 어떤 것을 만난 것이다. '그것만으로 좋은 것인가'란 말에 민아는 고개를 갸우뚱거렸다.

민아: 경탄한다는 것은 좋은 것이야. 그건 자기 칭찬이니까 말이야. 남들이 나보고 감탄해 마지않는다는 것. 그게 기분 좋은 일이 아니면 뭐겠어? 안 그래?

나리: 응, 그래. 그건 기분 좋은 일이지. 그래, 맞아. 기분 좋은 일일 거야. 부인할 수 없지.

민아: 응, 그래. 그렇지. 그런데?

나리: 하지만 어쩐지 단순하다고도 생각돼.

민아: 뭐? 단순하다고?

나리는 단순하다고 했다. 경탄은 단순하다고 했다. 민아는 재차 물었다.

민아: 단순하다는 게 무슨 뜻이지?

나리: 으음… 감탄이란 경이로운 것을 보고 일어나는 자연스러운 반응이긴 하지. 하지만 어쩐지 허전해 보여. 뭔가 부족해 보이잖아?

민아: 허전하다고? 부족해 보인다고?

나리: 응. 감탄만이 쏟아진다는 것. 그것만으로 끝난다는 것….

감탄만으론 허전하다고 했다. 민아는 '그게 무슨 뜻일까' 고개를 갸우뚱거리며 귀를 기울였다. 나리가 계속 이렇게 말했다.

나리: 감탄이란 최고의 표현, 아니, 최고의 칭찬 중 하나인지도 모르지. 놀라워하고 있으니까 말이야. 하지만 그건 너무 과장되어 있는 듯이 보이기도 해. 어떤 이해가 없어. 이해가 말야. 설명 가능한 이해가 없지.

민아: 뭐? 이해가 없다구? 이해가 없다는 게 무슨 뜻이야? 이해하지 못한다면 어떻게 감탄을 해? 감탄을 못 하지 않을까?

민아는 계속해서 물었다. 나리는 설명해 갔다.

나리: 아니, 그런 게 아냐. 다시 생각해 봐. 감탄이란 것에 대해 말이야.

민아: 감탄이 어쨌다는 거야? 설명해 줘.

민아는 이해하기 어렵다는 반응을 보였다. 나리는 이해하지 못하는 민아를 보며 답답하다는 듯이 얼굴을 찌푸렸다. 나리는 잠시 고민하는 듯이 시선을 바닥으로 향하더니, 곧 어떤 예를 들었다. 이 이야기는 나리가 즉석에서 지어내었다. 요리사에 관한 이야기였다.

나리: 음, 예를 들어 이런 가정을 해 볼 수 있어. 난 요리를 전문으로 배웠고, 요리사야. 그리고 어느 기회를 맞이하여 요리 솜씨를 사람들에게 선보이게 되겠지. 사람들은 내가 만든 요리를 시식해 보고 한마디씩 할 거야. 맛있는 요리라면 '정말 좋은 요리네요. 어쩜 이렇게 만들었어요?', '정말 멋져요. 색다른 맛이에요.' 이렇게 말하겠지. 내 실력이 칭찬받는 거야. 그런 평가를 들으며 요리를 만든 보람이 느껴지겠지. 요리는 점점 기분 좋은 일이 될 거야.

민아: 음, 그렇겠지. 자기 요리가 좋은 평가를 받고 있으니 기분 좋을 수밖에…. 그런데?

나리: 응, 그런데 이런 생각도 들어. 한편으론 허전하다고 말이야. 허전함이 느껴지지. 왜냐하면 나는 이 작품에서 표현하고 싶었던 게 이러이러한 부분인데, 사람들은 그냥 감탄하기만 해. 단지 놀라워하고 칭찬만 해 줘. 그래서 허전하다는 것이지. 내 작품을 진정 이해해 주는 이가 없는 거야.

민아: 아, 이해해 주는 이가 없다고? 그러니까 사람들이 요리를 맛있게 시식하고 감탄을 하기는 하지만, 요리를 깊이 제대로 이해해 주는 것은 아니란 얘기군?

나리: 응. 그렇지. 제대로 이해해 주지는 않아. 그냥 감탄만 하는 거야.

민아: 음, 맛있으니까 소감을 말하는 것인데, 부족하다는 뜻이군. 어쩌면 본능적이고 단편적인 반응만 나타낸다는 뜻이군?

나리: 응. 그렇지.

나리는 요리사의 예를 들어, 감탄만 나열된다는 것은 이해가 없는 상태라고 하였다. 설명 가능한 이해가 없이, 겉으로 드러나고 본능적으로 느껴지는 데서 오는 놀라움과 경이로움을 표현하는 것으로 그치는 것일 뿐이라고 하였다.

나리: 만일 요리 전문가가 내 요리를 맛보았다면 어떻게 되었을까? 아마 상황이 달라졌을 거야.

민아: 상황이 어떻게 달라지지?

나리: 그들은 아마 이런 반응을 보였겠지. '음, 훌륭해요. 이 요

리엔 양념의 이러저러한 배합이 잘 되어 있네요. 재료도 신선하군요. 특히 당근과 양파를 잘게 썰어 넣은 것이 특별하네요.' 이렇게 반응을 보일 거야. 매우 요리를 잘 이해한 듯한 평가가 있는 것이지. 그 요리를 잘 알고 말하는 것이지.

민아: 응, 정말 그렇겠군. 그러니까 감탄사만 나온다는 것은 오히려 요리를 이해 못 하고 있는 것인지도 모른다는 얘기군. 전문가가 대할 때 비로소 그 작품의 깊이를 이해한다는 뜻이군?

나리: 그래, 그렇지. 내 발상에 동감하는 이가 있다는 걸 알게 되니까 나는 기쁘지. 요리는 앞으로도 할 맛이 날거야.

민아: 응, 그렇군. 과연 그래.

일반인들이 아닌 전문가들에게 보였을 때 그 작품에 대한 평가도 격이 달라진다고 하였다. 전문가들은 그것의 어떤 점이 특별한지, 어떤 점이 놀라운 부분인지를 알아보기 때문이다. 같은 일을 하는 전문가이므로 관점 또한 전문가적인 것이다. 일반인들과 차이가 났다. 사람들의 평가가 단순한 평가로만 그칠 때 제작자는 공허해질 수 있다.
 제작자는 공감을 발견하지 못하고 동떨어진 누군가의 놀라는 반응에 만족할 뿐이다. 이러한 사실을 나리는 지적하였다.

민아는 나리의 의견에 동감했다. 감탄만 나열된다는 것은 동떨어진다는 것임을 알게 되었다. 이어서 말했다.

민아: 작품 속에 깃들어 있는 열정과 발상들에 대한 이해가 있어야 하는 것이군. 그래야 제작자와 공감을 이룰 수 있는 거야.

나리: 그래, 그렇지. 그래야 공감을 이룰 수 있어. 이 공감이란 것은 매우 전문가적인 것이어서 마냥 칭찬만 있지 않을 수도 있어. 단점이 있다면 지적하지 않을 수 없지.

민아: 단점도 지적해야겠지? 정말 무얼 안다면 단점을 숨길 수 없지.

나리: 응, 단점을 지적할 거야. 단점을 지적함으로써 매우 객관적인 평가가 되지. 마냥 기분 좋으라고 칭찬만 늘어놓을 수 없지. 정말로 느낀 바를 얘기하게 되니까 말야.

민아: 단점까지 지적한다면 진짜 소감이란 걸 알게 되겠군. 칭찬도, 찬사도 가식이 아니란 걸 알게 되겠군.

나리: 응, 그렇지. 동떨어진 사람들은 단점을 보고, 아니, 장점이든 단점이든 뭔가를 삐딱하게 보고 비난할 거야. 감탄할 때와 마찬가지로 동떨어진 상태에서 여러 말들을 늘어놓

게 될 거야.

민아: 칭찬할 때와 마찬가지로 비난할 때도 동떨어지게 되는군?

나리: 웅, 그렇지. 작품에 접근하지 못하는 거야. 동떨어진 사람들은 감탄할 땐 겸손해지고 비난할 땐 거만해지는 거야. 아주 쉽게 그 양쪽을 오고 가지.

전문가들은 공감하면서도 단점을 지적하기도 한다고 하였다. 단점을 지적하기도 한다는 것은 제작자 그 개인과 무관해지는 것처럼 보였다. 오직 작품에 대해 느끼고 생각한 바를 끄집어내는 것이다. 그래서 객관적인 평가라 할 수 있고, 일부러 기분 좋게 만드는 반응들과는 다르다고 할 수 있었다.

비난하는 자들은 칭찬하는 자들과 마찬가지로 동떨어진 상태를 유지한다고 하였다. 가볍게 생각하고 가볍게 반응하는 태도를 나타내고 있는 것이었다.

민아: 그런 이해가 있다면 그 제작 과정에서 나타나는 고충도 이해할 수 있겠지.

나리: 웅, 같은 일을 해 온 사람들은 알 거야. 그 일이 얼마나 고생스러운지, 무엇이 고민에 빠지게 하는지. 위기를 어떻게 넘겼는지.

민아: 가수들도 그런 경우가 있어. 팀을 이루어서 같이 작업하고 노래를 내놓는 거야. 동고동락한 사이라 서로 심정이 어떤지 알지. 혼자서 노래 부르는 가수가 많지만, 팀을 이룬 가수들은 알 거야.

나리: 혼자서 고독한 작업을 한다면 그것은 너무 동떨어진 행위가 될 거야. 사람들의 반응을 바라며 혼자 작업하는 것이니까. 가수가 혼자서 작업하다가 대중들에게 완성품을 들고 나온다면 너무 고독한 작업을 하는 것이 되지.

민아: 정말 그럴 것 같아. 고독한 작업….

나리: 누군가가 작품 활동을 한다는 것은 항상 같은 분야의 동료들과 일한다는 것을 의미해. 그러니까 일반인들에게 보이기 전에 동료들에게 먼저 보인다는 뜻이지.

민아: 동료들에게 먼저 보이는구나.

나리: 설계도는 일반인들에게 보이지 않지. 설계도를 만들고 논의하려면 같은 분야의 전문가들이 필요해.

민아: 그래, 그렇군. 그렇다면 스타들이 팬들만 향한다면 매우 공허해지겠군? 혼자서 고독한 작업을 하고 있으니 말야?

나리: 그래, 그렇지. 혼자서 작업하고 알아주는 사람도 없겠지. 하지만 난 스타가 안 되어 봐서 모르겠어.

민아: 응, 그렇군.

표출이란 일반인들을 처음부터 향해야 하는 것이 아니라, 동료들과 전문가들에게 먼저 보여야 하는 것 같았다. 스타가 팬들만을 향할 때는 공허해질 수 있다고 했다. 공감과 올바른 견해가 없다면 곧 식상해지고 말 것이기 때문이다.

나리는 이어서 자리에서 일어나 베란다로 향했다. 베란다에는 그녀가 키우고 있는 토종 식물이 자라고 있었다. 오늘도 물을 주며 애지중지 보살폈다. 하지만 언젠가 화가 나면 뿌리째 뽑힐 식물들이었다.

민아는 스타와 팬들에 대해 얘기하면서 그녀의 단짝 친구인 연하가 생각났다. 연하는 지금 가수를 준비하느라 바쁘다. 매일 연습실과 집을 오가는 생활을 하고 있었다. 그녀는 한때 무대에 올랐던 적이 있었고, 신문에 이름이 오르내리기도 했었다.

하지만 어떤 무대에서 관객들의 야유를 받고 은퇴 선언을 했었다. 이번에 은퇴를 번복하고 무대에 오를 예정이다. 그녀의 말로는 아무도 은퇴 선언을 한 줄 모르기 때문에 다시 무대에 서는 데 문제 될 것이 없다고 했다.

민아는 곧 연하에게 전화를 하기로 했다. 그녀가 지금 어떻게 지내고 있는지 궁금했고, 방금 한 대화들이 그녀에게도 유익할 것 같았기 때문에 전해 주고 싶었다. 전화기 너머로 들리는 그녀의 목소리는 언제나 그렇듯이 들떠 있었다. 민아가 반갑게 인사했을 때 그녀는 "지금 연습실이야. 빨리 여기로 와."라고 했다. 민아는 그에 대해 "지금 곧 갈게."라고 했다. 민아는 나리에게도 알렸고, 흔쾌히 그녀의 동의를 받아 내었다.
 곧장 나리와 함께 연하의 연습실로 향했다······.

스타가 되기 위해

　　　　　　　　　　연하의 연습실은 번화가의 어느 뒷골목에 위치하고 있었다.
　대로변에 있는 다른 회사의 연습실과 달리 뒷골목에 위치한 것이 연하는 못마땅했다. 이 회사는 애초에 자리를 물색하던중 너무 비싼 임대료에 막히어 뒷골목에 자리 잡게 되었다. 회사의 설립 내막도 남달랐다. 한때 이곳에서 담배를 피우고 술을 마시며 놀던 청년들이 정신을 차리고 일을 하기 시작했다. 그 이후 자금이 모였고, 직원들도 채용했다. 그들은 '이곳에 회사를 세울 줄이야'라고 하며 감탄하기도 했다는 후문이 들려왔다. 그러나 자랑스럽다고 하기엔 대부분의 자본이 출처가 불명확했고, 현재도 여러 명의 이해관계가 충돌하고 있었다. 연하는 경고장이 붙어 있는 자기 회사로 출근할 때마다 창피했고, 가수로 성장하면 그 회사를 나온다며 벼르고 있었다.

　연습실 입구에 들어서면서부터 연하가 반겼다.

"이게 몇 년 만이야? 몰라보게 달라졌네?"라고 인삿말을 건네는 그녀에 대해 나리는 겉으로는 반가운 표정을 지었다. 하지만 그녀가 가식투성이며, 언제나 상대를 무시하듯 잘 잊어버린다는 사실을 그녀에게 상기시켜 주진 않았다.

민아는 그녀에게 선물을 건넸다. 잘 포장된 디저트용 케이크였다. 그녀는 "고마워."라고 말하더니 포장을 뜯고선 케이크를 한입에 삼켜 버렸다. 그것은 마치 개가 자신의 접시에 담긴 먹이를 한입에 삼키는 것 같았다. 주위엔 안무(춤) 담당자와 음악 감독, 청소부가 분주하게 움직이고 있었다. 음악이 울려 퍼지고, 전화 통화음이 들려왔다. 잠시 후 잠잠해졌고, 몇 명의 사람들은 자리를 떠났. 곧 텅 빈 연습실이 되어 목소리를 낮출 필요가 없게 되었다.

나리: 여긴 얼마나 많은 사람들이 연습생 생활을 하고 있지?

나리가 연하에게 질문을 던졌다.

연하: 나를 포함해 일곱 명이야.

연하가 시큰둥하게 대답했다.

민아: 아… 그럼 하나의 그룹을 만들 수 있겠네?

연하: 응. 하지만 모두가 가수로 데뷔(첫 등장)하는 것은 아니야. 누군가는 탈락하겠지.

나리: 응, 그렇구나. 일단 같이 연습을 하고 있는 거겠지? 모두가 경쟁자구나?

연하: 응, 그렇지. 하지만 겉으로 드러나진 않지. 서로 속으로 떨어져 나가길 바랄 뿐이야.

연하는 나리의 질문들에 대해 간단히 대답하였다. 여기는 겉으로 드러나진 않지만 치열한 경쟁이 펼쳐지는 곳이라 했다.
연하는 스타로 등극하려는 열망이 강하기 때문에 경쟁심도 투철할 것이라고 나리는 생각했다.
민아는 집에서 나리와 나누었던 대화들을 들려주려고 했다. 그래서 먼저 연하에게 이렇게 말했다.

민아: 매우 힘든 생활을 하고 있구나. 우린 안 겪어 봐서 모르겠어. 그런데 우린 아까 광장에서 펼쳐진 공연장에 갔다 왔었어. 거기서 가수들을 가까이서 보았었지. 팬들은 환호를 보내며 가수들을 응원하고 있었어.

연하: 아, 거기 갔었구나? 어땠었니? 재미있었니? 안 밟히고 잘 다녔니? 분실물은 없었니?

민아: 아, 우린 무사히 다녀왔지. 집에 도착했을 때 매우 뿌듯했었어. 처음으로 좋아하는 가수의 실물을 보다니 말이야. 그런데 그 기쁨도 잠시, 우린 그걸 보고 와서 집에서 이런

저런 대화를 나누었었지. 나리가 중요한 질문을 던졌어. '스타에 대한 팬들의 환호는 마냥 좋은 것인가'라는 질문이었지. 그로부터 대화가 시작되었어.

연하: 뭐? 스타에 대한 환호?

민아: 응. 그러니까….

민아는 그렇게 말하면서 집에서 나누었던 대화들을 들려주었다. 이 대화의 내용들을 연하가 잘 새겨듣길 바라며 차근차근 설명해 주었다.

민아가 요약해서 말하길, 스타들에 대한 환호는 굉장한 것이지만 동떨어져 있다고 했다. 스타는 단지 입을 벌리게만 하고 감탄만 자아내게 하는 무엇이 되어 있었다. 그로 인해 스타와 팬들 사이에는 거리감이 존재하고, 참된 교감은 멀어져 간다고 하였다.

이에 반해, 동료들과 협동하는 과정이란 그런 경우와 다르다고 했다. 동료들은 정말 자기의 창작을 이해해 주고 보완해 줄 수 있다고 했다. 그래서 서로 협조하고, 자극하며, 비평해 줄 수 있다. 서로의 작품 활동에 대한 이해와 공감을 가진다. 그것으로 성취감, 보람, 협동심이 체감될 수 있다. 전문가로써, 그리고 일에 대한 열정을 가진 인간으로써 최상의 보람을 가질 수 있는 상태라고 하였다.

이런 설명을 다 들은 연하는 매우 동감한다는 듯이 고개를 끄덕였다.

그리고 이렇게 말했다.

연하: 응, 나도 수긍이 가. 팬들이 많긴 해도 어린 팬들만 잔뜩 모여서 소리만 지르고 있고 말이야. 그런 것들이 비록 무대의 분위기를 띄우는 데는 한몫을 하지만, 그것만으론 부족하지, 암…. 뭔가 결핍되어 있음이 느껴져. 확실히 그래. 그 의견이 옳아.

자기도 동감한다고 하였다. 그 의견들이 매우 좋다고 느껴졌다. 환호성이란 사람들이 기분 좋아서 내보이는 반응이고, 기분 나빠지면 욕설로 바뀔 것들이다. 언제 떠날지 모르는 팬들이고 쉽게 누군가에게 동조할 뿐인 그들이다. 연하는 그런 것에 연연하고 싶지 않았다.

민아: 그래도 팬들이 많다는 것은 좋은 일이지. 환호성을 질러주니까. 무대가 펼쳐지도록 도와줘.

연하: 응, 그렇지. 팬들이 많아서 나쁠 것은 없지. 팬들에게 보여 주기 위해 작품 활동을 하는것이니까….

팬들이 많이 있어서 나쁠 것은 없다고 했다. 단점을 지적하는 것도 잠시 잊고 팬들로 인한 즐거운 일들을 떠올렸다.
팬들로 인해 스타는 행복해지고, 삶의 활력을 얻는다. 민아는 연하가 한때 무대 위에서 노래를 불렀던 적이 있으며, 팬들의 환호를 받으며 잠깐이나마 가수 생활을 했었다는 것을 떠올렸다. 그 경험으로 뭇사람들보다 더 가수를 잘 이해할 수 있을 것이라 생각했다. '가수는 어떤 존재일까'라는 의문이 민아의 머릿속에 떠올랐다. '그들은 평범한 사람들과 어떻게 다를까'라는 의문도 떠올랐다. 이어서 민아가 말했다.

민아: 너도 한때는 무대 위에서 노래를 불렀던 적이 있었잖아? 이번에 재도전한다면 그때의 경험을 살려 더 유명해질 수 있을 거야.

연하: 아, 그땐 아무 실력 없이 무대에 올랐던 거야. 누구나 가지고 있을 법한 노래 실력으로 무대에 올랐었지. 지금은 달라. 매우 긴장하며 노래와 춤 연습을 하고 있고, 투자된 돈도 한두 푼이 아니야.

나리: 이번엔 정말 유명해질 수 있겠는데?

연하: 그래, 유명해질 수 있겠지. 내 실력을 알아준다면 내 꿈은 실현되는 거야. 그날이 오길 기다리고 있어.

연하는 민아와 나리의 격려에 잠시 멋쩍은 웃음을 지어 보였다. 그들의 칭찬은 예의상 하는 말이라는 것을 알지만 한껏 고무되었다.
가수로 재입문하여 새로운 생활을 시작하는 지금이다. 자기 이름이 알려질 것이며, 자기 노래가 사방에 울려 퍼질 것이다. 긴장하지 않으면 안 되는 순간이라고 그녀는 생각했다. 그런 설레는 기분으로 계속 그녀는 의견을 듣기로 했다.

연하: 스타란 건 참 되기 어려워. 단지 얼굴만 알릴 것이 아니라 좋은 인상으로 대중들에게 다가가야 하니까 말이야. '악인'이면서 유명해질 수는 없잖아? 안 그래? 나쁜 일로 유명해질 수는 없어. 그건 어처구니없을 뿐이니까….

민아: 응, 그렇지. 악인으로서 유명해질 수는 없지. 그래서는 안 되지.

나리: 그래, 당연하지. 안 되지.

연하: 그러니까 좋은 인상을 가지고 매력적인 모습으로 대중들 앞에 나서야 해. 내 이름은 항상 좋은 곳에 등장하고 싶어. 난 어떤 모습을 갖추면 좋을까?

나리: 유명해지고 나면 매스컴에 자주 이름이 오르내릴 거야. 오르내리면 책임감도 무거워 질거야.

연하: 그래도 괜찮아. 다 재미있는 일의 일부가 될 테니까. 난 다 즐길 수 있어. 그런데 난 언제쯤 스타가 될 수 있을까?

연하가 '언제쯤 스타가 될 수 있을까'라고 물었다. 그녀는 조바심을 잘 내는 성격이었다. 성질이 급하다고 할 수 있었다.

나리: 서두를수록 일을 그르치는 법이야. 산전수전이란 말이 있잖아? 고생 끝에 낙이 오는거야.

연하: 그래, 고생 끝에 낙이 오겠지. 서두르지 말아야지. 서두르지 않고 차근차근 밟아 나가야 하지.

나리: 그래. 하나씩 차근차근 밟아 나가야 하는 거야. 넌 소질이 있으니까 잘해 나갈 거야. 틀림없이….

연하: 음… 그런가?

차근차근 밟아 나아가야 한다고 했다. 서두르면 안 된다고 하였다.
이어서 연하는 이런 질문을 던졌다.

연하: 음, 그런데 누구나 스타가 될 순 없을 것 같아. 노력한다고 스타가 되나? 그건 아닐 거야.

민아: 노력한다고? 물론 아니지. 아닌 게 아니라 치열한 경쟁에서 살아남으려면 노력한다는 것만으론 부족해. 뭔가 다른 특별한 게 필요해.

연하: 나도 그렇게 생각하고 있었다니깐. 단지 열심히 하는 것으로는 부족해. 열심히 하는 것이라면 어떤 과정을 파악하고 있다는 뜻이잖아? 하지만 스타로서 어떤 과정이란 게 있나? 풋.

나리: 과정이란 게 없지. 우연히 스타가 되는 경우가 허다해.

연하: 그래서 말인데, 스타가 되기 위해선 어떤 자질을 갖추어야 할까? 무조건 열심히 한다는 거 말고 어떤 유별난 점이 있어야 할 것 아냐? 너희들 생각은 어떻니?

단순히 노력한다고 스타가 될 수는 없다고 하였다. 스타는 다른 직업들처럼 일정한 경로가 없기 때문이다. 스타의 위치에 오른다는 것은 그 기준이 모호하다. 노력을 많이 하면 좋지만, 때로는 행운이 많이 작용하는지도 모른다. 나리도 민아도 그렇게 생각하고 있었다. 연하는 그녀들에게 조언을 구했다. 스타로서 갖추어야 할 자질에 대해서 물었다.
나리가 먼저 대답했다.

나리: 음, 스타로서 갖추어야 할 자질? 자질이라…. 음, 스타는 확실히 여러 면에서 뛰어나야 하지. 뉴스에도 잘 오르내리고, 군중들도 쉽게 보게 되니까 말야. 그러므로 스타로서 갖추어야 할 자질들엔 여러 가지가 있을 거야, 분명…. 그리고 쉽지 않겠지.

민아: 그래. 스타들은 여러 가지 자질을 갖추어야 하겠지. 쉽지도 않을 거야.

연하: 그래. 과연 스타들은 어떤 자질들을 갖추어야 하지? 몹시 어려운 것들인가?

연하가 다시 물었다. 우연히 행운을 얻어 스타의 반열에 오르면 좋겠지만, 할 수 있는 것을 해야 할 것 같았다. 어떤 자질이 갖추어지지 않으면 스타가 되어서도 고생일 것 같았다. 이 질문으로 앞으로 해야 할 것과 갖추어야 할 것을 알 수 있게 되기를 바랐다. 가수로서의 성공은 어떠한 일이 있어도 이루고 싶었다. 먹고 있던 것마저 잊고 귀를 기울였다.

민아: 음, 스타는 어떤 자질을 갖추어야 할까? 스타로서의 자질이란 것. 그런 게 쉬운 일은 아닐 텐데…. 매우 어려운 일일 것 같아.

나리: 가수로서 성공할 거라면 일단 노래를 잘해야겠지. 듣기 거북한 노래를 부르며 사람들을 질리게 만들어선 안 될 거야.

연하: 노래? 그래, 노래를 잘해야겠지. 요즘 노래 연습으로 밤을 지새우고 있어. 목이 쉴 정도야.

나리: 초보 가수가 노래를 부르는 것을 오늘 공연에서도 보았는데, 아주 민망했었어. 노래를 부르는 건지 대사를 읊조리는 건지 알 수 없었어. 일반인도 부를 수 있는 노래라면 애써 가수들의 노래를 찾지 않을거야.

연하: 그래. 그렇겠지.

민아: 그리고 보통 노래는 춤을 동반하니까 춤도 잘 추어야겠지. 무대를 보는 거라면 듣는 것 이상으로 보는 게 중요하니까. 멍하니 서서 노래를 부른다면 흥이 생기지 않을 거야. 자기의 기분을 잘 우러나오게 해야 해.

연하: 그래, 맞아. 무대를 보는 것이라면 화려한 춤과 패션, 조명, 무대 장치들로 관객들을 사로잡을 수 있어야 할 거야. 난 춤 연습으로 매일 바쁘게 지내고 있어.

나리가 먼저 스타로서 갖추어야 할 자질에 관해서 말했다. 가수라면 일단 노래를 기본으로 잘해야 한다고 했다. 가수를 찾는 까닭은 노래를 듣고 싶어서고, 무대에서의 춤을 보고 싶어서다. 연하는 그녀들의 의견에 동의하면서 매일 연습하고 있다고 강조했다. 계속해서 이렇게 말했다.

나리: 스타는 또 여러 사람들 앞에 나서는 경우가 많으니까 말솜씨가 뛰어나야 할 것 같아. 마이크를 쥐고 할 말을 제

대로 못 하고 머뭇거리면 그 사람은 미련하게 보일 뿐이지. 스타로서 매력이 없어 보인단 말야.

민아: 그래, 말솜씨. 언변이 뛰어나야 할 것 같아. 아니, 뛰어나진 않더라도 최소한 남에게 뒤처지진 않을 정도라야겠지.

연하: 하… 언변, 그래. 그래야겠지. 말을 많이 한다고 말을 잘 하는 건 아닐 거야. 어떤 사람은 말을 많이 하여 시선을 끌지만 죄다 쓸데없는 말들을 하지. 그런 사람이 대중들 앞에 나선다는 건 민폐가 아닐 수 없어. 나도 말솜씨를 기르기 위해 노력해야겠어.

나리: 그래, 언변이 뛰어나다면 여러 면에서 돋보일 거야. 그는 재미있는 인간으로 보일 거고, 학식 있는 인간으로 보일 거야.

스타는 언변도 뛰어나야 한다고 했다. 대중들 앞에 나서는 스타가 언변이 부족하면 민폐에 가깝다고 했다. 뛰어난 말솜씨로 대중들을 즐겁게 할 수 있어야 한다고 했다.

나리: 그리고 스타는 이따금 웃음을 줘야 할 것 같아. 사람들은 심심할 때 스타를 찾는 경우가 많으니까, 그럴 때마다 웃음으로 보답할 수 있어야 할 것 같아. 보는 내내 슬픈 표정만 짓고 있다면 보는 사람도 덩달아 슬퍼지겠지?

민아: 그렇겠지. 웃음을 선사할 수 있어야 해. 유머 감각을 갖추어야겠지.

연하: 유머 감각? 그래, 유머 감각. 나도 웃긴다는 평가를 종종 듣기도 해. 내 행동이 엉뚱한 데가 있거든.

나리: 아, 엉뚱하다기보단 괴팍하지. 항상 상황에 안 맞아.

스타는 유머 감각도 갖추어야 한다고 했다. 스타가 속해 있는 분야란 결국 유흥 산업이기 때문에 즐거운 요소를 두루 갖추어야 한다는 뜻이었다. 웃음은 화기애애한 분위기를 낼 수 있는 기본 요소인 것 같았다. 계속 그녀들은 말했다.

민아: 그리고 스타는 외국어 하나쯤은 기본으로 갖추어야겠지. 지금은 세계화 시대고 문화 산업이 해외로 잘 뻗어 나가니까 말야. 외국어가 필수지.

나리: 맞아. 외국어가 필수야. 국내에 한정된 스타란 건 왠지 한계가 느껴져. 스타는 외국 진출을 준비해야 돼. 처음부터 말이야.

연하: 아… 외국어를 준비하여야 하는군. 외국어…. 그래. 외국어를 배운다면 더 많은 기회가 생길 것 같아.

나리: 외국어를 알고 외국 팬들을 챙길 수 있다면 좋을 거야.

스타는 외국어를 하나쯤 익혀서 세계 진출을 염두에 두어야 한다고 말했다. 국내에 머물러 있는 스타는 왠지 한계가 느껴진다고 했다. 연하는 이미 외국어 공부를 하고 있었다. 아직 익숙하지 않지만, 책을 읽을 수 있을 정도였다. 이어서 나리가 이렇게 말했다.

나리: 음, 스타는 또한 겸손해야지. 겸손 말이야… 대중들의 우상이 된 이상, 대중들을 위해 존재하는 사람이 되어야 하는 거야. 그래야 대중들과 올바른 소통을 할 수 있게 되는거야.

민아: 그래. 스타는 무엇보다 겸손해야 할 것 같아. 겸손하지 않는다면 오직 욕을 얻어먹게 될 뿐일 거야.

연하: 응? 그런가? 겸손? 겸손이 필수구나.

연하는 수긍한다는 듯이 고개를 끄덕였다. 겸손도 중요한 덕목이라 했다. 대중들을 위해 존재하는 사람이 되어서 그들을 존중하는 미덕을 갖춘다는 뜻이었다. 연하는 '겸손도 하나의 능력인가'라고 생각하며 고개를 갸우뚱거렸다.

이렇게 스타로서 갖추어야 할 자질에 관해서 민아와 나리가 의건들을 늘어놓았다. 스타는 언변이 뛰어나야 하고, 춤과 노래를 기본적으로 익혀야 하고, 분위기 주도를 할 유머도 갖추어야 하고, 외국어 능력에다 깨끗한 이미지 등을 두루 갖추어야 했다. 스타는 말 그대로 군중의 우상으로서 상당한 자질을 갖추고 있어야 하는 것 같았다.

그 의견들 모두에 연하는 수긍이 갔다. 모두 다 좋은 의견들이라 생각했다. 스타는 보통 사람들보다 더 뛰어나야 하고, 훌륭한 인격체여야 하는 것 같았다.

그런데 연하는 나리의 마지막 말, '겸손해야 돼'라는 부분에 특히 주목하였다. 능력도 중요하겠지만, 무엇보다 대중들과 소통함에 있어 인격적으로 품위가 있어 보인다면 그보다 의미 있는 일은 없으리라 생각했다. 그래서 연하에겐 '겸손해야 돼'라는 말이 인상적으로 들렸다.

연하 자신은 평소에 겸손함을 실천하고 있었지만, 어쩐지 부족해 보였다. 그저 인사를 잘하고 상냥할 뿐이다. 그런 겸손함은 다른 사람들의 겸손함과 다를 바 없다고 생각했다. 이제 스타가 된다면 좀 더 품위 있는 겸손함을 갖추어야 할 것 같았다.

그녀는 나리와 민아를 번갈아 보았다. 질문을 하기 위해 고민하였다. '겸손함을 스타로서 어떻게 표현할까'라고 생각하기도 하였고, '어떤 겸손함이 스타에게 어울릴까'라고 생각해보기도 하였다. 일단 겸손함을 스타로써 기본적으로 갖추어야 한다는 데 초점을 맞추기로 했다. 그래서 이런 질문을 던졌다.

연하: 여러 자질 중에서 특히 겸손함이란 게 눈에 띄어. 겸손함 말이야. 확실히 정상에 있는 사람일수록 겸손한 것 같아. 우상이 된 사람들은 누구나 겸손한 태도를 몸에 지니고 있잖아? 그러니까 나도 정상에 이르기 위해선 겸손해야 할 것 같아. 겸손한 태도를 지녀서 사람들에게 보다 돋보이고 싶어. 그게 지금 가장 중요한 일이라고 생각해. 스타가 되려면 말이야.

나리: 겸손함? 그래. 겸손함보다 더 큰 장점이 없지, 암….

민아: 겸손함? 그래. 무엇보다 겸손해야 할 거야. 벼는 익을수록 고개를 숙인다는 말이 있잖아?

'겸손해야 돼'라고 먼저 주장한 나리가 그렇게 대답했다. 여러 자질 중 겸손함을 특히 부각시킨 것은 연하가 평소에 사람들을 평가하는 것을 좋아하며, 누군가의 평판이 어떠한지 주목하는 성격에서 비롯되었다고 나리는 생각했다.

민아: 음, 겸손함…. 대중의 우상인 사람은 당연히 겸손함을 갖추어야 하지. 그렇지 않으면 상당히 욕먹게 돼.

연하: 응. 그러니까 겸손함을 지니려면 어떻게 해야 하지? 겸손함으로 돋보이려면 어떻게 해야 하지? 더구나 스타로서 말이야.

연하가 다시 자신의 질문을 반복하였다. 겸손함을 어떻게 터득할 수 있는지 물었다. 겸손함에 대해 알아내어서 겸손한 스타의 대열에 오르고 싶다는 뜻이 담겨 있었다.

하지만 나리와 민아는 그 질문에 대해 약간 당황하였다. 겸손함이 어떤 것인지는 알고 있었지만, 구체적으로 물어 오면 어떤 모습의 겸손함을 말해야 하는지 쉽게 판단이 서지 않았기 때문이었다.

나리는 남들에게 조언을 잘해 주는 성격으로, 여러 의견들을 잘 꺼내 놓았다. 상대방의 말을 잘 경청하며 자신의 말을 확실히 전달할 수 있는 단어들과 어휘들을 잘 선택했다. 그녀는 청중을 향해 강의한 적이 있으며, 저술로 펴낸 글이 인용되기도 했다.

대부분 불륜과 사기, 염탐에 관한 내용이어서 그다지 유명해지지는 않았다. 그런 장점을 지닌 그녀는 이번에도 지체하지 않고 대답을 내놓고 싶었다. 일단 일반적인 경우들에 관해 늘어놓았다.

나리: 스타로서 겸손함을 가진다는 것은 어떤 의미일까? 아, 스타는 아마 보통 사람들보다 더 자주 겸손해야 하는 경우를 맞이하게 될 거야. 많은 사람들에게 쉽게 노출되니까 말이야.

연하: 맞아. 스타들은 사람들에게 쉽게 노출돼.

민아: 사람들에게 쉽게 노출되겠지. 그리고 서로 다른 의견들이 존재하겠지.

스타는 쉽게 노출된다고 하였다. 많은 사람들이 본다는 뜻이었다. 직접 보이지 않아도 매체를 통해 소식이 전해진다.
이어서 나리가 말했다.

나리: 많은 사람들에게 드러나니까 일단 옷차림부터 깔끔해야 할 것 같아. 옷을 자기 편한 대로 아무렇게나 입고 나선다는 것은 예의가 아니거든.

민아: 맞아. 옷차림부터 깔끔해야 해. 제일 먼저 보이는 옷에서부터 겸손이 시작되어야 할 것 같아.

나리: 웅, 그렇지. 제일 먼저 눈에 들어와. 어느 스타는 집에서 입고 다니던 다 떨어진 티셔츠 바람으로 나타나서 도마 위에 올랐었지.

연하: 저런, 다 떨어진 옷이라니…. 상대방을 무시하는 건가?

민아: 일부러 찢고 다니기도 하지.

나리: 옷차림이 깔끔하지 않는다면 그는 스타로서의 품위부터 드러나지 않는 거야. 그런 건 사진으로 남게 되고, 여러 개 쌓이면서 그 사람의 주요한 이미지가 되고 말 거야. 그러니 조심해야 해.

첫 번째 의견으로 깔끔한 옷차림을 꼽았다. 외모가 가장 먼저 눈에 띄므로 옷을 잘 입어야 한다는 의견이었다. 옷은 그 사람의 기분을 나타내는 것일 수도 있고, 분위기에 맞는 옷을 입었을 경우 다른 이들을 감동시킬 수도 있다.

연하도 이에 수긍하였다. 그녀는 옷을 자주 갈아입었다.
새 옷으로 항상 멋을 내었기에 남루한 옷차림과는 거리가 멀었다. 대신 돈이 많이 들어가 돈을 빌리는 데 따른 부담이 가중되어 갔다.
나리가 이어서 이렇게 말했다.

나리: 그리고 겸손하려면 또 여러 사람들에게 친절해야 할 거야. 자기를 환호하는 사람들에게만 친절해서는 안 될 거야. 자기를 환호하지 않든, 환호하든 친절하게 다가가야 할 거야.

민아: 그래. 누구에게나 친절해야 할 거야.

연하: 아, 누구에게나 친절. 음, 그렇군.

나리: 실제로 어떤 스타는 자기를 환호하는 팬들에게만 친절하게 인사를 했었고, 환호하지 않는 팬들은 그냥 지나쳤었어. 그리고 자기에게 주어진 편지를 "내 것이 아니네."라고 하며 던지기도 했었어. 심지어 어느 공연에선 "저의

팬이 아닌 사람은 다 떠나 주세요." 이렇게 말하기도 했었어.

연하: 우와, 그런 스타도 있다니, 참 대단한 용기군.

민아: 맞아. 대단한 용기야.

나리: 그런 스타들은 오래 자리를 유지할 수 없어. 팬이란 단지 열성적으로 좋아해 주는 일부 사람들일 뿐, 그 외의 사람들이 전혀 좋아해 주지 않는다는 뜻이 아니거든? 잠재적인 팬들이라 생각하고 그들을 기쁘게 해 주지 않으면 안 되는 거야.

겸손하기 위한 두 번째 의견으로 모두에게 친절해야 한다는 의견을 내놓았다. 자기의 팬들에게만 친절해서는 안 된다고 하였다. 자기를 기피할지도 모르는 낯모르는 사람들에게도 친절해야 한다고 했다. 연하도 이에 수긍했다. 자기의 팬만 챙기는 것은 겸손하지 못하다. 그것은 독선적으로 보일 뿐이다. 마치 자기 세력을 확장시키는 야심가 같아 보인다.
계속해서 나리는 다른 의견을 내놓았다.

나리: 그리고 사람들이 많이 모인 자리에서만 겸손한 척해서는 안 될 거야. 사람들이 많이 모였건, 적게 모였건 겸손해야 할 거야.

연하: 사람들이 적다고 겸손이 줄어드나? 그건 안 될 일이지.

나리: 응, 그렇지. 사람이 적으면 '별일 아니네'라고 하면서 태만해지기 쉽지. 평소 하던 욕설을 그대로 내뱉는 스타들도 있어. 그런 스타들은 언론에 잘못 포착되면 그날로 스타로서의 지위는 상실되고 말 거야. 아무도 거들떠보지 않게 되지.

연하: 정말 그럴 거야. 사람들이 몇 사람 없다 해도 자기의 격한 성질을 드러내는 일은 없어야 할 거야.

민아: 안 들키면 되는 거 아닌가?

나리: 팬들이 하나둘 떠나는 건 아무것도 아니라고 생각한다면 소수의 팬들을 향해 추태를 부릴 수도 있겠지. 잘 감출 수도 있지만, 언젠가는 드러나게 되어 있어.

  세 번째 의견으로 사람들이 적건 많건 다정하고 친절한 모습을 선보여야 한다고 했다. 어떤 스타들은 평소 혼자서 하던 욕설을 몇 사람이 있는 곳에서 하다가 들켜서 실추되어 버리기도 했다고 했다.
  그리고 평소 생활상은 언젠가는 드러난다고 하였다.
  나리가 계속해서 이렇게 말했다.

나리: 또 겸손한 사람은 선물을 받았을 때 감사의 인사를 잘 전하지. 선물을 받고서 시큰둥한 반응을 보인다면, 그 사람은 욕을 얻어먹을 뿐이야. 스타에겐 선물이 많이 주어지니까 그에 대한 대응도 소홀히 해서는 안 돼.

민아: 선물? 그래. 선물은 스타와 교감할 수 있는 중요한 수단이지. 선물을 받고서 시큰둥한 반응을 보여선 안 될 거야.

연하: 응, 선물. 나도 선물을 여기저기서 많이 받아 보았지만, 필요 없는 선물이라 하더라도 그 사람의 정성이 느껴지면 되는 것 같아. 난 감사의 인사를 반드시 하지. 심지어 나쁜 선물을 받고도 감사하다고 해. 그리고 보답도 해.

네 번째 의견으로 스타는 선물을 받았을 때 겸손한 반응을 보여야 한다고 하였다. 선물은 팬들이 스타를 위해 정성껏 준비한 것이기에 사소한 응원이나 표현과는 다른 것 같았다. 선물에 대한 반응에서 감사함을 느끼는 그 사람의 마음이 드러난다.
민아는 스타에게 전해지는 선물이 꼭 필요로 해서라기보단 하나의 소통 수단으로써 전해지는 것이 많다고 생각했다. 한마디 말을 건네고 다가가기 위해서다.

나리: 또 스타는 자기가 하고 있는 일이 어떤 파장을 일으키고 있는지 알아야 해.

민아: 자기가 하고 있는 일?

연하: 파장?

나리: 예를 들면, 어느 스타가 자선 행사에 참석했던 적이 있었어. 사람들에게 상냥히 대하였고, 인사도 잘했고, 사인도 잘해 주었어. 칭찬받는 줄로만 알았지. 하지만 다음 날 신문에 났었지. 왜냐하면 자선 행사임에도 돈을 받았기 때문이었어.

민아: 저런, 자선 행사에서 돈을 받다니…!

나리: 물론 자기는 모르는 일이라고 했었지. 소속 회사에서 처리한 일이라 모른다고 했었어. 하지만 결국 자기가 처신을 잘못한 탓이지. 회사만 믿고 있어선 안 되는 거야. 스타는 자기에게 벌어지고 있는 일들이 무슨 일들인지 잘 파악해야 하는 거야.

민아: 당연히 그래야겠지. 아무렇게나 행동하면 안 되는 거야.

연하: 자기에게 벌어지고 있는 일들. 그래. 자기 관리를 잘해야 하는구나. 스타들은 일반인들보다 더 민감해야 한다는 뜻이군.

나리: 그래. 더 민감해야지. 더 민감해야 하는 수밖에 없어. 민감하지 않으면 실수로 이어질 뿐이니까. 보통 사람들에게는 사소한 실수로 남을 뿐이겠지만, 스타들에겐 사소한 실수 하나도 심각한 문제로 뻗어 나가기 쉬워. 그 점을 주의해야 해.

민아: 그래. 사소한 실수 하나도 문제로 뻗어 가기 쉽겠지. 그것은 한순간이야.

연하: 아, 그러니까 겸손이란 것은 겉모습만으로 잘 꾸미는 것만이 아니라 남을 배려하는 마음을 근본적으로 갖추고 있어야 하는구나.

나리: 그렇지. 은연중에 그 사람의 행실이 드러나. 그런 겸손함을 익힌다면 '스타로서 매우 겸손하고 예의 바르다'라는 평가를 들을 수 있을 거야.

연하: 으음… 매우 좋아.

스타로서 갖추어야 할 겸손한 태도에 대해 그렇게 말하였다. 옷차림에서부터 시작하여 예의 바르고 상냥한 말투, 그리고 자기가 맡은 일에 대한 책임감. 대중에 대한 호감이 가는 태도가 필요했다. 매우 그럴듯한 의견들이 스타로서의 경험도 사실상 없는 나리에게서 나왔다.

연하는 그렇게 듣고 보니 스타란 여간 피곤한 직업이 아닌 것 같았다.

그저 나서기만 하고, 돈만 받으면 되는 직업이 아니었다.

고민해야 할 일이 한두 가지가 아니었고, 실수 하나가 큰 잘못으로 뻗어 나갈 수 있는것이므로 평소의 태도부터 조심해야 하는 것이었다.

그 자리에서는 그 정도 노력은 해야 한다는 말도 있지만, 스타가 되어 보지 않고선 체감되지 않을 고뇌들인 것 같았다.

이 고뇌 속에서 어떤 스타들은 자리를 떠나기도 하고, 누군가와 분쟁을 일으키기도 하고, 하소연할 곳이 없어서 혼자서 속앓이하다가 은둔하기도 한다.

나리가 스타가 되기를 원하는 연하를 힐끗 바라보니 근심 어린 표정이 불현듯 나타나 있었다. 창백하며 긴장한 표정이 여실히 드러난 경우는 그동안 본 적이 없었다.

나리: '겸손하겠다'라고 마음먹어도 그 마음만큼 되지 않는 수가 있어. 겉으로 보여진다는 것은 사람들마다 달리 해석되거든.

민아: 그래, 그럴 거야. 겸손한 모습을 진실되게 전달한다는 것은 쉬운 일이 아니지.

나리: 그래도 이렇게 몇 가지 겸손함의 방안을 실천한다면 스타로서의 품위를 더 잘 드러낼 수 있을 거야.

민아: 그렇겠지. 가수이기에 노래와 춤만 잘 표출하면 되는 줄 알았는데 스타로서 겸손을 갖춘다고 한다니, 의외인걸. 그 태도가 마음에 들어. 대견해 보여.

나리: 나도 그렇게 생각해. 다른 스타 지망생들은 단지 춤과 노래를 열심히 하는 데 집중해. 그런데 연하는 스타로서 갖추어야 할 품격, 그중에서도 겸손을 터득해야겠다고 하니 의외인 것 같아.

겸손을 갖추려는 연하를 의외라고 했다. 실력을 증진하는 데 몰두하는 다른 연습생들과 달리, 자신의 인격과 성품에 관한 증진을 이루려는 의욕이 남다르게 보였다.
연하는 자신을 향한 칭찬에 어깨를 으쓱이며 쑥스러움을 표시했다. 그리고 가방에서 소지품인 빗을 꺼내어 머리를 단정히 했다.
그녀는 최근 단발머리를 하며 색다른 모습을 연출하고 있었다. 그러나 말괄량이 같은 본래의 인상은 잘 지워지지 않았다.
그녀는 지금까지 들은 겸손의 방안들을 잘 실천해야겠다고 속으로 다짐하며 흐뭇한 미소를 지었다.

스타의 겸손함

스타들에 대한 그녀들의 대화가 계속되었다. 이어서 나리가 이런 질문을 했다.

나리: 연습생들은 대개 동경하는 스타들을 가지고 있지. 연하는 누구를 동경하고 있지?

연하: 아. 동경하는 스타…? 나는 말이야, 나도 누군가를 정말 훌륭한 인물이라고 생각하고 있지. 그 사람을 보면서 연예인에 대한 꿈을 키웠어.

민아: 아, 혹시 K 씨인가?

연하: 역시 아는구나. K 씨는 정말 좋은 사람이야. 지금까지 말해온 겸손에 관한 이야기가 그 사람에 관한 내용이라 해도 과언이 아니야. 그 사람은 여러 미담들을 가지고 있지. 처음

엔 소문으로 퍼졌지만 뉴스에도 나온 적이 있어.

나리: 아, K 씨? 최근 자작곡 앨범 내고 활동 시작한 그 사람? 미담이라고? 그래, 미담이 어떤 내용이지?

나리가 동경하는 연예인이 있냐고 연하에게 물었다. 초보자들은 우러러보고 있는 우상들이 하나씩 있기 때문에 물어본 것이었다.
연하는 K 씨라고 대답했다. 연하는 K 씨에 대해 설명해 갔다.

연하: 그 사람이 겉으로 보기엔 천방지축이고 제멋대로인 것 같지만 사실 속이 깊은 사람이야. 자기를 챙겨 준 사람에겐 항상 보답을 하지. 그는 지난번 생일 때 많은 선물과 축하를 받았었잖아? 이젠 일일이 찾아가며 상대방의 생일에 보답을 하고 있어. 고마움을 잊지 않는 사람이지.

민아: 으음, 그런가? K 씨는 사생활이 대체로 문란하다고 알려져 있어. 이혼을 두 번 했고, 친구와 돈 문제로 다투었고, 이전 회사와 아직도 소송 중이야. 그건 알고 있니?

연하: 응, 그렇긴 하지. 그런데 그것만으로 그의 잘못이라고 할 수 있을까? 내막을 자세히 보지 않고서는 몰라. 일반인들은 연예인들을 대강 생각하지. 신문 기사 몇 줄 읽고 '그 사람이 그런 사람이었구나' 하는 게 대부분이야.

민아: 응, 그렇긴 하지.

나리: 신문에 나온 기사 몇 줄이 많은 영향을 미치지.

연하: 그 사람은 특별히 더 겸손해. 일단 인사성이 밝잖아? 누구에게나 인사해. 파티장에서 누군가 소외되어 있으면 먼저 다가가서 같이 앉을 것을 제안해. 그리고 처음 만난 사람도 이름을 잘 기억하고 다음에 만나도 잊지 않아. 부담 없이 말하라고 자기가 먼저 장난도 쳐 주면서 다가와. 그런 사람은 의심할 수가 없어.

민아: 아, 그렇군. 그 사람이 그렇게 친절한 사람이었군.

민아는 연하가 좋아하는 K 씨를 그다지 좋은 인상의 스타라고 생각하지는 않았다. 이혼 두 번으로 '결혼이 장난인가'라는 인상을 심어 주었고, 과거 범죄 사실이 드러나며 최근 억울하다는 사건도 의심받고 있다. 하지만 연하는 사람들이 대강 스타를 보기 때문이라고 했다. 검증되지도 않은 헛소문을 퍼뜨리는 것은 나쁜 일이라는 듯이 말했다. 민아는 그런 연하의 변명이 스타에 몰두하며 시간을 보내는 자의 편향된 시각이라고 생각했다. 그들도 보통 사람들처럼 실수와 잘못을 저지르는데, 괜히 그걸 잘 포장해 주고 싶은 팬들의 욕망이라 생각했다.

연하가 자신이 좋아하는 스타에 대해 늘어놓았으니 이번엔 자기가 좋아하는 스타에 대해 자랑을 늘어놓지 않을 수 없었다. 자기가 보는 눈이야말로 올바른 관점을 가진 것이란 걸 보여 주고 싶었다.

민아는 평소에 M 씨를 좋아하고 있었다. M 씨는 최근 잘생긴 외모로 일 순위에 꼽히는 스타였고, 광고에도 자주 출연하였다.

민아: 나도 눈여겨보아 온 스타가 있어. 난 M 씨가 친절하고 겸손한 사람이라 생각해.

연하: 뭐 M 씨? 아… 그 이혼하고, 어린아이를 폭행하고, 음주운전 후 도주했다는 그 M 씨?

민아: 아, 그 사람이 물론 평판은 좋지 않아. 보통 사람들처럼 그 사람도 험난한 세상을 살아가며 실수를 저지르긴 마찬가지지. 으음… 그런 실수들은 사실 과장되어 있어. 과거 폭력을 행사했다고 그 사람이 나쁜 사람인가? 사건의 내막도 모르고 하는 헛소리는 집어치워. 그리고 이혼은 개인의 자유야. 이 사람 저 사람 겪어 보고 진리를 터득하게 되는 거지. 아무것도 안 하는 사람은 정체되어 있게 될 거야.

연하: 아, 그런가?

나리: 으음… 해석이 좋군.

민아: 난 그 사람이 오해와 불신 속에서도 성장해 가는 모습이 멋있어. 이번 콘서트에서 팬들을 위해 선물을 준비했다지? 그게 그 사람의 친절을 보여 주는 것 같아. 그리고 연말 시상식에서 대상을 받았는데. 겸손의 한마디를 하며 감동을 주었지. 모든 게 팬들 덕분이라고.

연하는 민아가 좋아하는 M 씨를 평소에 좋은 사람이라고 생각하지는 않았다. 그는 폭군이었고, 사기꾼이었고, 냉담한 배신자였다. 하지만 나리는 아예 연예인 자체를 싫어하기 때문에 민아의 이야기에 그다지 흠집을 내고 싶지 않았다. 연예인을 이야기하는 것은 좋은 취미 생활이며, 활성화되어 건전한 문화에 기여해야 한다고 생각하고 있었다. 그것이 비록 헛소리라 하더라도.

나리: K 씨와 M 씨 둘 다 좋은 사람이었군. 그렇군. 으음… 맞아. 사람들은 대강 생각해. 겉으로 드러난 몇 가지 사실만으로 부풀려 해석하지. 하지만 한편으론 겉으로 은근히 드러나는 언행들이 그 사람의 내면을 보여 주기도 해. 별다른 사건이 아닌 것 속에서 발견되는 그 사람의 품격이 있어. 사실 친절이란 연예인이어서 눈에 띌 뿐 그 정도 친절은 누구나 가지고 있지. 뭐, 누구나까진 아니어도 다수의 사람들이 그 정도는 행하고 있어. 하지만 얘기를 듣고 보니 K 씨도 M 씨도 연예인으로서 모범인 것은 분명해. 그들은 예의 바르고, 겸손하고, 친절한 사람들이야. 우리가 지금까지 말해 왔던 겸손의 덕목을 잘 실천하고

있는 주인공들임에 틀림없어.

  나리는 연하와 민아의 스타에 대한 찬양에 일단 긍정적인 반응을 보였다.
  하지만 연예인을 평소 그다지 좋아하지 않는 그녀에게 심지어 범죄자나 마찬가지인 연예인을 들먹거린다는 게 몹시 못마땅했다. 범죄를 옹호하는 팬들이 있기에, 그 스타들은 스타 행세를 계속할 수 있는 것이라 생각했다.
  하지만 지금 여기서 쉽사리 범죄 여부를 따지는 것은 너무 멀리 나아가는 것처럼 느껴졌다. 민아는 나리의 범죄에 가까운 여러 행각들을 알고 있었고, 자칫 그로 인해 자기에게 화살이 되돌아올지도 모른다. 자제해야 할 때 자제할 줄 아는 그녀였다. 그래서 그녀는 원래의 주제인 겸손에 대해서 계속 이야기했다.

나리: 그런데 한편으론 이런 생각도 들어. 스타의 겸손함이라니, 스타가 겸손함을 잘 갖추고 있다니, 그게 무슨 뜻이지? 스타 행세를 겸손하게 한다고? 그게 무슨 뜻이지?

민아: 앙? 그게 무슨 말이야?

연하: 그게 무슨 말이지?

민아: 그동안 좋은 뜻이라고 해 왔잖아?

나리의 반문에 그녀들은 당황하였다. 나리의 도전적인 의문은 그녀들을 당황시키기에 충분했다. 나리는 때로 이런 의문을 건네며 그녀들을 당황시킨다. 나리는 언제나 논의를 주도하며 허술한 곳을 찾아 더 완벽하게 하기 위한 작업을 한다. 어설픈 견해는 그녀 앞에 내놓기 민망하다. 나리는 그녀들에게 그 겸손함들이 도대체 무엇을 의미하냐고 물었다. 이번에는 어떤 일이 벌어질지 궁금해지는 대목이었다.

나리: 겸손을 잘 갖추고 있다는 것. 그건 어쩌면 겉모습만 그런 게 아닐까? 겉으로만 겸손하게 되어 있는 것 아닐까?

민아: 뭐? 겉모습만 그렇다고?

연하: 겉모습만?

나리: 응, 겉모습만…. 겉모습만 잘 갖춘 것일지도 모르지. 그래서 가식이라고 할 수도 있을지 모른다는 얘기지.

민아: 뭐? 가식이라고?

연하: 가식이라고?

민아: 가식이라니…. 스타들이 잘 포장되어 있는 모습을 하고 있다는 건가?

나리는 그런 겸손함들도 다 가식일 수 있다고 하며 찬물을 끼얹었다. 가식이란 것은 겉과 속이 다르다는 뜻이다.

속으로 어떤 음모를 가지고 있다는 뜻이다. 그동안 동경하는 스타를 추앙하듯이 찬양일색의 발언을 해 왔었지만 가식일 수 있다는 말에 모처럼 동경하던 연예인의 얘기로 신났던 분위기가 순식간에 가라앉는 듯했다. 민아와 연하는 가식이라는 말을 들으며 몹시 당황하였다. 지금까지 좋게 보였던 모습들이 어떤 거짓을 함유하고 있다는 뜻이 된다. 민아에게 불현듯 그 스타가 친절한 모습을 보이다가 뒤돌아서서 음흉한 웃음을 짓는 모습이 떠올랐다. 나리의 말에 일단 귀를 기울였다.

나리: 가식적이란 건 다른 게 아냐. 겉으로만 겸손한 척하며 속으로는 다른 마음을 품는 것을 의미하지. 그래서 그 속에 어떤 의도가 있을 수 있어. 음모가 있을 수도 있어.

민아: 속으로는 다른 마음을 품는다고?

연하: 뭐? 어떤 의도가 숨어 있다고? 음모라고?

나리: 응. 그렇지. 예를 들어 이런 경우를 들 수 있어. 흔한 예로 쇼핑할 때 이런 일이 있지. 우리가 상점에 들어갔을 때를 생각해 봐. 상점에 들어가면 처음에는 직원들이 친절히 안내해 줄 거야. 이것저것 설명해 주고 추천해 줘. 하지만 물건을 안 사고 나가려고 하면 불쾌한 표정을 짓

지. 때론 버럭 소리를 지르기도 해. 그땐 뭔가 잘못했나 하는 생각이 들 거야. 물건을 안 사고 나오면 그렇게 되는 거야.

연하: 아, 물건이 안 팔리니까 친절도 사라지는 것이군.

민아: 물건을 안 사고 나오면 퉁명스러워진다니…. 물건을 팔기 위해 친절했었다는 얘기군.

나리: 그래, 그렇지. 물건을 팔기 위해 친절했던 거야.

연하: 그렇군. 그런 경우도 있겠군. 돈을 위해서는 잘 떠받들기까지 해야 하는군. 그게 바로 가식적인 태도군.

나리: 응. 가식적인 겸손함. 다른 목적과 이유로써 겸손해하는 태도들.

가식적인 경우는 물건을 팔기 위해 겸손한 경우가 있다고 했다. 상점에서는 물건을 팔아 볼까 싶어서 친절하게 안내해 주는 직원들이 있다고 했다.
그들은 손님이 이윤을 초래하지 못할 때 돌변한다고 했다. 하지만 민아는 물건을 팔기 위해 그 정도 하는 것은 별 문제가 안 된다고 생각했다.
물건을 팔려고 애쓰는 것이 당연하다고 생각했다. 다만 화를 내는 것은 지나치고 무례하다고 생각했다. 논의가 계속 이어졌다.

민아: 아, 그렇다면 스타들도 가식적일 수 있다는 것인가? 스타들도 장사꾼들처럼 가식이란 얘긴가?

나리: 응. 그렇지. 그럴지도 모른다는 얘기지. 스타들도 예외가 아닐 거야. 겉으로 겸손하게 보이는 스타들도 사실은 그 속에 계략이 담겨 있을 수 있는 거야.

민아: 스타들은 어떤 가식을 가지고 있지? 잘 감추어져 알 수 없는 걸까? M 씨도 그런 사람일까?

나리: 드러나는 모습 그대로야. 아무리 잘 감추어도 어느 순간 드러나게 되어 있거든. 스타를 긍정적으로만 볼 수 없어. 어느 스타는 신인 시절에는 겸손하게 사람들을 잘 대했다고 해. 사인도 해 주고 사진도 찍어 주는 등 항상 친절했다고해. 하지만 인기를 얻고 나니까 오만해지면서, 아는 사람들까지 모른 척하게 되었다고 해.

민아: 신인 시절에는 겸손하다가 스타가 되고 나니 거만해지다니, 겸손이 성공을 위해서 있었단 말이네?

연하: 어쩐지 신인들에게선 겸손한 인물을 많이 찾아볼 수 있지

스타의 겸손함   65

만 위로 올라올수록 줄어드는 것을 볼 수 있어.

나리: 응. 그렇지. 가식은 처음과 나중이 다른 거야. 이익을 취하고 나면 돌변해 버리는 거야.

스타들도 가식적일 수 있다고 했다. 신인 시절엔 겸손하지만 스타가 되고 나면 그런 겸손도 사라진다고 했다. 거짓은 아무리 잘 감추어도 드러난다고 했다.

민아: 과연 스타들도 그런 가식을 가지고 있을 것 같아. 신인뿐만 아니라 평소 태도가 위선인 스타도 있어. 한때 어느 스타에게 배신감을 느꼈던 적이 있었지. 사인받고 이름까지 기억해 줘서 그 스타와 친해지고 인연이 되는 줄 알았어. 그런데 어느 날 그를 다시 보게 되었을 때 '너 누구니'로 바뀌어 있었어. 난 단지 많은 사람들 중 한 명일 뿐이었어. 실망이 이만저만이 아니었지.

연하: 스타와 친해지려고 노력했는데 배신을 맞이하게 되었군.

민아: 그는 공부할 땐 기억력이 좋지만, 시험을 통과하고 나면 잊어버린다고 했었어.

나리: 굉장하군. 단기간 기억력이 좋아서 성과까지 내는군.

연하: 사람을 못 기억한다니, 이기적이란 뜻이 아닐까?

나리: 나도 스타의 가식적인 모습을 많이 봐 왔어. 그들은 정치인들의 공약처럼 당선되고 나면 없었던 일이 되어 버리는 것처럼 행동하고 있지. 굳이 친절이란 경우가 아니어도 가식은 나타날 수 있지. 어느 스타는 자기가 광고하는 제품을 무척이나 아낀다는 듯이 선전했었지. 사람들에게 열심히 장점을 얘기하며 홍보했었어. 하지만 어느날 그가 경쟁사 제품을 사용하고 있는 모습이 포착됐어. 그는 엄마가 사 준 거라고 서둘러 변명했지만, 그 엄마가 또 부인하면서 거짓이 탄로 나 버렸지. 광고주의 실망이 이만저만이 아니었지.

민아: 광고주와의 신뢰 관계가 깨졌군.

나리: 스타가 그렇게 가식적인 겸손함을 띠고 있다면 어떻게 되겠어? 사람들은 그저 품위 있고 친절한 어느 스타를 존경하고 동경하고 인지도를 높이는 데 기여하지만, 정작 그 스타는 가식적인 인물로 사람들을 이용하고 있으니 말야. 그런 사람들이 대중 앞에 나서서 대중들에게 영향을 미친다는 것은 생각만 해도 아찔한 일 아니겠어?

연하: 정말 그래. 아찔한 일이야. 그럼 모범 스타라고 했던 사람들도 다 가식적인 인물들이었나?

나리: 음, 그럴지도 모르지. 가식으로 잘 포장하고 있는지도 모르지.

연하: 아까 K 씨, M 씨 등도 다 가식적인 인물인가?

나리: 그래. 그럴지도 모르지.

아까 언급했던 K 씨, M 씨 등도 가식적인 인물이라 했다. 연하는 M 씨가 욕먹는 것이 기분 나쁘게 느껴져 다른 인물들을 끌어들였다.
가식적인 스타는 처음과 나중이 다르다고 했다. 신인 시절에는 겸손한 모습으로 항상 보여졌던 인물들이 스타가 되고 나서는 오만해지는 경우가 있다고 했다. 인기를 위해 겸손했다가 인기를 얻고 나면 겸손함도 사라지는 것이었다. 가식은 목적을 띠고 나타나서 목적을 달성해 버리면 끝나 버리는 것이었다. 연하에게 가식이란 말이 강하게 뇌리에 꽂히게 되었다.

민아: 아, 그렇군…. 놀라워. 어쩐지 M 씨의 이런저런 소문들이 퍼지고 있는 것 같았어. 그중엔 타인 명의로 팬들을 고소한 내용도 있고 경쟁사의 지분을 차지한다는 소문도 있고…. 으음, 내가 본 것은 없지만….

연하: K 씨도 수상해. 그가 한 말이라고 알려진 "잘나갈 때 크게 한몫 챙기자"라는 말은 그가 실제로 한 말인 것 같아. 그가

의혹에 휩싸일 때쯤 생방송을 피하려는 태도가 눈에 띄었어. 생방송 중 실수하면 돌이킬 수 없으니까 말이야.

나리: 그런 것은 대개 사실일 거야. 그들은 함께 일하는 사람들을 잘 동원하고 자본력도 상당해서 함부로 떠들 수 없어.

민아와 연하는 그동안 치켜세워 온 우상들을 의심하기 시작했다.
의혹으로만 떠돌던 것들이 사실일지도 모른다고 생각하기 시작했다.

민아: 그동안 가식적인 인물의 춤과 음악에 열광하고 있었던 것이군. 매일 그의 음악을 들으며 그의 목소리로 행복하구나 하고 생각했었지.

연하: 그들은 세상에 많은 긍정적인 영향을 미쳤다고 생각했어. 그들이 한마디 조언이라도 하면 가슴에 새기며 인생의 방향을 잡아 가려고 했었지. 그러나 난 더 이상 가식적인 인물의 조언 따위 듣고 싶지 않아. 이제 집에 있는 그의 브로마이드와 앨범들을 치워야겠어.

나리: 그래, 잘 생각했어. 그가 내비쳤던 음흉한 모습과 목소리들은 사실일 거야. 그것들은 팬들을 공략하기 위한 술책일 뿐이지.

연하: 그가 광고하고 있는 물품들도 구매를 중단해야겠어.

민아: 난 우리 엄마 식당에 걸려 있는 그의 사인도 치워야겠어. 보름 앞으로 다가온 M 씨의 콘서트 티켓도 이제 취소해야겠어.

나리: 이제 팬으로서의 생활은 청산하는 것인가? 잘 생각했어. 돈 들인 만큼 유익한 효과를 거둘 수 없는 게 팬으로서의 생활이지.

연하와 민아가 그동안의 팬 생활을 후회하는 듯한 발언을 하자 나리는 내심 기분 좋아졌다. 평소에 연예인들을 그다지 좋아하지 않았고, 별 의미도 없는 현상에 열광하는 모습을 보며 못마땅했던 터라 이번에 악담 아닌 적당한 비판을 가하며 그들의 행동을 중단시킬 수 있게 되어서 기뻤다.

시간은 빠르게 흘러가고 젊은 시절 진로와 자기 계발을 위해 정진하지 않는다면 나중에 후회로 기록되리라고 나리는 평소 생각하고 있었다.
 나리는 그녀들의 망상과 집착, 밑 빠진 독에 물 붓기식의 낭비가 더 이상 뻗어 가지 않도록 잘 제지시켰다고 생각하며 뿌듯한 미소를 지었다.
 민아는 나리의 미소를 보며 사실은 저것이 자신을 조롱하는 것이라고 생각했다.

민아: 스타에 대해 파악하기 어려워. 그저 겉모습으로 봐선 그 사람에 대해서 알 수 없는 것 같아.

연하: 응, 그런 것 같아. 겉모습으로는 요란할 뿐이야. 노래와 춤에 이끌려 그 사람을 좋아하게 되었지만, 그 사람의 본모습을 보게 되니, 이제 헛웃음만 나오게 될 정도로 실망스러운걸? 그 사람은 어떤 재주를 가지고 있길래 대중들을 그토록 잘 공략하는 걸까?

나리: 그것도 돈을 끌어모으는 재능에 지나지 않아. 우리는 여러 가지 재능에 이끌리게 되지. 자기가 못 하는 것은 일단 대단한 것처럼 보이게 되거든. 그들은 무엇이 사람들을 유혹하는지 아는 거야.

민아: 아, 그렇구나. 우린 생활 속에서 돈을 쓰는 곳이 많은데 단지 사람이 좋아서 돈을 쓴다는 건 흔치 않은 일이야. 우린 어느 브랜드의 제품을 찬양하듯 스타를 찬양하며 시간과 돈과 열정을 바쳐 왔어. 그런데 지금 자신들의 성공을 위해 우리들을 잘 이용했다는 사실에 배신감을 느끼고 있어. 그러고보면 애초에 연예인에 관심 없었던 나리가 현명하고 지혜로운걸? 우린 유행에 이끌렸었어. 그로 인해 낭비가 초래되었고, 기분이 상했고 인간에 대한 회의가 느껴지게 되었어.

연하: 보통 사람들과 다를 거라는 환상에 이끌렸었어. 하지만 그들 역시 보통 사람들처럼 세속적이긴 마찬가지야. 성공을 위해서 자기의 모습까지 이리저리 바꾸다니, 나로선 도무지 상상할 수 없는 일인 것 같아.

그들은 스타의 거짓된 모습에 회의를 느끼게 되었다고 했다. 오랜 시간 돈을 쓰며 열광했던 지난날들을 후회한다고 했다. 보통 사람들과 다를 거라는 환상에 이끌려 많은 시간과 돈을 들였지만 돌아오는 것은 배신감뿐이었다.
그들도 보통 사람들처럼 세속적이긴 마찬가지였고 성공을 위해서 자기의 모습까지 때때로 바꾸는 재능까지 가진 존재들이었다. 민아는 혀를 내두르며 놀라움을 표시하였다.
자신으로서는 그런 위선적인 모습을 상상할 수 없다고도 했다.

잠시 대화가 끊기며 정적이 감돌았다…. 민아의 헝클어진 머리가 마치 구겨 놓은 종이 뭉치 같았다. 연하는 다리가 저리다는 듯이 자세를 고쳐 앉았다. 가지고 있던 지갑 속에서 지폐 한 장을 꺼냈다. "오늘은 이걸로 생활해야 해"라고 말했다. "스타를 준비하는 사람은 가난하기 마련이지"라고 덧붙였다. 민아가 그에 대해 "곧 부자가 될 수 있을 거야"라고 말했다.

겸손이란

연습실 내부는 공기가 맑지 않은 것 같았다. 나리가 자리에서 일어나서 창문 쪽으로 다가가서 창문을 열어 놓았다. 민아는 이제 상쾌한 바람이 부는구나 하며 좋아하였다. 그녀들은 다시 자리에 앉았다. 대화가 계속 이어지는 듯했다. 나리가 다음과 같은 의혹을 제기하였다.

나리: 그런데 연하는 처음에 스타가 되기 위해 겸손함을 가지려고 하고 있었지?

연하: 응. 그랬지. 스타가 되기 위해….

나리: 그럼 이 상황은 무엇을 의미하지? 스타가 되기 위해 겸손함을 가지려고 한다는 것. 그것도 가식적인 겸손함에의 추구 아닌가?

연하의 스타에의 도전도 가식적인 추구라고 하였다. 이에 연하는 발끈하였다.

연하: 뭐? 그것도 가식적인 겸손함에의 추구라고?

민아: 뭐야? 그런 것인가?

연하: 정말 그런 거야?

연하는 흠칫 놀라며 민아와 나리를 번갈아 쳐다보았다. 스타가 되기 위해 겸손함을 가지려는 것 역시나 가식적인 겸손함을 추구하는 것에 지나지 않는다고 나리가 지적했다. 이미 말해 온 것 그대로였다.
 자신의 인기를 위해 겸손함을 가지려고 한다는 것은 가식이고 계략이다. 연예인들이 신인 시절 겸손하다 거만해지는 것처럼 자신도 성공을 위해서 모습을 잘 갖추려고 노력하고 있는 것이었다. 그 한마디로 가식이 분명히 드러나 보일 뿐이었다.
 자신의 가식이 들통난 것처럼 되자, 연하는 당황스러운 기색을 드러냈지만 아무렇지 않다는 듯이 나리와 민아를 쳐다보았다. 일단 서둘러 변명하지 않으면 더욱 창피스러운 일이 되어 버릴 것 같았다. 그래서 변명을 서둘러 했다.

연하: 내가 가식적인 겸손함을 추구하고 있었다고? 가식적인 겸손함이라니. 난 진심으로 겸손해야 한다고 말해 왔잖아.

진심으로!

소리를 지르듯 변명을 했다. 나리는 어이없다는 표정을 지었다. 민아가 금방 대꾸했다.

민아: 진심으로 겸손하고 싶다고 진심이 되나?

나리: 그래. 안 돼!

연하: 진심을 가지기 위해 노력하면 되는 거야! 아니면 마음을 바꾸면 되는 거야!

연하는 계속 변명했다. 소리를 지르며 그녀들에게 맞섰다.

민아: 그래도 가식이야. 진심이란 억지로 갖추어지는 게 아니잖아?

나리: 그래. 아니야.

연하: 그럼 난 뭐가 돼?

민아: 가식적인 인물!

나리: 정말 그래!

민아와 나리, 둘 다 따지는 듯한 어투로 연하를 몰아세웠다. 연하는 그 둘의 몇 마디에 처량하게 고개를 떨구며 표정을 일그러트렸다.

그녀는 정상을 향해 가다 어느 순간 데굴데굴 구르는 듯 아래로 추락했다. 하지만 애써 밝은 표정은 잃지 않았다.

스타로서 매우 겸손한 인물이 되고 싶다고 의견을 물어 왔었지만 이미 겸손함이란 그런 것이 아니었다. 겸손함은 스타가 되기 위해 동원할 수 없는 것이었다. 스타가 되지 않는다면 마치 겸손함이란 필요 없는 것인양, 스타가 되기 위해 필요한 것이라고 강조되어 왔었다.

겸손함은 애초부터 진심이라는 조건이 필요한 것이었다.

연하: 아… 이를 어쩌지? 그래, 나도 가식적인 인물이었어. 가식적인 인물이라고 해 두지. 그래, 가식적인 인물일 뿐이었어. 그래서 어쨌다는 거야? 누구나 그렇듯이 나도 가식적인 인물일 뿐이야. 뭐가 문제지? 품위를 가지려고 하는 마음은 누구에게나 있는 거야. 저속하게 보이고 싶겠어? 자기 기분 내키는 대로 행동하고 싶겠어? 겉모습이라도 잘 갖추는 게 예의야. 안 그래?

민아: 다른 사람들과 마찬가지라고? 위선을 애써 부정하는 건가?

연하: 난 잘못한 게 없다구…. 가식은 생존의 한 형식이야.

민아: 뭐? 생존의 한 형식이라고?

나리: 하긴, 모든 사람들이 가식적인 면을 가지고 있다는 건 부인할 수 없지. 우리 모두는 가식적인 인물들이야.

연하: 드디어 내게 동조하는구나. 그건 단지 사람들 각자가 알아서 판단할 문제야. 싫은 사람은 떠나는 거고 좋은 사람은 남는 거야. 거기에 간섭해서는 안 돼.

민아: 왜 다른 사람들을 끌어들이지? 누구나 그렇다고? 난 이날 이때까지 한 번도 가식이거나 위선이거나 속임수를 쓴 적이 없어.

연하: 정말 그래? 누가 보증하지? 그래, 착하다고 해 두지. 착하면 이용당할 거야. 괴로운 날들이 계속될 거야. 사기꾼들의 계략에 넘어가기 쉬울 거야.

민아가 자신의 가식성을 전면 부인하는 것에 대하여 나리는 쓴웃음을 지었다. 그녀는 가식이 몸에 배어 있을 뿐만 아니라 적극적인 속임수를 쓰며 상대방을 공략한다. 들켰을 때의 대비책도 가지고 있는 그녀였다. 그런 그녀가 다른 이의 가식성을 논하는 것 자체가 우스꽝스러운 일이었다.

연하: 그럼 어디서부터 잘못된 것이지? 어디서부터 잘못됐냐구?

나리: 잘못된 부분은 스스로 알면 좋겠지만….

연하는 애써 태연한 척 다시 진지한 표정을 지으며, 어디서부터 잘못된 것인지 물었다. 그녀들은 다시 주제로 돌아가 그에 대해 생각해 보기로했다.

연하는 감싸 쥐었던 머리를 단정히 해 놓았다. 이제 겸손함에 대해 더 진지하게 논의해야 할 것 같았다. 겸손함은 어떤 목적을 위해 가질 수 없는 것임이 발견되었다. 민아가 먼저 이렇게 말했다.

민아: 애초에 스타로서 겸손함을 배양한다고 한 조언이 틀린 거야. 그 조언은 모순을 안고 있었던 거야. 스타로서 말솜씨도 기를 수 있고 여러가지 장기도 기를 수 있지만, 겸손함은 기를 수 있는 게 아냐. 겸손함이란 그것들과는 다른 거야.

스타로서 여러 가지 갖출 수 있지만 겸손함은 성격이 다른 것이라고 했다.
여러 가지 솜씨나 기술은 기를 수 있지만, 겸손은 기를 수 있는 것이 아니라고 했다.

나리: 그래. 그런 것 같아. 겸손함이란 기를 수 없는 거야. 만들

어 낼 수도 없는 거야. 애써 지어내려고 하면 가식이 되어 버리는 거야.

나리도 동조하였다. 겸손함은 지어낼 수도 없는 것이다. 만들어 낼 수도 없는 것이다.

연하: 겸손함이란 그런 것인가? 만들어 낼 수도 없고, 기를 수도 없는 것. 겸손함은 어렵게만 다가오는군. 겸손함이란 왜 그런 것인지?

민아: 돋보이고 싶어서 겸손해진다는 것은 이미 가식으로 출발하는 것이지.

연하에게 겸손함은 더욱더 어려운 개념으로 다가왔다. 겸손함을 목표로 하여도, 가질 수 없는 것이 되어 있다. 동시에 대중들 앞에 나서기 위해선 겸손함이 필요한 것 같았다. 진심이 필요하다고 했지만, 진심이란 생성되는 것도 아니고, 연습으로 길러지는 것도 아니었다.

겸손함에 대해 그녀들은 숙고하게 되었다…. 민아가 멍한 표정으로 창문 밖을 바라보고 있었다. 연하도 자신의 창피함을 뒤로 하고 겸손에 대해 숙고하기 시작했다. 혼자서는 의견내기도 어렵지만 나리가 이 논의를 이끌고 있기 때문에 무언가 가능하다고 생각했다.

스타가 되기 위해 겸손함을 갖추려고 했지만 여기에서 부인되었다. 또 다른 접근법이 필요한 것 같았다. 멍한 표정으로 있던 민아가 자세를 고쳐 앉았고, 연하는 궁금증 가득한 표정을 지었다.

가만히 있던 나리가 다시 입을 열었다.

나리: 그렇다면 겸손함은 저절로 생겨나는 것인가 봐. 저절로 생겨나는 것.

연하: 뭐? 겸손함은 저절로 생겨난다고?

나리: 응. 저절로 생겨나는 것.

겸손함은 저절로 생겨나는 것이라고 했다. 지어낼 수 없으므로 저절로 생겨날 수밖에 없는 것이라고 나리는 생각했다.
그 말을 듣자마자 민아도 곧장 수긍했다.

민아: 그래. 그런 것 같아. 저절로 생겨나야 하는 것.

나리: 그럴 거야. 저절로 생겨난다면 진심일 수 있을 거야. 애써 만들어 낸 게 아니니까 진심이라고 할 수 있지.

연하: 그래? 그런가?

저절로 생겨난다면 일부러 만들어 낸 것이 아니기에 진심일 거라고 했다.

민아: 그래. 그렇군. 저절로 생겨난다면 진심일 수 있을 것 같군. 마음에서 우러나오는 것이니까 말야.

연하: 아, 그렇군. 진심일 수 있을 것 같군. 그럼 저절로 생겨나려면 어떻게 해야하지?

연하가 '어떻게 해야 하지'라고 물었다.
나리가 대답했다.

나리: 저절로 생겨나게 하기 위해 어떻게 할 수 있을까? 저절로 생겨나게 하기 위해서 어떻게 한다면, 그건 이미 저절로 생겨나는 것이 아닐 거야. 그러므로 아무것도 할 수 없을 거야.

아무것도 할 수 없다고 하였다. 연하는 황당하였다.
그래서 놀란 표정을 지었다.
민아는 곧 동조하며 말했다.

민아: 그래. 그렇군. 저절로 생겨나게 하기 위해 어떻게 한다는 것은 이미 저절로 생겨나게 하는 게 아니니까 말이야.

연하: 그렇군. 그럼 저절로 생겨나기를 기다려야 하는 건가?

민아: 그래. 기다려야지.

나리: 으음… 기다려야 할 거야.

저절로 생겨난다는 것은 말 그대로 저절로 생겨나는 것이어서 어떻게 할 수도 없다고 하였다. 저절로 생겨나기를 단지 기다려야 한다고 했다. 겸손함을 요구하지만 저절로 생겨나기를 기다려야 한다는것은 이상하게만 느껴졌다.
  기다려야 한다는 것은 형식적인 표현일 뿐, 겸손함이 안 생겨나면 결국 어쩔 수 없다는 것이나 마찬가지였다.
  연하가 계속 질문했다.

연하: 저절로 생겨나야 하는 것이라면 상당히 난감하군. 그럼 겸손하지 않은 인물들은, 저절로 생겨나기를 기다리기만 해야 한다는 뜻인가? 저절로 안 생겨나면 어쩔 수 없단 말인가? 거만한 인물들에겐 겸손함은 없을 것인가?

민아: 음, 저절로 생겨날 수 없을 거야. 거만한 인물들은 거만하기 때문에 겸손해질 수 없을 거야. 왜냐하면 겸손함은 저절로 생겨나야 하는 것이니까….

연하: 아, 그렇군. 겸손함이란 그런 것이군. 정말 어렵군…. 겸손

함은 도대체 무엇이지? 겸손함은 무엇이길래 그렇게 어렵게 되어 있는 것이지?

겸손함은 어렵게만 느껴졌다. 저절로 생겨나기를 기다려야 하는 것이 되어 있고 안 생겨나면 어쩔 수 없는 것이 되어 있었다. 그래서 '무엇이길래 그렇게 되어 있는 것이지'라고 물었다.
궁금증 가득한 표정을 지었다.

민아와 나리는 대답은 꼬박꼬박 했지만 점점 난감해지고 있었다. 겸손함은 스타가 되기 위해서는 가질 수 없는 것이라고 말했었다. 그러나 그 사실에도 포기하지 않고 질문을 계속해 오는 연하였다. 매우 호기심 어린 친구라고 생각했다. 일상에서 볼 수 없었던 돌변한 태도가 눈에 띄었다.
나리는 이 난관을 극복하기 위해서 머릿속에서 빠르게 그동안의 생각들을 정리해 보았다. 겸손함이 막힌 이유는 단지 겸손함이 어떻게 드러나서 어떻게 보여지느냐에 초점을 맞추었기 때문인 것 같았다. 겸손함이 무엇인지 모른 채 처음부터 논의를 이끌어 온 것 같았다. 막연히 겸손함이란 단어를 내뱉고 있었다. 그래서 그 부분을 바로잡아야겠다고 생각했다.
머릿속으로 생각을 정리한 나리가 이렇게 말했다.

나리: 겸손함에 대해서 안다는 것은 쉬운 일이 아닌 것 같아. 겸손함이 주제로 떠올랐지만 우리는 무턱대고 겸손함에 대해서 말해 오고 있었어. 무턱대고 말이야. 그러므로 다

시 생각해 봐야 해. 처음으로 되돌아가서 다시 생각해 봐
야 해. 겸손함은 원래 무슨 뜻이었지?

원래 무슨 뜻이었는지 물었다. 처음 질문으로 되돌아가서 다
시 생각해 볼 때 답이 나올 수 있을 것 같았기 때문이었다. 민아
와 연하도 그게 올바른 수순이라 생각했다. 겸손함이라는 막연
한 단어가 그녀들을 헤매 돌게 하고 있었다.

민아: 겸손함이란 이미 말했듯이 타인에 대해 자신을 낮추는 것
을 뜻해. 자신을 낮추고 상대방을 높이는 것이지. 그게 겸
손함이야.

나리: 그래. 자신을 낮추는 것이지. 자신을 낮춤으로 해서 상대
방에게 공손해지는것이지.

민아: 그래. 그런 거야.

연하: 그래. 그렇지.

셋 다 동의했다. 자신을 낮추는 것이 겸손함이다.
나리는 다음 질문을 이어 갔다.

나리: 그럼 낮추는 까닭은 무엇이지?

연하: 낮추는 까닭?

민아: 낮추는 까닭? 으음… 아마 자기가 부족하다고 생각해서 일 거야. 부족하기 때문에 낮추는 자세가 나오는 것이지. 저절로 나오게 될 거야. 겸손한 태도가 말이야.

연하: 그래. 부족해서일 거야. 그럴 것 같아.

자기가 부족하다는 것을 알고, 낮춘 자세가 나온다고 하였다. 연하도 "그럴 것 같다"라고 하였다.

나리: 그래. 그렇겠지. 부족하다고 느껴서겠지. 부족하므로 본능적으로 낮추는 자세가 나오는 거야.

민아: 그래. 또 상대방을 존경해서 낮추기도 하겠지.

나리: 그래. 그렇겠지.

겸손함은 부족함을 알거나, 상대방을 존경해서 나오는 자세라고 하였다. 그녀들은 계속해서 논의해 갔다.

나리: 그렇다면 부족함을 알게 되면 겸손이 저절로 나타나게 되지 않을까? 부족하니까 낮출 수밖에 없거든?

연하: 부족함을 알면 겸손하게 된다고? 정말 그럴 것 같아. 부족하다는 것은 내세울 정도가 못 된다는 뜻이겠지?

나리: 응. 그렇지. 내세울 정도가 못 된다는 뜻이지.

민아: 정말 그렇겠군.

연하: 정말 그럴 것 같아. 부족하면 수그러들겠군. 저절로 겸손해진 모습이라고 할 수 있겠군.

부족함을 알면 저절로 겸손해질 것이라고 하였다. 초라함이 느껴질 때 비로소 낮은 자세가 나오는 것이었다. "겸손함은 원래 무슨 뜻이지?"라는 나리의 질문이 적절했다고 민아, 연하는 동시에 생각했다. '그것이 무엇인가'라고 묻는 방식은 종종 난관에 부딪혔을 때 나리에게서 나타나는 사색의 한 방식이었다. 이제 논의는 한결 쉬워진 것 같았다.

민아: 부족함을 알면 저절로 겸손해지는 것이구나. 그래, 정말 그럴 것 같아. 부족하여 겸손해지는 것. 그게 진정 겸손함일 거야.

연하: 그래. 그럴 거야. 부족한데 내세우면 창피하겠지?

민아: 그래. 창피할 거야.

나리: 그러므로 저절로 겸손해진다는 것은 그런 것이야. 부족함을 아는 것. 스스로 수준을 알고 낮아지는 것.

저절로 겸손해진다는 것은 어려운 일이 아닌 것 같았다.
일부러 겸손해질 수 없다고 했으나, 일부러 겸손해질 수도 있는 것 같다. 가식적인 겸손함이 아닌, 진심 어린 겸손함도 일부러 만들어 낼 수 있는 것이었다….

연하: 그렇다면 부족함을 알아야겠어. 부족함을 앎으로써 겸손해질 수 있는 것이야. 그리 어렵지 않은 것이었군.

민아: 그래. 그럴 거야. 저절로 생겨나게 하기 위하여 그렇게 해야 해.

연하: 음… 그런데 뭐가 부족하지? 부족한 게 뭐지? 나 자신에게서 부족한것을 찾아야 하나?

나리: 응. 그렇지.

연하: 일단 돈이 부족한데….

나리: 뭐? 돈이라니….

민아: 내세우고 싶은 어떤 것이 부족해야겠지. 내세울 수 없을

정도로 부족한 거야. 그것을 발견해야 해.

연하: 음, 그게 뭐지?

연하는 뭐가 부족한지 물으며, 자기의 겸손해질 항목을 찾았다. 돈 같은 것이 아니라 내세우고 싶지만 내세울 수 없는 것이 되어 있는 것을 찾아야 할 것 같았다.

나리: 그러니까 실력 부족이면 내세울 수 없는 거야.

연하: 아, 실력 부족….

민아: 맞아. 실력 부족.

연하: 연습 미흡으로 실력이 부족할 것 같아. 그럼 실력 부족은 구체적으로 어떤 경우지?

실력 부족이면 내세울 수 없을 거라고 나리가 말했다. 실력이 부족한데 애써 내세울 수는 없는 것이었다. 나리는 아직 명확히 파악하지 못하고 있는 연하를 위해 다음과 같은 예를 들었다. 이 예는 나리가 직접 지어내었다.

나리: 예를 들어 초보자인 미술가가 자신의 실력을 내세우려고 해. 작은 전시회를 열었겠지. 그리고 사람들을 향해 이렇

게 말하겠지. "부족하기 그지없는 제 작품을 감상해 주셔서 감사합니다. 부디 좋은 시선으로 봐 주세요." 이렇게 말하겠지. 부족하기에 내세울 수 없음을 알고 저절로 겸손해진 것이지.

연하: 아, 그렇겠군. 정말 그렇겠군. 그렇게 말할 것 같아.

민아: 그런 것 같아. 부족함을 알면 정말 저절로 겸손해질 것 같아.

나리: 말 그대로 겸손함이 우러나오는 거야.

연하: 우러나오는군. 초보자에게서.

부족하면 저절로 겸손해진다고 했다. 초보자인 미술가가 작품을 선보였을 때 보잘것없는 제 작품이라고 한다고 했다. 부족하고 내세울 정도가 못 되기 때문에 저절로 겸손해지는 것을 의미했다. 초라하다고 느낀다면 저절로 겸손해지는 것은 당연한 것 같았다. 나리의 예시는 그런 경우를 잘 설명했다.
하지만 연하가 이런 질문을 했다.

연하: 초보자에겐 부족함이 있구나. 그래서 겸손함이 생겨나는 것이구나. 음… 그럼 실력자인 경우는 어떻게 되지? 초보자는 부족해서 겸손해지는데 실력자들은 어떻게 겸손해

지지?

실력자들은 어떻게 겸손해지느냐고 물었다.

민아: 정말 실력자들의 경우는 어떻게 될까? 실력자들은 부족함이 뭐가 되지?

나리: 실력자들의 경우?

민아: 실력자들의 경우는 어떻게 되지?

나리가 금방 답을 내놓지 못하고 있었다. 그녀들은 나리를 보며 "어떻게 되지?"라고 물었다. 초보자들은 부족하지만 실력자들은 부족하지 않기에 '부족한 제 작품'이라고 말할 수 없다.
그래서 겸손과는 거리가 멀지도 모른다. 나리는 그에 대해 이렇게 말했다.

나리: 실력자라 해도 겸손의 표현은 쓰지 않을까? 초보자와 같은 겸손의 표현을 쓸 거야. 실력자가 겸손하지 않고 거만해진다면 손가락질받겠지? 실제로 실력자들도 이렇게 말할 거야. "뛰어나지도 못한 제 작품을 감상해 주셔서 감사합니다. 부디 좋은 시선으로 봐 주세요." 이렇게 말하겠지.

민아: 아, 그런가?

연하: 뭐야? 그런가?

실력자들 역시 겸손의 표현을 쓴다고 했다. 부족함이 없어서 겸손의 표현을 쓰지 않는 것이 아니라, 초보자들과 마찬가지로 겸손의 표현을 쓴다고 했다. 그 사실이 의아하게 느껴지며 다음 질문이 이어졌다.

민아: 그런가, 정말? 그럼 어떻게 되지? 실력자들도 같은 겸손한 표현을 쓰다니…. 어떻게 되는 것이지?

연하: '뛰어나지도 못한'이라고 하면서 겸손한 표현을 쓰다니…. 어떻게 되는 것이지? 정말….

민아: 자기 실력을 부정하는 것인가?

연하: 실력자인 이상, 자신도 자기 작품의 훌륭함을 알지 않을까?

나리: 그래. 알 거야. 초보자들이나 일반인들에 비해 뛰어나다는 것을 알 거야. 그런데도 겸손의 표현을 쓰는 거야.

자기 작품의 뛰어남을 알지만 사람들에게 낮은 자세를 취한다. 그래서 겉으로만 겸손의 표현을 쓰는 것 같고, 거짓처럼 보였다. 가식인지도 모른다는 생각이 그녀들에게 들었다.

나리: 겸손의 표현을 쓰지 않는다면 이렇게 말하게 될 거야. "제 훌륭한 작품을 봐 주십시오. 매우 훌륭하지 않습니까?" 이렇게 말하게 되겠지.

연하: 실력자가 저의 뛰어난 작품이라고 한다고? 그것도 그렇네.

민아: 솔직한 심정을 그대로 드러내면 "제 작품은 아주 뛰어납니다."라고 말해야지. 하지만 그건 이상해 보여. 자기 자랑을 하는 거잖아?

나리: 응. 그렇지.

연하: 진심을 표현했으나 자기 자랑이 되어 버리는 것이군.

겸손의 표현을 쓰지 않는다면 자랑이 되어 버린다고 했다. 겸손의 표현은 거짓이지만 어쩔 수 없이 사용해야 하는 것처럼 보였다.

민아: 그렇게 된다면 겸손해지는 것이 아니군. 저절로 겸손해지는 일은 없겠군. 실력이 뛰어난 게 사실이니까.

연하: 응. 그렇겠군.

나리: 그럼 이러지도 저러지도 못하는 상황이 되는 거야.

연하: 그렇군. 이러지도 저러지도 못해.

실력자들에겐 그런 모순된 상황이 있었다. 뛰어난 실력이라고 솔직히 말할 수도 없고, 초라한 실력이라고 거짓처럼 말할 수도 없었다.

초보자와는 입장이 달랐다. 저절로 겸손해지기 어려운 것 같았다.

실력으로 인해 겸손해지지 않는다. 실력을 갖춘 것이 사실이다.

그에 대해 나리는 이렇게 말했다.

나리: 결국 겸손의 표현을 쓸 수밖에 없어. 자신을 부각시킬 수는 없으니까. 겸손한 표현이라도 써서 자기 자신을 감추어야지.

자신을 감추어야 한다고 했다. 감추기 위해 겸손의 표현을 써야 한다고 했다.

연하: 그런가? 감추기 위해 겸손의 표현을 써야 하는 걸까?

민아: 맞아. 자신을 감추어야 돼.

민아도 동의했다. 감춘다는 표현에 동의했다.

민아: 응. 자신을 감추어야지. 하지만 가식처럼 되어 버리는 안타까움이 발생하지.

나리: 아니, 아니야. 가식이라고 말할 수 없어. 자기가 부족하다고 말하는 것은 단지 예의지. 예의 있게 상대방에게 다가가는 거야. 가식이라면 무슨 목적이 있어야지.

연하가 가식이라고 했으나 나리는 단지 예의라고 했다. 목적이 없다고 했다.

연하: 아, 단지 예의인가?

나리: 자신을 감추는 것이 미덕이고 예의인 거야.

민아: 미덕이고 예의?

연하: 그래. 미덕이고 예의야. 나도 동의해.

민아: 그렇다면 실력자들도 겸손하다고 할 수 있을지도 모르겠군.

예의를 지키기 위해 겸손한 것이라고 말할 수 있었다.
그래서 그게 겸손이라고 할 수 있을 것이라고 하였다.

나리: 그래. 겸손하다고 할 수 있어. 겸손이란 사실상 그런 거야. 자신이 뛰어나지만 감추는 것, 위화감이 초래될까 봐, 너무 부각될까 봐 감추는 것. 그게 겸손이지.

연하: 그런 것인가? 겸손함이란 그런 것인가? 뛰어나지만 감추는 것. 그렇군….

민아: 아, 그럴지도 모르겠군.

실력자들이 겸손의 표현을 일부러 쓰는 것은 가식이라고 볼 수 없다고 했다. 자신이 부각될까 봐 감추는 태도는 오히려 겸손함이라고 했다. 칭찬과 찬사에 의해 부각되지만 스스로 자세를 낮추는 것이었다.

연하: 그럼 부족하다는 것을 알고 스스로 수그러드는 것은 뭐지?

나리: 그건 단지 내세우지 않음일 거야. 내세우지 않음.

연하: 아, 내세우지 않음.

나리: 내세울 수 없으니까 내세우지 않는 것이지.

민아: 아, 그렇군. 특별히 용어를 붙일 필요는 없군.

내세울 수 없다는 걸 알고 내세우지 않는 것은 겸손이 아니었다.

겸손은 실력자들이 뛰어난데도 감추는 것을 의미했다. 겸손함이란 그런 예의였다. 단지 예의적 표현이라고 나리가 말했다.

겸손함에 대한 의견이 그렇게 수정되었다.

민아: 진정한 겸손함이란 그런 것이었군. 자신이 뛰어나지만 감추는 것, 부각될까 봐 감추는 것. 그런 것이었군.

연하: 그래. 그런 게 진정 겸손함이었어.

나리: 그게 진정 겸손함이었어. 가식이라고 했던 것은 실수였어.

겸손에 대해서 그렇게 알아내는 듯하였다. 연하도 그게 겸손함이구나 하고 수긍했다. 섣불리 초보자가 창피해서 수그러드는 것을 보고 겸손이라고 할 뻔했다. 그것은 단지 부끄러움을 아는 것이고 겸손이 아니었다. 실력자가 자기 실력이 뛰어난데도 감추려 하는 것. 그게 진정한 겸손이었다. 실력이 뛰어나다 하여 너무 자랑스럽게 나서면 모가 나 보인다. 그래서 예의 있게 감추는 자세가 나온다. 이것이 겸손함이다.

민아는 이 논의에서 질문과 답이 번잡하지 않고 오밀조밀하게 이어져 내려온 것 같았다. 논의가 매우 좋았다고 생각했다.

연하는 자신의 예리한 질문에 답하는 그녀들이 매우 논의 능력이 뛰어나다고 생각했다. 이러한 논의에 자신의 문제가 포함되어 있다는 사실이 뿌듯했다.

그런데 곧 이 결론에도 의문이 제기되었다. 연하가 그에 대해 또 다른 의문을 제기하였다.

다시 가식인가?

　　　　　　　　　나리가 아직 눈에 익지 않은 연습실 풍경을 둘러보았다.

　소파가 낡은 모습을 하고 구석에 있었고 한쪽엔 소형 냉장고가 있었다. 그 속에 무엇이 들어 있을까, 나리는 궁금했다.

　이 연습실은 도시 한가운데 있지만 어쩐지 고립되어 있어 보였고, 그 안의 구성원들은 즐거움 속에서 지내는 것이 아닌 것 같았다.

　나리는 그녀가 이런 폐쇄적인 환경 속에서 장기간 지낸다면 매우 처량하고 고통스러울 것이라고 생각했다.

　그 와중에 연하의 시선은 약간 놀란 듯 동그란 눈으로 시선을 바닥에 고정하고 있었다. 그 모습을 보고 나리가 무엇이 문제냐고 물었다. 그러자 연하가 이렇게 말했다.

연하: 으음… 겸손은 그런 게 맞겠지. 뛰어나지만 감추는 것. 그

래, 그럴 거야…. 하지만 어쩐지 이상해 보여. 부각될까
봐 감추는 것. 그게 무슨 뜻이지? 나섰지만 다시 들어간
다는것 아닌가? 실력을 일단 드러내는 것 아닌가?

나리: 뭐? 나섰지만 다시 들어간다고?

민아: 실력을 일단 드러낸다고? 그게 무슨 뜻이지?

연하는 겸손이 뛰어나도 감추는 것이 맞다고 했지만 일단 실
력을 드러내며 나서는 것이 눈에 띈다고 했다.
그게 무슨 뜻이냐고 나리가 물었다.
연하가 이렇게 말했다.

연하: 응. 일단 남들에게 선보이기 위해 드러내 놓는 것 아냐?
자기 능력을 드러내 놓는 거야. 뛰어난 실력을 말이야. 그
러고 나서야 겸손의 반응을 보이는 것이지. 그렇다면 이
미 능력을 드러내 놓으려고 하는 자세가 자랑의 일종이
아닐까?

민아: 뭐? 능력을 드러내 놓으려고 하는 자세가 자랑의 일종이
라고?

나리: 뭐? 그런가?

민아: 정말 그래?

연하가 능력을 드러내 보인다는 것이 이미 자랑이라고 했다.
실력자들이 자기 실력을 드러내 놓는 것은 이미 그 자체로 자랑이란 뜻이었다. 찬사가 주어지면 그에 대해서 겸손의 표현을 쓰는 것일 뿐이었다. 능력을 드러내며 자랑하는 것이다.
예의는 찬사에 대해서만 나타나는 것이었다. 민아와 나리는 놀라는 표정을 지었다.

민아: 능력을 드러내 놓는 것이 자랑의 일종인가? 그럼 어떻게 되지? 그것이 자랑이라고 한다면, 실력자들은 자랑하면서 동시에 겸손해하고 있는 것 아닌가?

연하: 그래. 그런 것 같아.

나리: 아, 그런가? 그럼 어떻게 되지?

민아: 정말 어떻게 되지? 작품을 선보이는 사람들은 죄다 자기 자랑을 하고 있는 것인가?

"어떻게 되지?"라고 민아와 나리 둘 다 물었다. 다시 논의가 어려워지며 고개를 갸우뚱거리게 만들었다.

연하: 다 자기 자랑을 하고 있는 것 같아!

민아: 겸손이라고 했던 것은 무엇이었지?

나리: 정말 무엇이었지?

연하: 그건 아마 사람들 앞에 너무 드러내 놓고 자기 잘났다고 떠들 수는 없거든? 그래서 단지 억지로 겸손해지는것 아닐까?

나리: 자기에게 손해가 갈지도 모르기 때문에 그러는 것이란 말이군?

민아: 일리가 있어. 정말…. 역시 가식이었구나. 가식이었어. 놀라워!

이미 선보이려는 자세가 자랑이라고 했다. 자기 능력을 선보이는 것은 찬사를 받기 위함이고, 경쟁자들보다 더 뛰어나다는 것을 알리고 대우받기 위함이다. 그런 의도를 갖고 겸손의 표현을 써 봐야 의미가 없다고 연하는 주장하고 있었다. 그래서 실력자들의 표출은 다시 가식이라는 의견이 부각되었다.

논의가 이렇게 되자, 그녀들의 얼굴에는 어리둥절한 표정만 나타났다.

나리는 연하가 질문을 던지는 것에 여러 번 당황하였다. 창피해지고 있었다. 연하가 그렇게 반론을 펼치며 튀어나올 줄은 몰랐다.

나리는 평소에 연하가 누군가의 말에 쉽게 동조하고 자기 의견을 내는 데 있어 어눌하고 어설퍼서 이번에도 쉽게 수그러들 것이라고 생각하고 있었다. 이런 경과로 인해 더 이상 연하를 쉽게 누군가의 말에 넘어가는 인물로 보고 있을 수 없게 되었다.

그녀는 일단 등장하는 의견들을 듣는 데 귀를 기울였다.

민아: 능력을 드러내는 것 자체가 이미 자랑이구나. 그런 것 같아. 겸손하다면 능력이 있다고 나서지도 않을 것 같아. 그럼 진정 겸손한 사람들은 어떤 사람들이지? 가식의 표현이나 쓰면서 겸손한 인물들 말고, 진정한 겸손의 인물들이란 어떤 인물들이지? 다시 찾아야 하나?

민아가 진정 겸손한 인물들이란 어떤 인물들인지 물었다.
다시 그런 사람이 어떠한 사람인지 찾아야 할 것만 같았다.
실제로 어떤 유형의 사람인지 검사해서 말로만 나타나는 겸손보다, 더 명확한 겸손을 알 수 있을 것이라고 생각했다.

연하: 실력을 드러내면 자랑이니까 실력을 드러내지도 않는 사람들이겠지.

민아: 그런가? 실력을 드러내지도 않는 사람들?

실력을 드러내지 않는 사람들. 가만히 있는 사람들이 진정 겸손한 인물이라고 했다.

> **연하**: 실력을 드러내지 않고 가만히 있는 사람들이 겸손한 사람들일 거야.

> **민아**: 아, 가만히 있는 사람들….

> **나리**: 그래, 그럴 거야. 실력을 드러내지 않는 사람들, 능력을 갖춘 사람들이면서도 나서지도 않는 사람들…. 그런 사람들이겠지. 그런 사람들이 진정 겸손한 인물들 일거야.

나리도 동조했다. 겸손하려면 가만히 있어야 한다고 했다.
겸손이란 예의라는 말로 표현할 수 없었다. 진정 겸손하려면 나서지도 않아야 하는 것이었다. 나리는 일단 그 의견에 동조하며 빠르게 자기 의견을 머릿속에서 정리해 갔다.

> **연하**: 그래, 그런 사람들이겠지. 그런 사람들은 겸손한 사람들일 거야. 남에게 위화감을 들게 하는 것을 싫어할 거야. 자기 실력으로 인해 다른 사람이 주눅 드는 것도 싫어할 거야. 경쟁심이 없고, 앞서가기를 좋아하지 않는 사람들일 거야.

> **민아**: 아, 그렇군. 그런 사람들이 진정 겸손한 인물들이군.

나리: 앞서가려고 하지도 않는 사람들…. 그렇군. 일리가 있어.

연하: 정말 겸손하다고 할 수 있겠지.

실력을 드러내려고 하지도 않는 사람들. 뛰어난 실력을 갖추었으면서도 내보이지 않는 사람들. 그런 사람들이 진정 겸손한 인물들이라 하였다.
그런 사람들은 위화감을 초래할까 봐, 남보다 앞서간 것처럼 보일까 봐 조심하며 뒤로 빠져 있는다고 하였다…. 연하의 주장에는 하자가 없었다.
이어서 그런 인물들에 대한 실례를 들었다.

연하: 실제로 실력을 상당히 갖추었으면서도 드러내지 않는 사람들이 있지.

민아: 누구지? 어떤 실력을 갖추고 있지?

민아가 다그쳐 물으며 궁금증을 표시했다.

연하: 음, 내가 아는 K 씨가 그중 한 사람이지. K 씨라고 우리 옆집에 살았던 사람이 있어.

민아: 그 사람은 어떤 사람이지?

나리: K 씨라면 예전에 이웃집 개를 때려죽인 그 사람?

연하가 겸손한 인물로 옆집에 살았던 K 씨를 들었다.
나리도 알고 있는 것 같았다.

연하: 그 사람은 그저 평범한 회사원이었지. 회사원으로 어떤 실력자라는 건 알 수 없었지. 하지만 어느날 그의 실력은 드러났지. 이웃집 아주머니가 자기 집의 수도관이 고장 났다고 그에게 연락했어. 그러자 그는 곧장 달려가더니 땅을 파고 이어서 수도관 교체를 거의 맨손으로 해냈지. 그리고 모든 건 정상을 되찾았어. 그 빠르고 정확한 솜씨에 모두들 감탄했지.

민아: 우와, 굉장하군. 맨손으로 수도관을 교체하다니….

민아가 예로 든 이웃집 회사원은 어느 집의 수도를 고쳤다고 했다. 평범한 회사원이 토목 공사나 마찬가지인 일을 할 수 있다는 데 모두들 놀랐다. 나리도 그런 사실에 놀라워하며 입을 다물지 못했다. 연하는 종종 허황된 얘기를 잘하므로 거짓으로 꾸며낸 이야기가 아닐까 의심이 들었다. 하지만 이번엔 진실인 것 같았다. 오늘은 진지한 자세가 돋보였기 때문이다. 이어서 민아가 다른 예를 들었다.

민아: 나도 겸손한 실력자를 알고 있지. 예전 우리 이웃집에 살

던 나이 든 실업자 말이야. 그 사람이 실력자였지.

나리: 아, 또 누가 그렇지? 실업자?

민아가 예를 드는 것에 또다시 나리는 긴장했다.
실력자면서 실력을 감추고 있는 사람이 도처에 있는 것 같았다.

민아: 그 사람은 그저 평범한 사람이었지. 할 일 없이 놀고 있는 사람이었어. 그래서 아무도 어떤 것에 대한 실력을 갖추고 있을 것이라고는 생각하지 못했지. 그런데 어느 날 그는 실력을 드러내었어. 동네의 여러 사람이 모여 파티를 하고 있을 때였어. 외국에서 수입한 어떤 과자 같은 것을 먹으려고 할 때였어. 모두가 그 과자에 눈독 들이며 서로 많이 먹으려고 했지. 그때 그가 제지하면서 사람들은 먹던 것도 뱉어 냈었어. 그는 겉 포장에 쓰여 있는 말로 미루어 볼 때 이것은 매우 해로운 성분을 함유하고 있을 것이라고 했어. 사람들은 그저 과자라고만 생각했던 거야. 모두들 놀라워했지. 외국어를 모르니 겉모습만으로 판단할 수밖에 없었어.

연하: 아, 외국어를 잘하는 인물이었군. 사람들을 위험으로부터 구한 것인가?

민아: 응. 위험으로부터 구한 거야. 평소엔 그 사람이 놀고 있는

실업자여서 특별히 뭔가 실력이 있을 거라곤 생각 못 했어. 누구도 말야.

민아는 외국어를 하는 옆집의 실업자 얘기를 꺼냈다. 그 실업자는 외국어를 잘하지만 평소에는 가만히 있는다고 하였다. 드러내지 않으므로 아무도 그런 실력을 갖추었다는 것을 알 수 없다.
그런 실력은 때로는 사람들을 위기에서 구하기 때문에 감사한 일이 되기도 한다는 뜻을 내비쳤다. 민아도, 나리도, 연하도 그들 주변에 암암리에 실력자가 있다는 사실에 놀라움을 표시했다.

나리: 아, 정말 그런 실력자들이 있군. 우리 주위에서도 찾아볼 수 있군.

민아: 그래, 있어. 감추어진 채로 있어서 모르고 있었던 거야. 암암리에 실력을 행사하고 있었던 거야.

나리: 아, 놀라워. 잠재적인 실력자라니….

연하: 다른 표현으로 '재야의 실력자'라고 하기도 하지.

나리: 아, 그렇군. 놀라워.

진정 겸손한 인물들이 그렇게 발굴된 것 같았다. 감추어진 채로 있는 사람들. 위화감을 조성하지 않고 선두에 서려 하지 않는 사람들. 경쟁심이 없어서 누군가와 대립하지 않는 사람들. 단지 눈에 안 띄는 곳에 있을 뿐인 겸손한 사람들….

　그런 사람들이 그렇게 발굴된 것 같았다. 하지만 이 견해들도 계속 이어지지 못했다. 반대 의견을 맞이하게 되었다….

능력의 드러냄

괘종시계가 오후 한 시를 알리고 있었다. 잠시 후 문이 열리더니 청소하는 아주머니가 들어와 여기 청소할 것이 있냐고 물어 왔다. 연하는 별것 없다고 대답했다. 이어서 연습생 중 한 명이 들어오더니 연하에게 연습실 언제 비우냐고 물어 왔다. 연하는 잠시 후에 비운다고 대답했다.

나리는 골똘히 생각에 잠겨 있었다….
겸손한 인물들은 나서지 않는다…. 감추어진 채로 있다….
어느 위치에 누가 실력자인지 알 수 없다….
회사에는 직함이 있고 배우는 시기엔 자격증이나 학위가 있다.
그러나 감추어져야 한다면 그런 것은 필요 없다.
그녀의 머릿속에 아무도 직함을 내밀지 않고 아무도 학위를 드러내지 않으며 경력을 내세우지도 않는 사람들의 모습이 그려졌다.

그들은 서로 평등하게 보였고 주도자가 없으며 돈을 누가 더 버는지에 대한 정보도 없다…. 어쩌면 월급이 같을지도 모른다….

업적은 기록되지 않으며 성과에 대한 보상도 없다….

그렇게 떠올리자 암울한 상황처럼 느껴졌다. 이 사회에서 능력자가 제대로 대우받지 못하고 사장되어 있는 듯이 느껴졌다.

노력해도 소용없는 세상이 펼쳐진 듯했다. 그것이 단순한 상상임을 인지한 나리가 입을 열어 이렇게 말했다.

나리: 아, 겸손한 인물들. 그래. 그들은 감추어진 채로 있겠지. 겸손하니까 말이야. 음, 하지만 한편으론 이런 생각도 들어. 능력을 드러내지 않으면 어떻게 될까? 그러니까 실력자들이 모두 겸손하여서 능력을 드러내지 않으면 어떻게 될까?

민아: 뭐? 능력을 드러내지 않으면 어떻게 되냐고?

연하: 뭐? 능력을 드러내지 않는다고?

둘 다 동시에 반문했다. "능력을 드러내지 않으면 어떻게 될까?"라고 물었다. 민아는 그게 무슨 말일까 궁금했다.

그동안 겸손하여야 한다면 능력을 감추어 둔 채로 있어야 한다고 했다. 능력을 드러내면 위화감을 초래한다.

다른 사람들에 대한 예의가 아니다. 일단 간단히 대답해 보았다.

민아: 능력을 드러내지 않으면, 감추어진 채로 있게 되겠지. 아까 K 씨처럼 수리를 잘하지만 잘 못하는 사람으로 보여지겠지. 또 아까 그 실업자처럼 외국어를 잘하지만, 잘 못하는 사람으로 보이겠지. 안 그래?

잘하지만 잘 못하는 사람처럼 보인다고 하였다.
매우 기본적이고 단순한 대답이었다.

나리: 응, 그렇겠지. 잘하지만 잘못하는 사람으로 보이겠지.

연하: 그래, 그럴 거야. 평범한 사람으로 보일 거야. 그런데?

나리: 음… 그런데 말이야, 실력자들이 다 겸손하다면 어떻게 될까? 많은 분야에서 실력자들이 다 겸손하다면 어떻게 될까? 단지 그 사람에 대해서 잘 모르고 지나갈 뿐일까?

연하: 다 겸손하다고?

민아: 뭐? 다 겸손하다고?

나리가 "많은 분야에서 실력자들이 다 겸손하다면 어떻게 될까?"라고 물었다. 일반인들이 겸손한 것이 아니라 전문 직종의 실력자들이 겸손하게 있으면 어떻게 되느냐는 질문이었다.
민아와 연하는 여전히 고개를 갸우뚱거렸다.

민아: 많은 분야에서 다 겸손하면 어떻게 되지?

연하: 정말 어떻게 되지?

민아: 어떻게 되는 거야?

나리: 실력자들의 우수한 결과물들도 볼 수 없게 될 거야.

실력자들의 결과물들을 볼 수 없게 될 거라고 하였다.
실력자들이 좋은 산물들을 생산해 내고 있었는데, 겸손해지면 활동을 하지 않게 되므로, 볼 수 없게 된다는 뜻이었다.
당연한 결과인 것 같았다. 그렇게 보니 실력자들의 겸손은 좋은 것만은 아닌 것 같았다….

연하: 겸손한 채로 있다면 정말 그렇게 되겠군. 내놓지 않게 되겠군. 실력을 발휘해서 만들어지는 것들이 사라지게 되겠군.

나리: 응. 그런 거야. 실력자들이 겸손하다면 많은 분야에서 생산과 창작이 둔화되고 마는거야. 많은 분야들에서 말이야. 건축, 식품, 전자, 기계, 예술 분야 등. 많은 분야들에서 실력자들의 활동이 위축되고 말 거야. 그래서 우수한 결과물들도 동시에 볼 수 없게 될 거야.

민아: 정말 그렇겠군. 그런 결과물들도 볼 수 없게 되겠군.

연하: 그럼 어떻게 되지? 좋은 산물들이 없어지면 어떻게 되는 거야? 여행도 못 가게 되고 영화도 못 보게 되는건가?

실력자들이 자취를 감출 때, 그들의 산물들도 사라진다. 그들의 기술이 우수한 산물들을 만들어 내고 있었는데 더 이상 나오지 않는다.

당장 불편해질 상황들이 그려졌다. 이것저것 할 수 있는 것들이 없어질 것 같았다.

민아는 "여행을 못 가게 되나?"라고 물었다. 그녀가 평소에 이곳저곳에 잘 돌아다녔기 때문이었다. 교통 수단을 이용했었고 숙박 업소를 이용했었다. 그런 편리함이 사라진다.

실력자들이 이루이 낸 시회의 많은 것들이 사라지는 상황이 그려지게 되었다.

민아: 비행기도 날아다니지 않게 되겠지? 자동차도 달리기 어려워질 거야.

연하: 치료도 못 받겠지. 아프면 앓아누워야 할 거야.

나리: 맛있는 음식도 사라질지도 모르지. 썩은 음식을 먹어야 할지도 모르지.

민아: 아, 그렇다면 난감하군.

나리: 응. 그렇게 되는 거야. 나서지 않는다면 그렇게 되는 거야.

민아: 겸손해서 감추어진 채로 있어야 한다고 주장했었지만, 그것도 그다지 좋은 방향이 아니네?

비행기도 자동차도 맛있는 음식도 다 사라질 것이라고 했다. 사람들이 편리하게 누리고 즐겁게 누리는 모든 게 사라질 것이라고 했다. 이것은 다만 문명을 이루고 있는 기술들이 사라진다는 단순한 은유적 표현이었다.

실력자들의 실력 발휘로 인해 이 사회엔 좋은 제품들과 좋은 시설들이 등장하고 있었다. 문명 사회를 이루고 있는 것들이 다 실력자들 덕택이었다. 그런 상황을 예상하며 실력자들의 겸손은 결코 좋은 방향이 아님을 바로 느끼게 되었다.
나리가 계속 말을 이었다.

나리: 게다가 실력자들이 자취를 감춘다면 초보자들이 나서게 될 거야. 초보자들이 나서서 행패를 부릴지도 몰라.

초보자들이 나서서 실력자들을 대신할 것이라고 하였다.

민아: 뭐? 행패를 부린다구? 불량품들을 쏟아 낸다는 뜻이구나?

나리: 응, 그렇지. 초보자들이 불량품을 연신 쏟아 내게 될 거야. 오늘 아침 공연에서도 보았잖아? 실력이 형편없는 가수가 나서서 노래 부르는 꼴을 말이야. 그 가수 때문에 아침부터 기분이 마구 구겨져 버렸었어.

아침 공연에서 어설픈 실력을 가진 가수가 굉음을 내고 들어간 사건도 초보자들의 활동이었다고 했다. 초보 실력으로 모두를 짜증 나게 해 버린 사건이었다.

민아: 아, 그 가수 B. 그 가수 때문에 첫 무대부터 긴장감이 감돌았지. 오늘 무대는 망했구나 하고 모두들 생각했지. 몇몇 사람들은 귀를 막고 있었어.

연하: 아, 그 가수 나도 봤지. 상당히 나쁜 실력이었어.

민아: 정말 나쁜 실력이었어. 가수가 아닌 것 같았어. 사람들이 춥다고 열받게 하려는 것 같았어.

민아는 그 경우가 다시 이야기되자, 짜증이 났다. 아직도 귓가에 울리는 듯한 어설픈 노래였다.

나리: 초보 실력을 선보이면 그렇게 되는 거야. 모두를 불편하게 할 뿐이야.

민아: 그래. 모두를 불편하게 할 뿐이야.

연하: 실력이 형편없으니까 모두를 불편하게 할 뿐이구나.

나리: 응. 그렇지. 그런 일은 없어야 할 거야.

민아: 그래. 없어야 할 거야.

초보자들이 나서는 상황이 있어서는 안 된다고 하였다.
실력자들 덕택으로 좋은 작품도 감상할 수 있고 좋은 제품을 통해서 윤택한 생활을 누릴 수 있는 것이었다.

나리: 내세울 수 없는 것을 내세운다는 것은 모두를 불편하게 할 뿐이야. 내세움이 무조건 칭찬으로 통하지는 않아. 오히려 대개 흉이지. 하지만 그것도 모르고 무작정 나서기만을 좋아하는 게 초보자지.

민아: 초보자들 중에 그런 사람이 많아. 가만히 있으면 뒤떨어진 사람처럼 보이거든. 그래서 수치스러워.

나리: 그러므로 겸손하기 때문에 나설 수 없다는 것은 분명 아

닐 거야.

민아: 그래. 아니야. 분명 아닐 거야.

연하: 겸손한 채로 있어선 안 되는 것이구나.

나리: 응. 그렇지.

실력자들은 겸손해할 필요가 없는 것 같았다. 실력자들이 자취를 감추고 초보자들이 나선다고 하니 암울해지는 상황이 그려질 뿐이었다.
실력자들이 사회 내의 편리함, 윤택한 생활들을 도모하고 있었다.
민아도, 연하도 그 의견에 동감하였다. 초보자들은 뒤로 빠지고, 실력자들이 마땅히 나서야 한다고 생각했다. 실력을 내세워 모두를 편리하고 풍요롭게 만들어야 한다고 생각했다….

나리: 공연은 한 번 보고 마는 것이라지만 돈을 주고 구입하는 제품 같은 것들이 불량이라면 어떻겠어? 자기가 소유하는 제품 말이야.

민아: 제품 같은 것들이 불량이라고?

연하: 제품 같은 것들이 불량이라면 상당히 나쁜 일이 되겠는데?

민아: 제품이 불량이라면 쉽게 버리지도 못하지.

나리: 응, 그렇지. 제품이 초보자의 손으로 만들어지면 불량품 밖에 안 나오는 거야. 난 예전에 필기를 잘하려고 볼펜을 구입했었어. 겉으로 보기에 모양새는 좋은 볼펜이었지. 그런데 몇 번 쓰다 보니까 고장이 나면서 글씨체도 흐려졌었어.

민아: 저가품의 볼펜을 샀었구나?

나리: 응, 그랬지. 그래서 노트를 다 망치고 말았지. 보는 사람들마다 한마디씩 했지. 원래 글씨를 못 쓰냐고…. 이후 고급 제품을 구입했고, 역시나 글씨는 잘 써졌어. 비싼 게 제값을 하는 것 같았어.

민아: 아, 그랬구나.

나리가 볼펜을 잘못 구입했다가 낭패를 본 일을 말하였다.
불량 볼펜으로 인해, 노트는 엉망이 되었다고 했다.
고급품일 때 잘 써진다고 하였다.

연하: 아, 불량품. 사실 나도 불량품에 많이도 시달렸었지. 불량품은 겉보기엔 화려하고 근사해 보이지. 그래서 구매 충동이 일어나. 하지만 겉보기와 달리 하자투성이지. 한때

불량품인 가방을 구입했었어. 가지고 다니는 내내 사소한 불편에 시달렸었지. 잠금 장치가 불량이어서 쉽게 안 닫혔어. 어느 부위는 실밥이 풀리면서 너덜너덜해졌었어. 그래서 넣어 둔 물건도 분실해 버리고 말았지.

민아: 아, 그랬었구나.

연하는 불량품인 가방을 구입한 얘기를 하였다.
겉보기엔 화려해 보이지만, 내실은 엉망진창이라고 하였다.

민아: 나도 마찬가지야. 나도 불량품에 대한 나쁜 추억이 많지. 칫솔을 샀는데 이틀 만에 마모되어 버렸어. 엄마한테 말하니까 아껴 쓰래. 또 자전거를 샀는데 뒷 타이어가 금방 펑크가 났어. 그래서 엄마한테 또 말하니까, 사고 날 때까지 계속 타고 다니래.

나리: 아, 고생이구나.

민아: 집 안에는 불량품이 많아서 들어가기가 싫어.

연하: 아, 그렇군. 그렇다면 이미 초보자들은 많이 나서 있는 상황이군.

나리: 그래. 나서 있어. 나서서 우리 생활을 불편하게 하고 있어.

능력의 드러냄

초보자들은 이미 많이 나서 있는 상황이라고 하였다.

초보자들로 인해 고생하고 불편을 겪는 상황은 누구에게나 있는 것 같았다. 그런 불편들이 초보자들로 인한 것인 줄 미처 모르고 있다가, 아니, 망각하고 있다가 이 이야기를 통해 새삼 다시 알게 되었다.

민아는 한편으론, 불량품에 시달린다는 얘기를 하니까 자기가 부유함을 누리지도 못하고, 불량품만을 접하면서 가난한 생활을 하는 것처럼 보여서 내심 창피하였다.

초보자들에 대해서 계속 비난이 이어졌다. 민아가 이렇게 말했다.

민아: 초보자들은 일단 제품을 내놓으면서 자기 실력을 내세우고 싶겠지. 하지만 미숙한 실력을 사람들이 반길까? 애초에 자랑할 정도가 못 된다는 걸 안다면, 빨리 들어가야지. 더 숙련된 실력을 갖추어서 나올 생각을 해야 해.

나리: 그래, 맞아. 더 숙련된 실력이 필요한 거야. 초보자들은 나서면 안 되는 거야. 초보 실력은 혼자서 간직하고 있어야지.

민아: 그래. 그렇지.

초보자들은 자기 실력을 알고, 들어가야 한다고 했다.
더 배운 후에 나와야 한다고 했다.

연하도 이어서 말했다.

연하: 초보자들은 차라리 초보자가 만들었다고 써 붙여 놓는 게 나을 것 같아. 사람들이 알아보게 말이야. 초보자들이 내세우고 싶어서 안달이 난다면 만인들에게 피해를 줄 뿐이야. 자기들도 그렇게 누군가의 초보 실력에 많은 불편을 겪었겠지?

나리: 으음, 그래. 초보 실력이란 겨우 입문하게 된 이후, 뭔가를 만들어 보이려는 욕구와 동반되어 나타나는 것이지.

연하: 시중 제품들과 비교가 될 텐데, 그래도 나서고 싶은 용기가 생길까?

나리: 어쨌든 만들어 보이려는 것이지.

초보자들은 겨우 일반인들에 대해 낫다는 것을 선보이고 싶은 것이라고 나리가 말했다. 비꼬는 표현이었다.
초보자들이 실력을 선보이고 싶어서 안달이 나는 경우는 없어야 함을 그녀들은 강조하였다.

민아: 그런데 내세운다고는 하지만, 내세우는 것이 아닐지도 몰라. 어쩌면 그들은 단지 돈만 끌어모으기 위해 불량품을 생산해 내는 것인지도 몰라.

나리: 뭐? 돈만 벌면 된다고?

민아가 내세우고 싶어 하는 것은 아니라고 했다. 초보자들은 단지 돈만 끌어모으기 위해 나서는 것인지도 모른다고 했다. 돈에 눈독 들이며 제품을 생산해 낸다는 뜻이었다.

민아: 응, 제품이란 게 얼굴을 내밀지 않아도 되는 것이거든? 욕 얻어먹을 일도 없어. 그래서 돈만 챙기고 달아나면 된다고 생각하는 것이지.

나리: 아, 그럴지도 모르겠군. 자기 실력을 자랑하는 것은 아닐지도 몰라. 정말 돈을 챙기기 위해서, 누군가의 돈을 뺏기 위해서 출시하는 것일지도 몰라.

민아: 또는 할 일 없어서 이것저것 하고 있는 것인지도 모르지. 취미 생활인 거야.

연하: 아, 그렇군. 그렇다면 초보자들은 초보 실력이란 사실에 창피해하지도 않는 것이군?

나리: 이름이 알려지는 것에 관심이 없어. 자부심을 가지지 않아.

초보자들은 돈을 챙겨서 어디론가 달아나는 것에 중점을 둔다고 했다. 제품이 출시되어도 자부심을 가지지 않는다.

이름이 알려지는 것에 관심 없다. 단지 많이 팔리는 것에 뿌듯해 할 뿐이다. 품질을 내세우지 않고 요행으로 팔아 치우는것이었다. 민아가 계속 말했다.

민아: 실력자라면 자기 자랑을 하게 되겠지? 돈만 끌어모으기 위해서가 아니라 자기 실력이 배어 있는 제품이 소비자들로 하여금 편리를 제공하고 기쁨을 느끼게끔 하고 싶은 의도를 지닐 거야.

나리: 그래. 그럴 거야.

실력자들은 자기 자랑을 하게 될 것이라고 했다. 자기 실력으로서 타인들에게 다가가, 행복을 실현하고 싶은 것이라고 했다.

나리: 제품을 팔기도 해야겠지만 지나치게 연연하지는 않을 거야. 실력이 깃든 제품들이 사람들에게 전해지는 것에서 보람을 느낄 거야.

민아: 응, 그럴 거야. 자기 실력의 발휘로 누군가에게 편리를 제공해 줄 수 있고, 감화를 줄 수 있다는 것에 의미를 두는 것이지. 그게 바람직한 자세야.

나리: 응. 그렇지. 그리고 실력자들이 모일 때 그들의 실력은 브랜드를 통해서 드러나지. 브랜드가 전면에 내걸리는 거

야. 사람들은 브랜드만 보고 제품을 구입하기도 하지.

연하: 아, 브랜드. 맞아. 명성이 높은 브랜드는 명품들이라고 말하고 있지.

나리: 응. 그렇지.

민아: 명품들에는 브랜드가 있어. 불량품에는 브랜드가 없지. 그 점이 달라.

나리: 그래, 그게 달라. 브랜드란 명성을 쌓는다는 뜻이야. 실력자들이 모여 명성을 쌓은 것이지. 브랜드의 명성에 금이 가는 행동은 하지 않게 될 거야.

연하: 명품은 품질 검사가 철저하지.

실력자들은 세상에 내놓은 제품들이 사람들에게 기여하고 있다는 데 뿌듯함을 느낀다고 했다. 명품을 제작하며 브랜드로서 사람들에게 알려진다고 하였다. 브랜드의 명성에 금이 가는 요인은 일으키지 않는다고 하였다. 사람들은 브랜드만 보고서도 제품을 믿고 선택하기도 한다고 하였다.

나리: 실력자들은 그래. 사람들에게 자기 실력 발휘로 편리함과 윤택함과 경이로움을 선사할 수 있다는 데 뿌듯함을 느

끼는 거야. 거기서 일의 보람을 느끼는거야.

민아: 그래, 그런 것 같아. 그게 실력자들의 특징이야. 초보자들은 초라할 뿐이야.

연하: 그래, 초라할 뿐이야. 초보자로 나선다는 것은 초라할 뿐이야.

나리: 명품과 불량품은 차이가 많이 나. 명품의 명성은 하루아침에 이루어지는 게 아니거든. 명품은 기본적인 부분부터 다르지. 어떻게 만들어야 하는지 알고서 시작하는 거야. 무언가를 무작정 따라 한 것이 아니지. 불량품들이나 모조품들은 겉으로 보기에 이상이 없을 뿐이지. 돈을 주고 산다면 반드시 후회할 뿐이야. 그 점을 명심해야 해.

민아: 그래, 명품은 그래. 이름값을 한다는 말이 있잖아? 명품을 따라올 순 없어. 이름을 내걸고 명성을 지켜 가고 있는 거야. 이름값을 하며 이름을 지키며 명품이 부상해 있는 거야.

연하: 명품을 만들어 내는 실력자들이 부러워.

민아: 나도 부러워.

연하: 명품은 그 대신 비싸잖아?

민아: 응, 그렇지.

연하: 소비자들에게 요구하는 게 많은 것이구나.

나리: 저가격에 팔 수는 없지.

명품과 불량품은 차이가 많이 난다고 하였다. 불량품은 명품을 따라 만들기도 한다고 하였다. 무슨 의미로 구성되었는지 모르는 것들을 막연히 따라 하는 것이다. 그래서 겉으로는 훌륭해 보인다. 명품의 명성은 하루아침에 이루어지는 게 아니라고 하였다. 그들은 브랜드의 명성을 지켜 가고 있다고 했다.

나리: 실력자들의 실력 발휘로 인해 사회적인 계획들도 잘 이끌어 갈 수 있을 거야. 중요한 계획들에 초보자들이 나선다면 어떻게 되겠어? 망할 뿐이겠지?

민아: 망하겠지.

나리: 실제로 많은 큰 규모의 일들에 초보자들이 나서서 망했던 사례들이 있어. 초보자들이 큰일을 벌인다면, 무턱대고 전면에 나서면 손실이 이만저만이 아니지. 규모 있는 일들에 실력자들이 반드시 나서야 해. 실력자가 곧 주도

자가 되어야 해.

민아: 그래. 실력자가 곧 주도자가 되어야 해.

나리: 그러므로 실력자가 존중받는다는 건 당연한 일인 것 같아.

연하: 그래. 당연한 일이야.

명품과 불량품과의 차이를 느끼며 그녀들은 실력자들의 우월함을 추켜세웠다. 실력자가 없는 세상이란 상상하기 어려운것 같았다. 풍요롭고 아름다운 세상을 모두 다 실력자들이 만들어 내고 있었다. 어설픈 실력을 내세운다는 것은 단지 모두를 불편하게 할 뿐이고, 나쁜 길로 인도할 뿐이다. 진정한 실력을 내세운다면 모두에게 기여할 수 있고 자기도 뿌듯해질 수 있다.
서로 실력을 나누는 풍요로운 세상이 당연히 펼쳐져야 한다고 그녀들은 주장하였다.

나리: 우린 자랑을 거부하고 처음부터 겸손을 추켜세웠어. 자랑이 다분히 이기적으로만 보였기 때문이야. 하지만 자랑이라는 양식 속에는 남들에게 자기를 드러내야 하는 부담감이 있으므로 무작정 자기 자랑을 할 수는 없게 되는 거야. 남루하고 초라한 것을 내보일 수는 없는 거야.

민아: 그래. 남루하고 초라한 것들을 내보일 수는 없어. 자기의

수치스러움을 유발할 뿐이야.

나리: 그래서 세련되고 품위 있고 멋있는 결과물을 내보이려고 노력하게 되는 거야.

연하: 그래. 세련된 것들을 내보이려고 하는 거야. 자랑거리가 될 수 있는 것들을 내보이려고 하는 거야.

나리: 그래. 그로 인해 남들에게 좋은 것들이 전해져.

민아: 그래. 좋은 것들이 전해져.

나리: 좋은 것들이 전해지면서 세상은 풍요로워져. 풍요로운 이 세상은 누군가의 자랑인 거야.

민아: 그래. 그렇겠지.

나리: 세상은 그렇게 자랑스럽게 내보일 수 있는 것들로 채워져야 해.

민아: 그래. 좋은 것들로 채워져야 해. 애초에 부족한 것들은 나타나지 않거나, 나타났다가 금방 사라지는 것이 옳아.

연하: 나쁜 것들은 빨리 사라져야 하고 좋은 것들은 더 많이 보

급되어야 하는구나. 아, 그렇다면 실력자들은 계속해서 전면에 나서야 하는것이 바람직한 것이군. 이제 자랑을 비아냥거린 것은 실수라는 걸 알게 되었어. 나도 빨리 실력자가 되어서 좋은 것들을 내보이게 되었으면 좋겠어.

나리: 그래. 실력을 빨리 길러서 실력자의 대열에 오르길 바라고 있을게.

그렇게 이야기하고 나니 뿌듯했다. 연하가 처음에 "가수로서 유명해지려면 어떻게 해야 하지?"라고 물었을때, 겸손해야 된다고 나리가 조언했었다. 그래서 겸손이 주제로 떠올랐다.
그러나 진정한 겸손을 찾는 과정에서 오히려 자랑이 부각되었다.
겸손은 자기를 낮추고 숨기는 것이지만 자랑은 오히려 자기를 드러냄으로써 유익한 것을 전달한다. 다만 무작정 자랑하면 안 되는 것이었다. 무작정 내세우려 한다면, 그 사람은 야만인이나 폭군 또는 단지 미숙한 사람처럼 보일 뿐이다.
자랑은, 자랑거리가 될 수 있는 것들을 내보이는 것이므로 저속함의 표출과는 거리가 멀었다. 남들에게 자랑스럽게 선보일 수 있는것을 내놓으려는 의도를 지니므로 부족하고 허술한 내용을 담은 것은 내보일 수 없게 된다.
세련되고 아름다운 것들을 다른 이들과 공유하고 의견을 나누려 한다는 것은 세상에서 매우 낭만적인 일이라고 연하는 생각했다.

겸손에 대해 이야기를 시작했지만 겸손은 어느새 수그러들어 있었다.

자랑이 부각되어 이 사회를 아름답고 건강하고 세련된 것으로 채울 수 있다는 믿음이 생겨났다….

그녀들은 문득 이미 많은 시간이 흘렀다는 걸 알게 되었다. 서둘러 자리를 뜨기로 했다.

이 연습실은 청소가 예정되어 있었고, 다른 팀들이 사용하게 될 것이다.

그녀들은 친구인 예나의 연습실에 가기로 했다. 예나는 이 거리에서 좀 떨어져 있는 S사에서 연습생으로 활동하고 있다. 그녀는 최근 가수를 향한 꿈을 포기하려는 듯한 발언을 했다. 누군가 설득해 주지 않는다면 그대로 포기할 것만 같았다. 이에 그녀들이 다가가서 적절한 조언을 해 주기로 했다. 특히 민아는 누군가 꿈을 포기하는 것을 달가워하지 않았으며 평소에 한 번 정한 꿈은 끝까지 추구해야 한다는 지론을 가지고 있었다.

그에 발끈하며 이렇게 말했다.

민아: 뭐? 예나가 연습생을 그만둔다고?

연하: 응, 그렇대. 그녀가 이번에 붕어빵을 팔기 위해 거리로 나섰는데 너무나 잘 팔렸대. 그래서 연습생은 그만둔다고 했어. 돈이 되는 곳으로 향할 거라고 했어.

나리: 그거야말로 실수가 아닐까?

연하: 아냐. 현명한 선택일 수도 있어. 돈을 모으는 것보다 더 좋은 것이 없거든. 어쨌든 가 보자.

그녀들은 그렇게 바깥으로 나오게 되었다. 맑은 날씨가 그녀들을 반겨 주었다. 민아는 신난 듯한 걸음으로 연신 떠들어 대었다. 나리는 그 조잡스러운 이야기에 결국 귀를 막게 되었다. 그녀는 자신의 집에 명품이 가득 있다는 거짓말까지 했다.

반면 연하는 그동안의 이야기를 되새기는 듯 묵묵히 걸어갔다. 명품 브랜드를 구입하는 이유는 제품 자체가 좋아서라기보단 때때로 자랑하기 위해서다. 한때 그녀는 자기가 매고 있는 갈색 가방이 명품 브랜드의 제품임을 알아봐 주길 원했다. 그래서 '내 가방은 B사의 제품이야'라고 했으나 아무도 알아보지 못했다.

자랑하기 위해 거액을 주고 구입했으나 돈만 날린 뼈저린 경험이었다….

스타로서의 품위

　　　　　　　　　예나가 소속된 회사의 건물은 도로 한편에 위치한 통유리로 된 나지막한 3층 건물이었다. 주위 비슷한 건물들로 인해 꼭 숨어 있는 듯한 모습을 하고 있었다. 그녀들이 당도했을 때 입구엔 자전거들과 이륜차들이 줄지어 늘어서 있었고, 어떤 공사로 인해 인부들이 길을 막고 있었다. 잠시 기다려 그녀들은 입구 쪽을 헤집고 들어갈 수 있었다. 들어가는 동안 먼지투성이의 공간을 지나가며 그녀들은 먼지를 뒤집어 쓰게 되었다.

　연습실에 들어가니 예나가 반갑게 인사를 건네 왔다.

　예나: 이게 누구야? 왜 이제야 보게 되지?

　민아: 그러게 말야. 일이 우리 사이를 가로막고 있었나 봐.

　연하: 내가 먼저 연락하지 않는다면 연락이 끊기겠지? 같은 길

을 가고 있는 처지에 입장을 이해할 순 있어. 하지만 연락 두절이라니.

예나: 난 언제나 소통할 준비는 되어 있어. 혼자서 연락 두절이라고 결론 내리지 마. 아, 머리에 먼지가 몹시 묻었는데? 내가 털어 줄게….

인사를 끝내고 그녀들은 연습실을 둘러보았다. 꽤 큰 공간에 오색찬란한 장식들이 눈에 띄었다. 테이블 위에는 먹다 남은 음식들을 담은 음식 용기들이 어지럽게 놓여 있었다. 치킨과 콜라, 순대, 핫도그 등 기름기 많은 음식들이 담겨 있었다. 민아가 마지막 남은 순대 한 조각을 집어먹었다.

이어서 나리는 남아 있는 콜라를 벌컥벌컥 마셨다. 그리고 끄윽 하는 소리를 내면서 반갑던 분위기를 망쳤다. 그녀들은 곧 잡담을 나누기 시작했다. 예나가 붕어빵 장사를 하다가 도둑맞은 일을 이야기하였다.

어느 아이가 붕어빵 한 봉지를 들고 달아났는데 예나는 전혀 개의치 않았다고 했다. 왜냐하면 그 붕어빵은 상한 재료로 만들어서 먹으면 배탈만 나는 것이었기 때문이었다. 그러더니 결국 그녀만의 푸하하 하는 호탕한 웃음을 터뜨렸다. 민아와 나리는 역시나 예나는 사람들을 공략하는 데 비상하다고 생각했다.

이번엔 예나 그녀에게 연습실 생활이 어떠냐고 물었다. 연습실 생활은 여전히 힘들며 조만간 그만둘지도 모른다고 했다. 이에 연하와 민아는 아쉬운 표정을 지으며 아직 그만두기엔 이르다고 충고했다.

연하: 처음 가수로 진출한다고 했었을 때 얼마나 들떴었니? 우린 미래를 그리며 꿈에 부풀었었어. 그때 케이크에 초를 켜고 기도를 했었어.

예나: 아, 물론 그땐 그랬지. 하지만 이제 와서 보면 가수란 것도 그다지 낭만적이지 않은 것 같아. 가수로서 성공한다 해도 줄이은 고생이 계속될 것 같아. 지금도 고생인데 더 고생이라니, 상상만 해도 끔찍해.

민아: 아, 물론 그렇겠지. 하지만 제자리에 있는 것보단 나아. 고생이 없는 곳은 없어. 고생 끝에 낙이 온다는 말이 있잖아?

예나: 하지만 막연히 고생만 한다는 느낌이 들 땐 그만두고 싶어져. 내 미래는 보장되어 있지 않아.

연하가 추억을 얘기하며 가수에의 도전을 계속해야 한다고 말했다.
그러나 예나는 고생이 가중되고 있다며 그만둘 의사를 내비쳤다.

나리: 가수에 대한 모호한 꿈이 발목을 잡았는지도 몰라. 우린

이미 가수에 대해 이야기했었지. 연하가 "가수가 되려면 어떻게 해야 하지?"라고 물었었어. 또 무엇이 필요한지 물었었어.

예나: 뭐? 가수가 되려면? 그건 무슨 이야기지?

민아: 별로 중요한 이야기는 아니었는지 몰라. 하지만 우린 그에 대해 열띤 토론을 벌였었어.

예나: 뭐지? 나도 듣고 싶어.

그렇게 하여 나리는 연하의 연습실에서 했던 이야기를 들려주었다. 이 이야기로 그녀가 가수로서의 꿈을 더 명확하게 할수 있을 거라고 생각했다.
  예나도 이 이야기를 귀 기울여 들었다. 곧장 입고 있던 외투를 벗어 던졌다.

처음에 연하는 스타가 되기 위해 무엇이 필요한지 물었었다. 이에 대해 여러 자질들이 거론되었다. 용모가 단정해야 하고 말솜씨도 있어야 하고 유머 감각도 있어야 하고 외국어 실력도 있어야 한다고 했다. 하지만 그중에서도 특히 겸손에 주목하게 되었다고 했다. 특출한 실력보다 스타로서 인격적으로 품위를 지닌다면 무엇보다 돋보일 거라고 생각했기 때문이었다.
  그러나 겸손을 논하는 과정은 순탄치 않았다. 겸손하게 보이는 여러 스타들의 이야기가 나왔었다. 그들을 훌륭하다고 칭찬도 했다. 하지만 가식일 수 있다고 하며 찬물을 끼얹었다. 그에 따라 스타가 되기 위한 시도는 의혹에 휩싸였다. 겸손은 스타가 되기 위해 갖추려고 해서는 안 되는 것이었다.

겸손은 실력자가 실력을 드러내지만 예의상 숙이는 것이라 했다. 그것은 단지 미적인 표현이었다. 저절로 겸손이 생겨난다고 해도 의미가 있는 것은 아니라고 했다. 그것은 단지 자기 부족한 실력을 알고 수그러드는 것이라고 했다.

예나가 이야기를 들으며 고개를 끄덕거렸다. 나리는 계속 이야기를 이어 갔다. 이번엔 실력자들의 자랑에 대해 말했다고 했다. 실력자는 자기 실력을 드러냄으로써 이 세상을 풍요롭게 한다고 하였다. 자랑할 수 있을 만큼 대단한 걸 출시하기 때문이다. 그것은 실력자들의 놀라운 실력이 베어 있는 작품들이다. 초보자가 나서면 이 세상에 불량품들이 쏟아져 나온다고 했다. 그들은 자랑하기 위해서가 아니라 돈을 끌어모으기 위해 가짜 상표를 붙이고 출시한다고 했다. 그런 것들은 사회에 해악이므로 초보자는 '겸손'한 채로 가만히 있어야 한다고 했다.

나리는 이렇게 이야기를 요약해서 말하고 예나를 쳐다보았다.

이 말을 다 들은 예나는 다시 고개를 끄덕이며 동감을 표시했다.

예나: 정말 그래. 실력자들이 나서야, 이 세상이 풍요로워져. 어설픈 결과물들이 나온다면 이 세상은 불량품들로 가득찰

거야. 불량 식품으로부터 부실 건축물까지 실제로 그런 예는 우리 주변에 수없이 있기도해.

민아: 응, 그렇지. 우린 그로 인해 불편을 겪고 있어. 심지어 위험하기도 하지.

예나: 그 불편을 나도 잘 알고 있어. 난 우리 집에 쓰레기 같은 물건들을 가득 쌓아 두고 있지. 잘 써지지 않는 볼펜, 소리가 잘 안 나오는 스피커, 신을 때마다 불편한 신발들…. 인간의 생활 속에 고통을 초래하는 원흉이 바로 이런 불량품들이야.

민아: 응, 그렇지. 동감해.

나리의 이야기는 잘 전달되었다. 예나는 불량품이란 말에서부터 거부감을 표시하였다. 그녀는 불량품들을 집에 쌓아 두어서 불편하다고 했다. 그녀는 저가의 제품을 잘 구입하기 때문에 불량품을 잘 접한다. 환불을 요청하다 두들겨 맞은 적도 있다. 그래서 불량품에 대한 반감이 남달랐다.

나리: 우리가 실력을 드러낸다는 건 신중해야 할 필요가 있어. 잘못 드러냈다간 다른 사람을 불편하게 하고 돈만 챙기는 이기적인 모습이 될 수 있어. 가수도 그럴 거야. 어설픈 음악과 노래로 대중들 앞에 나선다면 자기 혼자 즐겁고

인기만 얻는 꼴이 되겠지?

예나: 그럴 거야. 어설픈 음악은 피해만 줄 거야. 우린 나쁜 음악이 울려 퍼진다면 귀를 막고 말 거야. 나도 가수를 준비하고 있지만 나쁜 음악으로 사람들을 괴롭힐까 봐 두려워. 그래도 난 스스로의 수준을 잘 아니까 애써 나쁜 음악을 드러내진 않을 거야. 나쁘다고 생각되면 스스로 파기할 거야. 녹음 자체를 하지 않을 거야.

그녀는 나쁜 음악을 드러내고 싶지 않다고 했다. 불량품에 대한 반감이 있는 만큼 자신도 불량품을 만들어 내는 인물이 되고 싶지 않았다.

연하: 요즘 가수들은 음악도 직접 만들지 않아? 싱어송라이터라고 하며 직접 음악을 만드는 가수들이 늘고 있는 것 같아.

예나: 응, 그렇지. 나도 사실 작사, 작곡을 배우고 있어. 여간 어려운 일이 아니지만….

나리: 그래? 음악도 직접 만들면 좋을 거야. 자기 음악에 대한 자부심도 생길 거고, 그 음악을 한층 더 잘 이해한 음악인이 될 수 있으니까.

예나는 스스로 음악을 만드는 가수가 되고 싶다고 했다. 그녀는 이미 작곡 연습과 작사를 위한 글짓기를 하고 있었다. 민아는 그녀가 가수를 그만두고 싶다고 하면서도 한편으론 창작에 몰두하고 있는 모습에 의아해했다.

민아: 가수의 꿈을 포기한다는 건 다시 생각해 봐야 할 거야. 음악을 만드는 데도 흥미가 있다면 가수가 되었을 때 더 큰 자부심을 느낄수 있을 거야. 자기가 만들었으니까 자기에게 제일 잘 어울리기도 할 거야. 단체로 활동한다면 리더가 될 수도 있을 거야.

예나: 응, 그렇겠지. 그런데 난 초보자라 아직 제대로 작곡, 작사한다고 볼 수 없어. 피아노 건반이 익숙하지 않고 작사도 형편없어. 죄다 욕투성이야. 유행이 그렇거든.

민아가 예나의 창작 활동을 칭찬했다. 그녀가 비록 돈을 무작정 투자하고 누군가의 것을 잘 도용하지만 스스로 만들겠다는 의지가 언제나 있었다. 그래서 이번에도 어떻게든 성공으로 이끌 것 같았다.

나리는 가득 쌓인 음식물 용기들을 보며, 과연 예나가 열심히 연습을 하는지 의심스러웠다. 그래서 예나에게 최근 터득한 춤동작을 보여 달라고 했다. 그러자 예나는 이상한 춤동작을 선보이며 피식 웃어 보였다.

나리는 그 춤이 옛날 한때 유행했던 서양에서 건너온 춤이라고 했다.

그러자 예나는 이것들은 일부에 지나지 않는다고 하며 더 많은 독창적인 춤들이 있다고 했다. 앞으로 많은 음악과 춤들을 팬들에게 선보일 예정이라고 덧붙였다.

이어서 나리가 이렇게 말했다.

나리: 그런데 가수가 음악만을 선보이기 위해 나온다고 할 수 있을까? 가수는 어쩌면 스타로서 나서는지도 몰라.

예나: 가수는 스타로서 나서나?

나리: 그러니까 스타가 되기 위해 음악을 선택하는 것이지. 음악을 굳이 드러내고 싶어 하는 건 아닐지도 몰라. 다른 분야로는 모델 또는 연기, 방송 진행, 코미디 등을 시도하는 경우도 있지.

민아: 그렇긴 하지. 가수라는 건 스타로 가기 위한 첫 번째 관문일 뿐이야. 나중엔 연기자가 되거나 방송 진행자가 되거나 심지어 정치인이 될 수도 있어.

나리: 응. 가수에게 춤과 노래라는 건 이중성을 가지고 있어. 그건 어쩌면 스타가 자신의 모습과 역량을 보여 주는 하나의 수단일 뿐인 것 같아. 물론 순수하게 음악을 내세우

는 가수도 있을 거야. 그런 가수는 음악이 독보적이고 참신하지. 그런데 외모는 그다지 꾸미지 않아 촌스러워. 행실도 그다지 예의 바르지 않아. 그럴 경우 사람들은 그에 대해 이렇게 말하지. '음악은 좋아하지만 그 가수는 좋아하지 않는다'고.

예나: 음악을 선보이는 것도 중요하지만 스타로서의 모습을 선보이는 것에 초점을 맞춰야 한다는 얘기군?

나리: 그렇지. 순수 음악가가 아닌 이상 단지 스타 행세를 하고픈 거야.

가수는 춤과 노래를 보여 주기 위해 등장하는 것이 맞긴 하지만, 그 이면엔 스타로서의 모습을 보여 주려는 의도가 있다고 했다. 순수한 음악인은 모습을 드러내는 것을 좋아하지 않으며 음악에만 몰두한다고 했다. 다른 모든 상품들처럼 그도 단지 음악을 출시하는 것이다. 스타가 내놓는 음악을 소비하고 그가 선전하는 제품을 구입하는 것은 스타가 좋아서다. 단지 물건 자체가 좋아서 구입하는 다른 일반적인 경우와 달랐다.

예나는 나리가 얘기하는 것에 한층 귀를 기울였다. 자신의 진로는 어쩌면 바꿀 수 없을지도 모르고 가수를 향하는 이상, 가수에 대해 많은 이해를 터득해야 하는지도 모르는 일이었기 때문이다.

예나가 계속 이야기를 이어 갔다.

예나: 그럼 가수로서 노래와 춤을 열심히 연습해야 하기도 하지만, 스타로서의 모습을 갖추는 데도 매진해야 한단 말이군?

나리: 응, 그렇지. 연하의 질문이 그거였어. 스타가 되려면 어떤 모습을 갖추어야 하지?

예나: 연하가 겸손에 대해 질문했었구나?

나리: 응. 대개의 연습생들이 노래와 춤에 매진하는 데 비해, 연하는 스타로서의 모습을 갖추는 데 주목했지. 스타는 인간 그 자체가 상품이란 말이 있지. 그래서 돋보이게 하는 수단으로 성품과 인격을 길러야 된다고 했었지. 그런데 이미 가식이라고 판명 났어.

예나: 하긴 가식이겠지. 자신의 성공을 위해서 겸손하다니 그게 무슨 꼴이지.

민아: 하지만 한편으론 스타가 단지 실력만 갖추는 것이 아니라 인간적인 면모를 갖춤으로서 보기 좋아진다는 것도 부인할 수 없을 것 같아.

예나: 그것도 맞는 말이야. 스타는 정말 인간 그 자체가 상품이야.

가수가 되기 위해 춤과 노래에 몰두해야 하지만 스타가 되기 위해선 그것만으론 부족하다고 했다. 연하의 겸손에 대한 질문은, 모두가 가수로서 춤과 노래에 매진하는 와중에 인간적인 면모를 갖추려는 시도로 특별하게 보였다. 다만 스타가 되기 위해 인격을 함양한다는 것이 가식적이라는 부정적인 면도 깔려 있었다. 그래서 스타로서 인격과 성품은 특별히 개발할 수 있는 것이 아니라고 하게 되었다.

이것은 한편으론 이상하게 느껴졌다. 스타로서 성공해야 하지만, 스타로서의 품격을 기를 수는 없다.
(이후 다시 논의되는 상황에서 이것은 중요한 주제가 된다.)

예나: 그럼 연습생들이 춤과 노래를 열심히 연습하고 있지만, 그런 기술만으로 스타로서 평가받는 데엔 한계가 있단 말인가?

민아: 그럴지도 몰라. 열심히 연습하여도 스타로서의 면모가 부족하여 실패할 수도 있어.

예나: 춤과 노래를 열심히 연습하고 또 잘하지만 스타로의 등극은 못 하는 것이구나?

나리: 응, 그럴 가능성이 있어. 실제로 어떤 연습생들은 너무 어눌해. 춤을 잘 추고 노래는 잘 부를지 몰라도 소통이 잘 안 될 것 같고 스타로서 팬들을 관리하는 능력도 부족할 것 같아. 또 지저분한 생활을 하고 있는 사람도 있어. 사람들이 가까이하고 싶을까?

연하: 사람들이 우러러볼 수 있으려면 어눌하면 안 되고 자신감이 있어야 할 것 같아.

스타로서의 모습이 안 갖추어지면 춤과 노래가 뛰어나도 스타가 되기 어려울 것이라고 했다. 무작정 열심히 연습하고 있는 이들에겐 암울한 사실이었다.

예나: 나도 사실 전문 음악인이 되기 싫어. 난 이미 말했듯이 음악이 스타가 되기 위한 수단이야. 물론 좋은 음악을 선보이면 좋겠지. 하지만 난 스타로서 세상에 긍정적인 영향을 미칠 수 있는 사람이 되고 싶어. 어떤 스타는 자신의 본업인 연기나 노래를 뒤로한 채 홍보대사나 행사 참여 및 축하, 격려 같은 일에 몰두하고 있기도 해.

민아: 그래서 춤과 노래에 게을렀던 것 같군.

예나: 게으른 정도는 아니야.

나리: 그만둔다고 하지 않았나?

예나: 그만두고 싶을 정도라고 했지.

예나가 음악인이 되기보다 스타로서 세상에 기여하고 싶은 사람이 되고 싶다고 했다. 음악인이 된다면 종일 음악에만 심취해야 할 것 같았기 때문이었다. 예나는 스타가 되어 이곳저곳에 찾아가고 싶다고 했다. 공익적인 캠페인이나 자선 행사 같은 곳에 연예인으로서 참여하고 싶었다. 그리고 팬들을 많이 거느리고 소통하는 행복한 일상을 그리고 있었다.

민아: 그런 스타들도 있긴 하지. 사람들은 스타에 주목하니까. 스타가 나서는 곳에 눈길이 가기 마련이지. 소외된 문화도 스타가 언급함으로써 생기가 되살아나. 또 스타가 유행을 만들 수도 있어.

연하: 그런 공익적인 일들을 하면 좋을 거야. 춤과 노래는 예술을 선보이는 것에 가까운 데 반해, 그런 일들은 사람들의 실천과 협조를 구하고 있는 것에 가까우니까 선도의 의미가 있을 거야. 뭔가 주도자, 리더가 된 기분도 들 것 같아.

민아가 예나의 말에 긍정적인 반응을 보였다. 그러나 나리는 이에 대해 다소 거부감 섞인 발언을 했다.

나리: 그런데 스타로서의 모습은 단순하지 않아. 옷을 잘 입고 자신감이 넘친다고 되는 게 아냐. 누군가에게 감화를 준다고 나서는 경우가 있어. 그럴 경우 난 의심의 눈초리로 그들을 봐. 그들이 사람들에게 도전의식을 심어 주고자 한다면 자기는 그렇게 하고 있는지 궁금해지고, 그 사람이 선행을 베푼다면 '그런 마음이나 있어서 그렇게 하는 건가'라는 의문을 품게 되지.

연하: 스타가 하는 것들이 가식이거나 위선이거나 무자격이 깔려 있을 수 있단 말이군?

나리: 응, 그렇지. 무자격 내지는 장삿속일 수도 있어.

스타는 사람들에게 감화를 줄 수 있다. 하지만 자신은 그런 걸 실천하는 사람이 아닐 수 있다고 했다. 그것은 장삿속일 수도 있고 내세울 자격이 없는 것일 수도 있다고 했다. 위선이라는 주제가 다시 등장하였다.

예나: 난 그런 위선적인 경우를 본 적이 있어. 으음… 배우로 활동하고 있는 B 씨 알지? 그 사람이 환경 보호의 날을 맞이하여 사람들에게 환경 보호의 중요성을 알리는 행사에 참여했었지. 그런데 그는 그날 몰래 쓰레기를 풀숲에 버렸어. 목격자가 몇 명 있었는데 뇌물 받고 입을 닫았다고 해. 난 가식적이거나 위선적인 스타가 되고 싶지 않아.

민아: 스타들은 종종 허점을 드러내기도 해. 춤이나 노래에 실수가 있다면 별것 아닐 수도 있는데 인격적인 면에 헛점이 드러나면 '저 사람 뭐지?'라고 비난받게 되지.

연하: 노래와 춤으로 인기를 끌다가 인격적으로 나쁜 면이 드러나면서 비난의 대상이 되는 것이구나. 성품을 개발하지 않을 수 없을 것 같아.

나리: 하지만 이미 말했듯이 스타가 되기 위해 그런 성품들을 개발하려고 한다면 위선이 될 거야.

민아: 맞아. 스타가 되기 위해 그런 것을 갖출 수는 없어.

예나: 그럼 어떻게 해야 하지?

예나가 어느 스타의 예를 언급하며 위선적인 스타가 되고 싶지 않다고 했다. 그에 대해 나리는 일부러 정직한 모습을 갖출 수는 없다고 하였다. 춤과 노래로 인기를 끌 수도 있지만 자칫 인격적인 측면이 드러나면서 인기가 추락할 수도 있다고 했다.
  실수로 자칫 인기가 폭락할 수 있다는데 예나는 두려움이 느껴졌다. 그녀가 어떻게 해야 하냐고 물었다. 이것으로 다시 질문과 답이 오가는 논의 상황이 시작된 것 같았다.
  나리가 이렇게 말했다.

나리: 관심도 없는 것에 일부러 나서면 위선이니까 원래 갖고 있던 개념에 따라 행동해야 하지 않을까? 예를 들어 난민 유입에 반대한다면 난민우호정책에 참여해서는 안 될 거야. 플라스틱에 찬성한다면 그것을 반대하는 캠페인에 참가해서는 안 될 거야.

연하: 그럴 것 같아. 원래 없던 개념이 튀어나오면 위선일 것 같아. 지극히 당연한 사실 같아.

위선이 아니려면 원래 있던 개념에 따라 행동해야 한다고 했다. 애써 지어낸 행동들은 다른 목적을 가지고 있다.
그래서 거짓이 된다. 자신이 원래 가지고 있던 개념에 충실해야 한다.

예나: 난 동물들을 사랑하니까 동물 보호에 앞장서고 싶어. 육식을 그다지 좋아하지 않으니까 고기로 만든 식품의 광고에 출연하지 않을 거야. 육식 위주의 요리 방송에도 출연하지 않을 거야.

나리: 그래, 좋은 생각이야. 그 생각의 옳고 그름에 상관없이 위선은 아니라는 것이 칭찬받을 일인 것 같아.

예나: 위선으로 칭찬받으면 어떻게 되지?

나리: '좋은 일을 하는구나'라고 생각하게 되지. 아까 그 사람처럼 환경 보호에 참여했다면 '그 사람은 환경을 지키는 사람이구나'라고 생각되지. 몰래 쓰레기를 버리는 줄도 모르고 말이야. 사람들을 완전히 속이는 것이지.

예나: 아, 정말 괴상한 꼴이구나.

나리: 위선이 아니더라도 스타들이 종종 아무 생각 없는 일에 참여하면서 칭찬받는 일이 있지. 그 스타는 나중에 그와 반대되는 일에도 참여해. 그건 고의가 아니라 아무 생각이 없어서 의식하지 못하는 것이지.

연하: 자기가 하고 있는 일이 무슨 의미인 줄도 모르는 것이구나?

나리: 응, 그렇지. 자기가 인기를 끌면 그걸로 좋은 거야. 세상에 무슨 일이 일어나는지엔 관심 없어.

스타들 중에는 아무 생각 없이 활동하는 스타들도 있다고 했다. 그들은 서로 반대되는 주장을 가진 일에 참여하며 인기를 끈다고 했다. 목적과 의미 같은 복잡하고 따분한 생각은 하지 않는다. 즐거우면 그만이다.
 예나가 생각하기에 어처구니가 없는 경우였다. 그녀는 앞으로 정직한 활동을 하리라고 다짐했다.

예나: 스타로 성장한다는 건 어려운 일인 것 같군. 춤과 노래를 열심히 연습하고 있지만 스타로서의 면모가 부족해서 스타가 되지 않을 수도 있고, 애써 스타가 되기 위해 무엇을 한다면 위선이 되어 버리니, 이러지도 저러지도 못해.

민아: 응, 그런 것 같아. 스타는 다른 직업들과는 다른 것 같아. 성품을 드러내어야 성공하는 것이므로 실력을 드러내기만 하면 되는 다른 직업들과는 다른 것 같아.

예나가 스타가 되기 위해서 아무것도 할 수 없다는 것에 괴로움을 토로했다. 스타는 마치 타고나야 한다는 듯이 자라나는 것을 부정하고 있었다. 많은 훈련과 배움을 통해 스타로 등극하려는 그녀에게 실망스럽고 당혹스러운 사실이었다.
'원래 있던 개념을 유지해야 위선이 되지 않는다'라는 것이 예나의 뇌리에 남았다.

그렇게 얘기하다 보니 어느새 배고픔이 찾아왔다. 민아의 배에서 꼬르륵 소리가 났다. 그녀는 아까 순대 한 조각을 먹은 이후 물 한 모금 마시지 못했다. 예나는 그녀들 셋에게 식사 제안을 했다. 그러자 그녀들 셋도 흔쾌히 동의했다.
이로써 그녀들의 스타에 대한 대화도 잠시 멈추게 되었다….

꿈과 경쟁

 창문으로 햇살이 비쳐 왔다. 따뜻한 봄바람이 불어오기도 했다.
 이 봄의 날씨는 야외 나들이 하기 좋은 날씨였지만 그녀들은 실내에 있었다. 뭔가 답답하다는 느낌이 그녀들에게 찾아왔다.
 나리가 에나에게 무슨 식사를 준비했냐고 물으니, 에나가 한쪽 구석에 있는 소형 냉장고로 다가갔다. 그 속에서 그녀는 케이크 두 조각과 유제품으로 보이는 음료수를 꺼냈다. 그리고 '냉장고엔 별게 없군'이라고 하며 문을 닫았다. 그들은 음식을 앞에 놓고 잡담을 나누었다.

 나리: 커피와 빵 한 조각이라니…. 이거라도 먹을 수 있어서 다행인 건가?

 민아: 커피는 매우 귀한 음식이야. 커피가 없으면 하루가 망하는 사람들도 있어.

연하: 이건 커피인가? 커피를 흉내 낸 유제품인 것 같군.

민아: 부자가 된다면 더 맛있는 음식을 기다릴 수 있었을까?

나리: 그럴지도 모르지. 세상엔 맛있는 음식이 많으니까.

에나와 그녀들이 커피와 빵 한 조각을 놓고 투덜거렸다. 식사에 대한 기대는 물거품이 되었다. 하지만 민아는 그것만으로 감사해야 한다고 했다. 그녀는 배고픔 속에서 주어지는 소량의 음식들을 언제나 반겼다.
배부를 때 더 먹게 되는 음식이야말로 고통이라고 그녀는 생각했다.

민아: 어떤 사람은 어린 시절 꿈이 단지 부자가 되는 것이었대. 그는 커서 투기를 잘해서 부자가 되었다고 해. 그는 매일 테마파크에 놀러 다니고 맛있는 것을 먹으며 영화와 스포츠 관람으로 행복하게 보내고 있다고 했어.

연하: 아, 매일 놀러 다니고 영화나 보고 있구나. 좋은 생활인가?

민아: 좋은 생활은 아닐지 몰라도 행복한 생활이겠지. 그는 별다른 꿈이 없다고 했고 현재의 삶에 만족한다고 했어.

나리: 만족한다니 다행이군. 국가가 좋아하는 유형의 국민이 되었군.

민아가 어떤 부자에 관한 이야기를 했다. 투자에 성공해 큰 돈을 벌었지만 꿈은 없었다고 했다. 매일 보내는 행복한 일상이 그에게는 자랑이었다고 했다.
예나는 부러운 듯한 표정으로 그들을 칭찬했다.

나리: 그런 사람은 자신의 이상을 이룬 건가? 내가 들은 어떤 부자는 여전히 고생 중이라고 했어. 그는 가만히 있는 것도 싫어하고 안락한 것도 싫어한다고 했어. 그래서 자주 세계의 오지를 찾아 여행을 한다고 했어. 모험이 그의 일상이었지.

연하: 모험을 하는 생활이라니, 불안하겠군. 수명을 단축시킬 일들이 여럿 생기겠네. 집에서 편안히 영화나 보고 있으면 되는데, 왜 나돌아다니지?

나리: 그런 사람들만의 특색이 있지. 아무 일 없이 지나가는 게 그들에겐 불안하거든. 뭔가 정체된 느낌이 들어서일까. 그래서 자주 나돌아다니게돼.

나리는 어떤 사람이 부자가 되었지만 모험가가 되었다고 했다. 세계의 오지를 탐험하며 고생을 일부러 하고 있었다. 그에게는 아무 일 없는 하루가 불안하다고 했다. 여기에 대해 연하는 불안정한 생활이라 했다.

예나: 그렇구나. 서로 다른 모습의 삶을 살아가고 있구나. 그런 사람들이 어찌 됐든 자라나는 청소년들은 부러워. 자기가 원하는 것을 하고 있으니 말이야.

나리: 그럴 거야. 원하는 것을 할 수 있다는 건 언제나 기분 좋게 하지. 하지만 누구에게나 더 나은 '이상'이 있어. 자기가 가지지 못한 것을 부러워하긴 그들도 마찬가지야.

예나: 그렇겠지? 그렇게 꿈을 이룬 사람들도 또 무언가를 향해 도전하겠지?

나리: 응, 그럴 거야. 누구나 현재에 머무르지 않으려 해.

민아: 현재에 머무르려 하는 자는 뭔가 시야가 좁아 보여. 더 넓은 세상이 기다리고 있는데 말야.

그녀들은 이것저것 잡담을 나누며 맛있는 빵과 음료를 먹고 있었다.
언제나처럼 돈을 축적한 부자에 대한 이야기는 빠지지 않았다.

나리: 그런데 우리가 아까 무슨 얘기를 했었지? 스타들의 위선? 가식?

민아: 스타는 실력을 갖춘다고 되는 게 아니라고 했었어. 원래 없던 개념으로 다가가면 위선이라고도 했었어. 스타가 되기 위해 일부러 성품을 기를 수는 없다고 했었어.

나리: 그래. 그랬지. 일부러 성품이나 인격을 기를 수는 없을 거야.

나리가 잡담을 멈추고 아까 하던 얘기를 계속했다. 연하와 예나는 연습생이고 스타로 등극하기 위해 애쓰는 중이다.
지금 스타에 대한 개념을 잡아 가고 있는 중이고, 일부 의문점들이 풀리지 않고 있다. 잡담인 듯 논의인 듯 헷갈리지만 그녀들은 모순이나 허점 없이 대화를 이끌어 가려 했다. 예나가 다음과 같은 이야기를 했다.

예나: 내 동생은 공학을 전공하려고 해. 그래서 과학 공부에만 전념하고 있어. 인격을 기른다는 따위의 발언은 한 적이 없어.

나리: 대부분의 청춘들이 그렇게 성공을 꿈꾸고 있어. 자기가 하려는 일에 매진하지. 성품은 중요하지 않아.

민아: 맞아. 성품은 중요하지 않아. 하지만 누군가 나쁜 성품을 드러낸다면 그 사람을 욕할 거야.

연하: 우리가 아까 그랬지. M 씨의 과거 행적이 불순하다고 하면서…. 내가 한 말은 아니었어.

민아: 자신은 정작 성품에 관심도 없으면서, 남의 성품이 어떻다느니 평가하는 것. 그게 무엇을 의미하지?

예나는 자신의 동생이 자기 일인 공부에 집중한다고 했다. 성품에는 관심 없다고 했다. 꿈을 가진 젊은이들의 공통된 현상 같았다.
꿈과 성품은 서로 다른 면을 가진 것처럼 보였다. 예나는 커피를 마시면서 이 이야기에 집중했다.

나리: 꿈을 향해 달린다는 것만으로 칭찬받을 일이야. 많은 청춘들이 진로를 고민하고 자신의 꿈을 펼치기 위해 노력하고 있어. 그런 꿈이 없다 해도 최소한 생계를 이어 갈 방법은 찾아야겠지. 게으르다면 그런 걸 할 수 없을 거야.

예나: 꿈을 좇는 것만으로 대견한 일이군?

나리: 응, 그렇지. 나태한 청춘들은 낙오되기 마련이야. 꿈을 이

룬자는 소수일 뿐이고, 대부분 게으르기 때문에 실패하고 말아. 그들은 결국 원치 않는 일을 하게 될 거야.

나리가 꿈을 향해 달리는 것만으로 칭찬받을 일이라고 했다.
꿈을 이룬 소수들은 꿈을 위해 열심히 달려온 자들이다.
게으른 사람은 낙오된다고 했다. 심지어 원치 않는 일을 하게 된다고 했다.

나리: 그런데 지금 스타를 얘기하면서 내용이 달라졌어. 꿈을 실현하기 위해선 실력을 길러야 하지만 스타가 꿈이라면 그것도 예외가 돼. 스타는 단지 실력이 뛰어난 사람이 아니기 때문이야. 실력이 뛰어나다 하더라도 성품이 잘못 발각되면 스타로서의 위치는 상실하고 말 거야.

민아: 그럴 거야. 스타는 예외적으로 실력을 내세우지 않아. 성품이나 인격을 기른다는 것은 위선적이라고 했어. 그래서 스타는 만들어질 수 없는 것 같아.

예나: 만들어질 수 없나? 하긴 연예기획사에선 스타를 '발굴'하려고 하지. 애써 만들어 내려고 하지 않아. 가수라면 춤과 노래를 훈련시키는 것이 있을 뿐이고 배우라면 연기를 잘하게 하는 게 전부야.

연하: 그런가? 스타에 대한 이야기가 뭔가를 변형시키는 것 같군.

꿈을 실현하기 위해 열심히 매진해야 한다. 하지만 스타라는 꿈에 대해선 열심히 매진해야 할 무엇이 없는 것 같았다. 스타는 실력보다 인격과 성품이 근저에 있어야 한다고 했다. 그래서 연하는 스타 애기를 하면서 꿈에 대한 애기도 변형된것 같다고 했다.

꿈의 실현에 대해 인격이나 성품은 무엇일까 하는 의문이 생겨났다.

연하: 꿈이 무엇이며 왜 스타의 경우는 다른지 우리는 파악하지 못하고 있는것일까?

나리: 그런 것 같아. 우리는 그 의문으로 미궁에 빠졌어.

민아: 정말 꿈이란 무엇이길래 스타의 경우는 다르지?

예나: 스타는 일반인과 다른 특별한 존재인가?

꿈과 스타에 대한 의문이 고조되며 그들의 사색이 깊어졌다.
스타에 대한 일반적인 견해가 적용되지 않았고, 이것이 꿈이란 무엇인가에 대한 근원적인 의문을 불러일으켰다.
그녀들이 가진 꿈은 스타라는 특별한 위상을 가진 존재가 되는 것이었고 평범한 의미의 노력으로 되는 게 아니었다.
거기로 가는 구체적인 길을 알지 못한다. 모두 열심히 연습에 몰두하고 있지만, 그중 어떤 이들만 유명해진다. 열심히 노력한 것에 대한 보상이 없을 수 있다. 스타로서의 품격을 가지지 못하면 낙오되기도 한다고 해서 다른 일들과 달랐다. 그것은 사람을 평가하면서 생기는 일종의 소비 행태였다.

나리: 이것이 별것 아니라고 생각한다면 원래 하던 일을 계속하면 돼. 춤을 계속 연습하고 음악도 만들고 돈도 계속해서 투자하면 돼. 통근도 계속하면 돼. 지금까지 해 온 대로….

연하: 이 당황스러운 주제를 무시할 순 없잖아? 난 모순 속에서 살고 싶지 않아.

민아: 무엇인지 모르는 상태가 계속된다면 관심을 가진 상태라고 볼 수 없어. 비록 열정이 충만하다 하더라도….

예나: 난 계속 이 연습실을 방문하겠지만 목표는 어쩐지 불명확하고 그 안에 모순을 함유하고 있을지도 모른다는 불안감이 엄습해 오는 것 같아. 많은 고생을 한 것이 유익하지 않다면 실망일 거야.

민아: 그럴 거야. 많은 고생을 하여 이루어 놓은 것이 저속할 수도 있다면 실망일 거야.

연하: 그럼 이 주제를 파헤칠 수 있을까? 아까 겸손에 대한 이야기만큼이나 방대할까?

나리: 그럴지도 모르지.

예나: 아, 그렇군.

그들은 이 주제를 무시할 수 없다고 했다. 매일 연습실을 오가며 땀을 흘리고 고생하는 지금이지만 해방시켜 줄 것을 찾지 않았다.

다만 꿈을 향해 달려가는 이 길에서 심리적인 파국을 맞이할 수 있는 문제를 맞이하며 불안감이 엄습해 왔다. 그것을 회피하지 않고 정면으로 마주하며 이해 가능한 수준까지 이르고 싶었다.

더구나 꿈을 포기하는 한이 있어도 일반인과 스타는 왜 다른지 알고 싶은 호기심이 별안간 넘쳐 났다. 나리가 눈을 반짝거렸다.

민아도 연하도 충만한 호기심으로 눈빛을 반짝거렸다.

연하: 우린 겸손이란 질문에서부터 시작하여 여기까지 뻗어 왔어. 자랑으로 실력을 드러내어야 풍요로운 세상이 실현될 수 있다고 했어. 그럴싸한 논의를 해 왔지. 스타의 경우가 이 길목을 가로막는다면 우리 진로는 다른 사람들과 뭔가 다르단 말이 되잖아? 이 논의에서 우리 행동을 좌우할 것들이 생겨날지도 몰라. 스타로서 자랑스럽게 나서고 싶지만 애써 매력이나 성품을 개발한다면 위선이 되어 버리는 것…. 다른 생산활동은 자랑이어야 하는데, 왜 스타는 자랑이어선 안 되지?

그녀들은 아까 겸손에 대한 논의에서 실력자가 가만히 있는다면 아무것도 실현할 수 없다는 데 동감했다. 그와 같이 스타도 드러내고 나섬으로써 세상을 풍요롭게 할 수 있다고 생각되었다. 어떤 산출할 수 있는 것이 아니더라도 긍정적인 영향을 미칠 수 있다는 뜻이었다.

하지만 스타는 그럴 수 없는 듯이 보였다. 스타는 드러나 있지만 감추어진 존재인 것처럼 보였다. 이에 대한 명확한 해석을 내놓지 못하고 있었고 궁금증이 고조되었다.

예나: 꿈이란 어떻게 생겨나는 것이지? 그 출발부터 놓치고 있는 게 있지 않을까?

예나가 꿈이 어떻게 생겨나는지 물었다. 근원으로 거슬러 올라가 생각해 보자는 의도가 담겨 있었다. 이 질문으로부터 다시 나리가 주로 대답하고 해설하는 질문과 답이 오가는 시간이 시작되었다.

나리는 그녀들의 눈이 여전히 초롱초롱 빛나며 활기에 차 있는 것을 보았다. 그에 따라 자신도 피곤한 내색을 하지 않으려 했다. 이 논의가 길고 어렵게 뻗어 나갈 것 같았지만, 주도해 나아가기로 했다.

등을 곧게 폈으며 긴 머리카락을 쓸어 넘겼다.

꿈이 어떻게 생겨나냐는 예나의 질문에 대해 연하와 민아가 먼저 대답했다.

연하: 꿈이 어떻게 생겨나냐고? 꿈은 억지로 생겨날 수도 있어. 꿈은 대개 '넌 커서 뭐가 될래?'라는 어른들의 압박 속에서 생겨나지.

민아: 꿈은 저절로 생겨나. 우리는 장난감, 오락, 공놀이 보다 뭔가 목표와 의미를 가지려고 하는 성장기를 보내게 되지. 그때 꿈이 생겨나. 꿈이란 전자레인지에 데운 음식처럼 즉시 나오는 게 아냐. 이것저것 경험하게 되면서 생겨나는 것이지.

꿈이 어떻게 생겨나냐는 질문에 대해 연하는 꿈이 압박 속에서 생겨난다고 했고 민아는 스스로 원하는 것을 찾게 되면서 자율적으로 생겨난다고 했다.
나리가 듣기에 둘 다 맞는 것 같았다. 다만 꿈이라고 하는 이상, 보다 더 능동적으로 추구하는 의미가 강해 보였다. 나리가 잠시 고민하는 표정을 지었다.

나리: 우린 어린 시절 자기가 도달할 수 없는 뛰어난 능력을 가진 사람들을 보게 돼. 그것은 신체적 능력일 수도 있고 지위적 우월함일 수도 있고 지식의 축적일 수도 있어. 그런 사람들을 보면서 미약한 존재가 꿈을 가지게 되지. 연하의 동생처럼 공학을 위해 공부한다면 공학자가 될 수 있을 것이고 스포츠에 전념한다면 스포츠 선수가 될 수 있을 것이고 외국어에 능통하다면 통역사나 번역가가 될

수 있을 거야. 민아나 연하처럼 음악에 관심을 가진다면 가수가 될 수 있을 거야.

예나: 꿈이 그렇게 생겨나는군. 그래서 모두를 들뜨게 만드는군. 그럼 꿈이란 무엇이지? 평범한 말로 설명할 수 있을까?

나리: 꿈이란 무엇일까? 꿈은 누구나 가지고 있지만 대개 어린 시절 꿈을 말하는 경우가 많지. 장래 희망이라고도 하지. 꿈이란 무엇이 된다는 것이고, 무엇이 된다는 건 어떤 분야의 기술을 습득하여 전문가의 위치에 올라선다는 뜻이지.

예나: 꿈이란 무엇이 된다는 뜻인가? 장래 희망?

'꿈이란 무엇이지'라는 질문에 대해 꿈이란 어린 시절 무엇이 되려고 하는 것으로, 장래 희망이라고 했다.

단지 무엇을 갖고 싶다거나 누리고 싶다고 하는 것도 꿈이지만, 더 일반적인 어떤 인물이 되는 것을 그녀들은 꿈으로 언급하고 있었다.

그녀들 역시 어린 시절 여러 가지 꿈들로 들뜬 날들을 보냈다.

그러나 거센 저항에 부딪히기도 했다.

특히 부모에 의해 강요당한 꿈들은 지금도 뼈아픈 추억으로 남아 있었다.

나리의 어머니는 그녀에게 의사가 되라고 강요했다. 그로 인해 그녀는 한때 도피 생활을 했었고 허드렛일을 하면서 생활을 영위해 갔다. 지금은 단칸방에 정착하여 부모의 말을 농담인 듯이 흘려보낼 수 있게 되었다.

연하: 꿈이라고 하니 나도 내 어린 시절이 생각나는군. 나도 어린 시절 무엇이 되고 싶다고 생각했었어. 난 패션디자이너가 되고 싶었어. 내가 디자인한 옷과 장신구를 널리 알리고 싶었어. 여러 나라에 매장도 오픈하여 나만의 디자인제국을 건설하고 싶었어. 하지만 전혀 이루어지지 않았지. 단지 여러 패션 브랜드를 비평하는 일을 하고 있을 뿐이야.

민아: 아, 그런 꿈이 있었구나. 지금 하고 있는 일이 만족스럽다면 실망할 정도는 아닐 거야. 아직도 기회는 있으니까.

예나: 맞아. 여전히 젊은 나이잖아.

민아: 나도 어린 시절 여러 꿈들이 있었어. 아이들을 가르치는 교사가 되고 싶기도 했고 여러 나라를 돌아다니는 여행가이드도 되고 싶었고 와인을 취급하는 주류회사를 만들고도 싶었어. 하지만 하나도 이루어지지 않았지. 난 열심히 무언가를 하지 못하거든. 조금만 고생이다 싶으면 중도에 포기해 버려.

연하는 어린 시절 꿈인 패션디자이너에 대해 얘기했고 이루지 못했다고 했다. 하지만 여전히 관심을 기울이고 있다고했다.

민아는 여러 가지 꿈이 있었지만 지속성과 끈기 부족으로 다 이루지 못했다고 했다. 그녀는 돈이 들어오면 미래를 위해 투자하지 않고 금방 써 버리는 습관을 가지고 있었다.

나리: 꿈이란 아무렇게나 형성되는 게 아닌 것 같아. 대개 자신과 동떨어진 어떤 체계에 다가가는 것이고 열심히 노력하지 않으면 안 돼. 또 단지 노력으로만 도달할 수 없는 난해함이 있을 거야. 그걸 처음부터 가늠해야 해.

민아: 그렇겠지. 꿈은 대개 어려워서 중도 포기해 버리는 게 보통이야. 어린 시절 부풀어 오르다가 갈수록 쇠퇴해 버리지. 아니면 살아가다가 관점이 변해 버려 다른 꿈이 생기기도 하지. 운이 좋은 몇몇 사람들만 꿈을 이룬다는 것을 부인할 수 없어.

연하: 운이 많이 작용하겠지. 하지만 단지 행운만으로 이루어질까?

민아: 그건 아닐 거야. 공부를 열심히 해야 하는 분야라면 공부를 열심히 하느냐에 달렸지. 실력의 증진이 필요해. 하지만 사업의 성공이나 예술적인 성공, 정재계나 연예계 진출 같은 분야는 운이 많이 따라 줘야 할 거야. 주변의 인맥

이 좌우하는 경우도 있어.

꿈이란 너무 어려워 중도 포기해 버리는 경우가 많다고 했다. 또 꿈은 시간이 갈수록 변경되어 버리는 경우가 많다고 했다.
어린 시절 환상적으로 보이던 것들도 성숙해진 관점에서 다시 보면 유치해 보일 수 있다는 뜻이었다. 꿈이란 열성이 필요하지만 운도 많이 작용한다고 했다. 그녀들은 이렇게 꿈의 전반적인 의미를 추궁하였다.

나리: 어린 시절 우리는 주위의 시선과 세상의 인식에 많은 영향을 받아. 꿈을 향해 전진하는 자들은 칭찬받을 것이고 그렇지 않은 자들은 멸시당할 거야. 그래서 청소년 시기에 누구보다 더 열심히 하려고 하게 되고 그로인해 치열한 경쟁이 펼쳐져. 어린 시절 우린 이런 분위기에 익숙해져.

민아: 그런 분위기가 있지. 열심히 하는 아이나 뛰어난 아이를 칭찬하고 안 그런 아이는 멸시하는 분위기가 있지. 아이로서는 거기에 고무되거나 또는 주눅 들 수밖에 없을 것 같아. 당연한 것 같아.

나리: 학창 시절 어른들이 이런 질문을 해 와. '넌 꿈이 뭐니?' 마치 어린 시절을 꿈이 다 차지해야 하는 것처럼.

연하: 아이는 자라나야 하고 초라한 상태로는 존중받지 못하니까.

나리: 그래서 누구나 앞서가려고 해. 경쟁이 치열해져.

민아: 경쟁이 치열한 게 사실이야. 사실상 자신의 꿈이 겉으로만 있을 뿐 누구보다 앞서 가기 위해 노력하는 자들도 있어. 단지 1등 하는 것만으로 기분 좋은 거야.

예나: 1등 하는 것만으로 기분 좋은 것이군?

민아: 그래야 주위에서 칭찬해 줘. 그리고 그 이후, 그는 1등 한 그것과는 연관이 없는 다른 진로를 가게 되지.

연하: 그럼 열심히 하여 다른 이들을 주눅 들게 하고, 꿈을 포기하게 한 후 사라지는 것이군?

민아: 그런지도 모르지.

연하: 우와, 놀랍군.

어린 시절 꿈을 향해 전진하는 자는 칭찬받을 것이고 그렇지 않은 자는 비난받을 것이라고 했다. 꿈을 향해 전진한다 해도 그들 사이에서 치열한 경쟁이 펼쳐진다고 했다. 심지어 꿈은 뒷전이고 단지 승리하는 것을 목표로 하는 이들도 있다고 했다.

1등 했을 때 주위에서 칭찬이 쏟아지고 사람들은 1등 한 그것이 무엇인지 알지 못하지만 어쨌든 칭찬한다. 1등 한 자는 그 이후 1등 한 그 분야와 관계없는 진로를 향해 감으로써 누군가를 괜히 실패자로 만들 뿐이라고 했다.

연하는 경쟁이 치열한 것에 대해 안타까움을 표시하였다.

꿈을 향해 가는 것이 자신의 삶의 이상을 이루기 위함이 아니라 단지 승리하기 위해서라는 게 뭔가 저속해 보이는 데가 있었다.

예나: 꿈을 향한 전진이라고 했지만 다른 이들을 기죽이고 단지 앞서 있다는 걸 뽐내려고 하고 있는 것 같군.

민아: 그럴지도 몰라. 하지만 누군가를 이겨야 한다고 생각할 때 비로소 힘이 나는 거야.

연하: 경쟁이 뭔가를 무너뜨리는 것 같아. 꿈에 대한 낭만은 어디 갔지?

민아: 선의의 경쟁이 펼쳐진다면 신선한 자극이 되어 좋을 거야. 아예 반응하지 않는 사람들도 있어. '저 사람은 앞서 가는데 넌 뭐 하니'라고 해도 무반응이야. 그런 사람들은 초라한 현실에 안주하는 사람들이지.

연하: 초라한 현실에 안주하다니…. 그것도 나쁜 일이네?

연하는 꿈에 대한 낭만과 열정의 의미를 강조하려 했지만, 민아는 경쟁의 심화조차 당연하게 여겼다. 민아는 경쟁이 있음으로써 활기를 띤다고 했다. 다른 이들보다 뒤떨어져 있다는 창피함이 비로소 그들을 움직이게 한다고 했다. 꿈을 향해 달리는 것과는 또 다른 이야기인 것처럼 들렸다.

민아: 경쟁이 치열하다 해도 나쁠 것은 없어. 서로 앞서가려고 하다 보면 진짜로 앞서가게 되거든. 그들은 게으르지 않아. 아예 노는 사람들이 있잖아?

연하: 그래, 맞아. 아예 노는 사람들이 있어.

나리: 학창 시절 놀러 다니기 바쁜 부류들이 있어. 그들은 여기저기 돌아다니며 젊음의 에너지를 발산하지. 학창 시절 노는 데 빠져든다면 그의 미래는 뻔하지.

예나: 어린 시절부터 노는 데 집중하다니 슬픈 일이야. 배워야 하는 게 얼마나 많은데….

나리: 설령 부잣집 자녀라 하더라도 미래는 심리적으로 불안해. 꿈을 향해 가는 과정이 없다니, 젊은 시절의 패착 아니겠어? 도전의 기회를 놓쳐 버리고 안락한 생활에 빠져서 정

신력을 시험해 보지도 못하는 것일지도 몰라. 그는 부유할지 몰라도 나약한 인간이 될 거야.

예나: 꿈을 가지지도 못하고 마냥 즐거운 사람들, 그들의 미래는 없는 건가? 현실에 안주하여 정체하는 건가? 그런 의문이 생겨나는군.

경쟁에 몰두하여 누구보다 앞서가려는 사람들에 대해 지적했지만 그들은 오히려 나태하지 않고 미래를 향해 나아가는 자들이라고 했다. 아예 노는 사람들이 있다고 했다. 그들은 지금 기분에 따라 행동하고 당장 기분 좋은 것을 취한다. 배워야 할 시기에 단지 그대로 있기를 선택한다. 그들은 부자라 하더라도 꿈을 이루는 과정이 인생 속에 없어 천박하다는 듯 말했다.

그녀들은 단지 즐거운 상태로 있는 것보다 꿈을 성취해 가는 과정을 더 숭고하게 여기고 있었다. 나리와 연하, 민아, 예나 모두 동의했다.

불량소년의 자수성가

그녀들의 대화가 계속되었다.

연하: 왜 누구는 놀기 바쁜데, 왜 누구는 자신의 꿈을 향해 달리는 것이지?

연하가 그런 의문을 표시했다. '왜 그렇게 서로 다른 유형이 있는가'라고 물었다.

이것은 어린 시절 세상을 바라보는 관점에 대한 질문이었다. 어린 시절 별다른 생각없이 누군가를 따라 하거나 강요에 의하여 움직이는 것이 대부분인데, 거기에 주체적이고 한편으론 회의적인 시각을 부여해 보는 것이다.

나리가 대답했다.

나리: 노는 것은 그만큼 중독성이 강하기 때문이야. 한 번 노는 것에 빠지면 헤어 나올 수 없거든.

민아: 헤어 나올 수 없나? 어느 정도지?

노는 것은 중독성이 강하다고 했다. 헤어 나올 수 없을 정도라고 했다. 민아가 눈을 동그랗게 뜨며 그게 어떤 것인가에 대한 궁금증을 표시하였다. 그녀는 물론 중독성이 뭔지 알고 있었다. 하지만 단지 노는 것에 중독이라고만 하면 어떤 모습을 말하는지 알기 어려웠다.

나리: 노는 것에 중독된 아이들은 생계를 걱정 안 할 어린 시절에 종종 볼 수 있지. 우리 주변에 그런 사람들이 있어.

민아: 그래? 있나? 어떤 사람들이지?

민아가 그렇게 질문을 던졌다. 노는 데 빠진 사람들이 당연히 있겠지만 구체적으로 어떤 모습인지 나리가 묘사해 주길 바랐다.
나리가 이런 예를 들었다.

나리: 일례로 우리 동네엔 과거 한 무리의 청소년들이 어울려 놀고 있었어. 그들은 매일 여기저기 돌아다니면서 장난을 쳤었지. 그때문에 동네가 온통 시끄러웠고 사람들은 괴로워했지. 그들은 누군가의 담벼락에 낙서를 하거나 야간에 질주를 하거나 음악을 크게 틀어 놓고 밤에 떠들기도 했어. 길가에 구토를 하기도 했지. 동네 사람들은 그들을 혐

오했었고 결코 용서하지 않을 것이라고 했어.

민아: 동네마다 그런 무리들이 있긴 하지. 지금은 단속이 강화되어 많이 없어지긴 했지만.

나리: 그런 아이들은 노는 것에 중독되어 있어. '오늘은 뭐 재미있는 거 없나'라고 하며 매일 몰려 다니지. 그들은 웬만한 일에는 즐거움을 느끼지 않아. 뭔가 놀라게 하고 파문을 일으키는 일들을 좋아하지.

나리가 잘 노는 부류로 한 무리의 동네 불량배들을 예로 들었다. 그들은 동네를 누비고 다니며 자신들의 세력을 과시하며 행패를 부렸다고 했다. 물의를 일으킬 정도의 일에 몰두하며 사소한 일들은 무시된다고 하였다.
나리가 계속해서 이렇게 말했다.

나리: 그런 무리들에 포함되어 놀다 보면 어느새 푹 빠지게 되고 자신의 본분을 잊어버리게 되지. 해야 할 일을 뒤로 미루게 되고 지켜야 할 규율은 어느새 자유라는 명분 아래 놓이게 되지.

연하: 어릴 적 친구를 잘 사귀어야 한다는 말이 있는데, 그 말 그대로군. 그런데 친분을 위해선 어쩔 수 없을지도 몰라. 혼자 지낼 수는 없잖아?.

민아: 그들을 옹호하는 거니?

연하: 아니, 그보다 적당히 절제하며 어울려 논다면 친구도 많아지고 인간관계에 대해서도 배울 수 있다는 거야. 그런 점에선 좋은 거지.

민아: 달리 말하면 집에 가만히 있지 말고 행패를 부리러 나가란 말이군?

연하: 꼭 그렇게 말해야 하나? 너무 과장해서 말하지 마.

연하가 그런 무리들에 속하는 건 어쩔 수 없을지도 모른다는 발언을 했다. 그러자 민아는 인상을 찌푸리며 불량배들에 대한 경계심을 드러냈다.
나리가 계속해서 이렇게 말했다.

나리: 그 관점도 옳은지도 몰라. 자기 관리만 잘 된다면 말이야. 하지만 나쁜 짓에 동조하진 말아야지. 으음… 그런데 그 무리에도 어느날 변화가 일어났어. 그들 중 한 명이 이렇게 말했대. '이제 이 생활도 지겨워. 내가 있을 곳은 여기가 아냐. 난 내 미래를 개척해 나갈 거야.' 그리고 나서 그 무리를 떠났대.

예나: 떠났다고? 그나마 현실을 바르게 보는 녀석도 있었군.

민아: 뭔가 잘못되었다는 걸 느꼈나 보군?

나리: 응, 그렇지. 그 아이는 그 후로 자신의 꿈을 향해 움직였대. 아침 일찍 일어나 일터로 나가 열심히 일했고 밤에는 공부를 게을리하지 않았대. 그리고 실력을 쌓아 갔대. 거만하게 동네를 누비고 다녔었지만 많이 달라진 모습이었지. 많은 고생을 겪으며 돈을 모았고 그리고 어느덧 카페를 차리고 바리스타(커피 장인)를 하고 있다고 해. 놀던 시절에 비하면 성공적이지.

민아: 자수성가란 게 그런 건가? 정신을 차리고 몰두하면 악조건은 사라지고 결실이 찾아오는 것.

연하: 쥐구멍에도 볕 들 날이 있는 것이지. 이 사회는 노력하는 사람에게 보상을 쥐어 주거든.

나리: 그래. 보상을 쥐어 줘. 망한 사회에선 그것도 안 돼.

나리가 언급한 무리들은 사고뭉치였지만 그중 한 아이는 현실을 자각하고 미래를 개척해 나갔다고 했다. 그리고 성공적으로 정착하여 자신의 꿈을 이뤘다고 했다. 노는 데 빠져 있는 중에 현 상태를 자각하고 미래를 향해 나아가는 자도 있는 것이었다.

나리: 비단 범죄적인 일들이 아니더라도 노는데 중독되면 헤어

나올 수 없어. 청소년 시절, 방 안에 틀어박혀서 재미있는 것에 몰두하는 유형도 있어. 예를 들면 내 막내동생은 영상물 시청에 중독되어 있지. 그는 매일 아침부터 시작해서 밤까지 영상물이 나오는 기기를 손에서 놓지 않아.

민아: 영상물에 푹 빠졌다고? 영상물은 누구나 보는 것이지. 그런데 푹 빠질 정도면 어느 정도지?

나리가 노는 데 중독된 유형으로 또 다른 예를 들었다.
영상물 시청에 중독된 자기 동생의 사례였다.

나리: 재미있는 것들이 넘쳐 나니까, 푹 빠져들 수밖에 없어. 우리 주위에 갖가지 사건 사고들이 펼쳐지고 있어. 그런것들이 영상으로 기록되고 있지. 그런 것을 보며 우리는 갖가지 감정을 느껴. 예를 들면 어떤 소매치기가 지갑을 가로채 가는 영상이 있어. 그걸 보고 '아휴, 저걸 어떡해. 때려잡을 수 없을까?' 하고 분통해하지. 또 어느 지역에 산불이 났어. 소방차들이 여럿 몰려들어 불을 끄게 되지. 그리고 아이를 안고 나오는 장면을 보며 안도의 한숨을 내쉬지.

연하: 나도 그런 영상들에 눈길이 가. 도로에 갑자기 나타난 야생 동물들이나, 절벽을 가로질러 가는 자동차나, 흥미로운 영상들이지.

민아: 아, 그런 영상물들은 재미있지. 포착하기 어려운 걸 포착해 냈으니까. 과학이 발전하지 않았던 시절엔 누군가의 이야기로 전해질 사건들이야. 오늘날, 이러한 사건들을 누구나 생생하게 볼 수 있다는 건 문명의 혜택으로 인한 행복한 일일 거야.

연하: 그런 것 같아. 지금은 정말 편리해. 빛과 소리를 기록하고 통신망을 통해 어디로든 전달할 수 있으니까 말야.

비행소년처럼 난잡하게 놀지 않더라도 누구나 유흥에 빠져들기 쉽다고 했다. 나리의 막내동생은 영상물 시청에 푹 빠져 있다고 했다. 아침부터 밤까지 계속되는 중독 상태라고 했다. 영상물은 일상에서 보기 힘든 장면들을 포착하여 안방으로 전송한다. 각종 범죄적 사건은 물론이고 재해나 유머, 생활의 지식 같은 영상물들도 즐비해 있다.
누구나 침대에 누워서 영상물을 시청할 수 있다. 시간이 남아돈다면 영상물 시청에 중독되지 않을 수 없는 것 같았다.

민아: 사람들은 특별한 사건을 겪지 않아. 무료한 일상을 살아가지. 그런 와중에 영상물에 나오는 그런 별난 사건들을 보게 되면 빠져들지 않을 수 없지.

나리: 그래. 사람들은 특별한 일을 겪지 않아. 하지만 정도는 다르지만 누구나 한 번쯤 비슷하게 겪어 보는 일들이고, 또

겪게 될지도 모르는 일들이야. 그래서 간접 체험의 의미가 있고 공감을 일으키는 부분도 있어.

예나: 어쩌면 따라 할 수 있는 것도 있고 배울 수 있는 것도 있을지 몰라.

민아: 저런 일들이 실제로 일어나는구나 하고 놀라는 순간이 많은 것 같아.

나리: 영상물에 빠져들게 하는 요인들 중엔 실제 사건만 있는 게 아니라는 것도 중요한 점이지. 실제로 가공의 시나리오를 가진 영상들이 더 인기가 높지. 영화는 기승전결을 가지고 드라마틱하게 만들어져. 일부러 재미있게 만든다는 점에서 실제 사건과 다르지.

연하: 영화나 드라마가 물론 재미있을 거야. 나도 이번 주에 나온 신작 영화는 거의 다 보았어. 지금 기억에 남는 건 없지만 보는 내내 즐거웠어.

민아: 기억에 남는 게 없다면 교훈을 전해 주지는 않았단 말이네? 난 교훈을 전해 주는 영화만 봐. 보고 나면 뿌듯함이 느껴지고 내가 성장했다는 느낌을 받거든.

연하: 영화가 교훈을 전해 주어야 하나? 그 순간 즐거우면 그만

아닌가?

민아: 그 순간 즐거운 걸 따라가다 보면 인간은 낙후돼. 중독으로 이어지게 되고, 가까운 대상이 되었지만 무지하게 되지.

예나: 영화관에 가는 것도 물론 신나는 일이지만 요즘은 집에 느긋하게 누워서 영화를 보는 경우가 많아. 하루에 서너 편 보고 나면 해가 이미 기울어 있지.

실제 사건을 담은 영상물은 보기 드문 사건들이어서 눈길이 간다고 하였다.

일상은 지루하여서 특별한 내용과 자극적인 제목을 달고 있는 영상물들은 호기심을 끄는 것이 당연한 것 같았다. 이외에도 인위적으로 만든 영화나 드라마도 중독의 대상이라 하였다. 수요가 많고 막대한 자본이 투입되고 있었다. 이 사회는 다량의 영상물을 생산해 내고 있는것 같았다.

영화나 스포츠, 각종 사건 사고, 웃음을 유발하는 예능 등 수없이 많은 영상들이 생산되어 사람들을 중독 상태로 빠져들게 하고 있었다….

민아: 그런 영상물에 대한 중독은 범죄적인 행위는 아니어서 차라리 다행인 것 같아. 사실 혼자 영상물 보면서 행복한 것을 두고 누가 뭐라고 할 수 있을까?

나리: 응. 아무도 문제 제기를 할 수 없을 거야. 다만 우린 꿈을 향해 나아가는 과정을 더 낫다고 했어. 그들은 지금 취할 수 있는 행복들을 뒤로 미루고 꿈의 실현을 위해 매진하는 것이므로 치켜세우지 않을 수 없지.

예나: 지금의 행복과 달콤한 중독들을 뒤로하고 미래를 향해 정진하는 것인가?

나리: 그렇지. 그래서 대견하다고 하는 것이지. 그들도 놀고 싶고 재미있는 것을 즐기고 싶지만 앞날을 생각해서 인내하며 전진해 나아가는 것이지.

영상물 중독이 특별히 문제 될 것은 없지만 꿈을 향해 달려가는 것이 더 나은 상태라 하였다. 그런 사람들이 대견하다고, 칭찬하게 된다고 하였다.

민아는 연습실에서 춤과 노래에 매진하는 자신도 그런 사람들 중 하나라고 생각했다. 그녀는 일상생활에서 영상물이나 오락 요소에 그다지 눈길을 두지 않았고 불량스럽게 노는 것과도 거리가 멀었다.

그녀는 단지, 이 힘든 날들을 지나고 나면 자신의 꿈이 이루어지리라는 기대감으로 하루하루를 버티고 있었다. 이 논의에서 자기가 칭찬받는 유형의 하나로 거론되는 듯해서 뿌듯했다.

연하는 불량스럽게 노는 것과는 거리가 멀었지만 일련의 중독적인 것에 빠져들어 있었다. 커피를 자주 마시며 식사를 거르기도 했다. 멀리 있는 카페까지 찾아가는 게 하루 일과여서 해야 할 일을 미루기도했다.

또 미래를 위해 나아가기도 하지만 어느 순간 계획을 변경하며 흐트러뜨려 놓기도 했다. 공부를 하다가도 드라마를 봐야 한다며 중단하기도했다.

'스타는 왜 다르지'라는 의문 이후, 이 논의는 계속되고 있었다.
꿈에 대한 전반적인 이야기들이 쏟아져 나왔다.
청소년 시기에 즐거운 것에 빠지기 쉽지만 모두가 그렇진 않았다.
누군가는 현실을 자각하고 앞날을 개척해 나간다고 했다.
그들은 지금의 행복보다 미래의 안정적인 행복을 더 바란다.
오늘의 즐거움을 취하지 않고 내일의 성취를 위해 나아간다는 자세가 깔려 있었다. 중독을 일으킬 정도로 유혹적인 것을 뒤로하고 멀리 나아가려 한다.
이야기가 그렇게 전개되고 있었으나 나리에겐 한 가지 의문이 생겨났다…

불량함을 자각하다

　　　　　　　　5월의 햇살이 창문을 뚫고 곧 다가올 무더운 여름 열기를 전해 주는 듯했다.
　그녀들이 연습실에 모여 있는 풍경은 마치 열심히 일해야 하는 시간에 유희를 즐기기 위해 뒷구석 어딘가에 모여 있는 사람들처럼 보였다. 일하기는 싫고 언제나 놀거리를 찾아가는 전형적인 유흥의 인간이었다. 하지만 그들의 생각대로라면 미래를 위해 잠시 멈춰서 숙고하는 시간이었다.

　나리는 행동이 앞서는 사람이 아니었기에 그들이 꿈을 향해 가는 과정을 면밀히 살펴보았다. 그 속에 번잡함과 모순, 어리석음과 과욕이 포함되어 있어 그들을 늪에 빠지게 할 것이라고 생각했다. 꿈을 추구한다고 했다가 경쟁에서 승리한다고 하는 것은, 이미 서로 개념이 구분되지 않는 번잡함을 가지고 있었다. 경쟁에서 승리하는것이 꿈이라고 하는 것과 마찬가지다.
　큰 꿈을 가지고 도전하지만 가능성을 타진하지 않는 것은 과욕이었다. 자기에게 가능한 수준의 꿈을 설정해야 자신감이 생긴다. 스타가 된다고 할때 막연히 환호성을 받으며 이름이 오르내리는 상태를 상상한다. 이것은 어린 시절의 망상이다. 전문 분야를 키우지 못하고 인기에 연연한다. 이런 불순하고 모호한 개념들이 쌓일수록 논의는 흐트러질 것이다.

나리는 아까 비행소년들 속에서 어울려 놀다가 자수성가한 아이의 사례에 주목했다. 그 부분은 생각할수록 의문을 가지게 하였다. 스스로 말한 예시임에도 의문을 가지게 되었다.

그 아이가 비록 자수성가를 했지만, 그 이면엔 어린 시절 불량한 아이들과 어울려 놀던 습성이 여전히 남아 있을 것이다. 이 습성은 그의 성공한 생활 속에서도 드러나, 그가 한때 불량배들 중 한 패거리였음을 은연중에 보여 줄지도 모른다.

이것은 꿈을 이룬다는 것이 단지 자신의 비루한 현실에서 벗어난다는 것일 뿐 자신의 불량함을 자각한 것은 아니라는 뜻이다.

그녀들의 대화가 계속 이어졌다.

나리: 꿈을 향해 달리는 자들을 칭찬하지 않을 수 없지. 누구나 놀고 싶고 중독적인 것에 매료되는데 말이야,

민아: 응, 그래. 칭찬하지 않을 수 없지. 아까 괜한 경쟁으로 누군가를 따돌리는 유형만 없다면.

나리: 많은 이들이 유흥으로 빠지거나 게을러서 아무것도 이루

지 못하는 것에 비하면 그들의 열정은 남다르다고 할 수 있지.

민아: 그럴 거야. 그들의 열정은 남달라.

나리: 정상에는 아무나 오르는 게 아닌 것 같아. 열심히 노력한 자에게 그만큼의 보상이 주어지는것 같아.

연하: 응, 그래. 노력한 자에게 결실이 주어져. 다만 그 노력이 나쁜 결실로 이어지지 않게 조심해야 할 것 같아.

꿈을 향해 달리는 자들을 그녀들은 칭찬했다. 정상엔 아무나 오르는 게 아니라고 했다. 노력은 그만큼의 보상을 쥐여 준다는 말도 했다.

나리: 으음⋯ 그런데 한편으론 이런 의문도 생겨나. 꿈을 이루고 나면 그다음은 어떻게 되지? 새로운 꿈이 또 생길까? 그는 매일 행복할까?

민아: 꿈을 이루고 나면 어떻게 되냐고? 꿈을 이루고 나면 행복해질 거야. 자신이 그려 왔던 이상이 이루어지는 것이니까.

연하: 새로운 꿈이 생길지도 몰라. 하지만 일단 이루어진 꿈에

도취될 거야. 꿈이 부자가 되는 거라면 부유한 생활을 누리게 되는 것이지. 그는 맛있는 음식을 많이 먹게 될 거야. 좋은 옷을 입고 돌아다닐 수 있을 거야. 유명 가수의 공연도 마음대로 갈 수 있을 거야.

예나: 맛있는 것을 먹을 수 있을 뿐만 아니라 그의 지위가 향상되어 무시나 멸시를 당하지도 않을 거야.

나리: 그럴 거야. 주위 환경이 매우 달라질 거야. 하지만 다른 것은 그대로일 거야. 이미 말했듯이 성품은 그대로일 거야.

민아: 뭐? 성품은 그대로라고? 꿈을 실현하면 행복할 것이 뻔한데 성품은 그대로라니, 그게 무슨 뜻이지?

나리는 꿈을 이루고 나면 그다음은 어떻게 되냐고 물었다.
그녀들은 일단 행복을 누릴 거라고 했다. 맛있는 것도 많이 먹고 주위 환경도 달라질 거라고 했다.
나리는 이에 대해 성품은 그대로일 거라고 했다. 아까 연하의 동생이 공부에 전념하며 성품엔 관심을 두지 않는다고 했는데 그 이야기가 다시 나오는 듯했다. 민아가 약간 놀란 눈으로 나리를 쳐다보았다.

민아: 성품은 무엇이길래 그대로지?

나리: 성품은 그대로일 수밖에 없어. 우린 아까 불량 청소년의 무리에서 벗어나 자수성가한 소년에 대해 말했어. 그 아이가 비록 자수성가에 성공했지만 그 이후에도 그의 불량함은 그대로 이어질 것이라고 생각해. 왜냐하면 꿈과 성품은 아무 관계가 없기 때문이야.

연하: 그 아이의 불량함은 그대로 이어질 거라고? 여전히 불량하게 노는 것을 즐기나?

민아: 그럴지도 몰라. 다시 놀 수 있다면 놀게 될지도. 이미 환경이 갖추어졌고 이전보다 나아지기도 했으니까.

나리: 어려운 환경에서 노는 것은 불안정하니까 그는 현명하게도 환경을 개선하는 데 주목한 것이지. 그는 이제 좋은 환경에서 놀게 될 거야. 엄청 나쁜 짓을 하진 않을지 몰라도 그 이면에 더러운 행실이 남아 있을 거야.

연하: 물론 그렇겠지. 자수성가하였다고 그가 착한 사람이 된 건 아니겠지.

　나리는 불량배들 무리에서 벗어나 자수성가한 아이에 대해 그가 비록 자립에 성공한다 한들 그의 성품이 바뀌진 않을 거라고 했다.
　여전히 그는 타인에 대해 신경 쓰지 않을 것이고 화를 쉽게 낼 것이고 사기나 협박 등도 가능할 것이다. 그 어떤 목적을 위해 잠시 인내하는 것이 연습되었을 뿐이다. 그것은 더 어른스러워진 불량함을 가진 것인지도 모른다.

> 나리: 불량 소년이 꿈을 이루었다고 해도 그는 여전히 못된 짓을 하며 행복을 느끼는 존재야. 불량 소년이 아니라 보통 사람들의 경우도 마찬가지야. 영상물에 중독되어 매일 침대에 누워 있는 아이를 생각해 봐. 그가 어느날 이 생활을 벗어나야 한다고 결심하고 꿈을 향해 정진한다고 해 봐. 그리고 열심히 정진하여 어느날 꿈을 이루었을 때 이렇게 말할 거야. '아, 이젠 좀 더 편하게 영상물을 볼 수 있게 되었다.' 이렇게 말하며 현실을 반길 거야.

> 민아: 꿈의 실현이란 게 나쁜 환경을 벗어나는 것이었군. 어린 시절 그대로는 자유롭지 않고 불안정해. 그래서 마음껏 즐기기 위해 자수성가하는군.

> 나리: 더 잘 놀기 위해 자수성가한 것이지. 그게 꿈의 실현이야.

> 민아: 그래, 맞아. 더 잘 놀고 마음껏 즐기기 위해.

불량한 아이의 경우가 아니더라도 성품은 그대로라고 했다. 더 잘 놀기 위해 자수성가한 것이고, 그게 곧 꿈의 실현이라고 했다.

나리는 꿈의 실현과 성품은 아무 관련이 없음을 지적하였다.

나리: 꿈을 향해 간다는 건 지금의 행복을 뒤로 미루고 나중에 더 나은 환경에서 행복을 누리려고 하는 자세를 내포하고 있어. 우린 그들을 대견하다고 했지. 모두가 게으르고 노는데 몰두하는 데 비해 앞날을 위해 달려가니까.

연하: 그래. 대견하지. 불안정한 것을 알고 미리 대처했으니까.

나리: 하지만 불량한 아이는 자수성가해도 여전히 불량한 아이야. 영상물로 즐거운 아이는 잠시 그 행복을 미룰 수 있지만 다시 영상물에 몰두하게 되어 있어. 그 어떤 것에 행복을 느끼는가 하는 것은 변하지 않아. 이전에 행복을 느낀 것은 나중에도 행복을 느끼는 것이 되어 있어.

예나: 성품도 변하지 않고 행복의 대상도 변하지 않는 것인가?

나리: 그럴 거야. 둘 다 변하지 않아. 아니, 성품과 행복의 분별이란 결국 비슷한 거야. 불량한 아이는 못된 짓을 하는 데서 행복을 느끼는 거야. 아무 데나 휴지를 버리고 아이를 때리고 속임수로 사람들을 공략하지. 누군가를 괴롭히는 데서 행복을 느끼는 거야.

민아: 자수성가를 하고 난 후에도 그런 것에 재미를 느끼기란 마찬가지군. 우리가 대견하다고 칭찬했던 것은 미래를 향해 가는 의지였군.

나리: 바로 그거야. 미래를 개척해 나아가고자 하는 의지를 우리는 칭찬한 거야. 사회적으로도 칭찬받는 부분이지.

연하: 1위를 한 자도, 승리를 한 자도, 꿈을 향해 나아가는 자도, 그들의 강한 의지와 열정을 칭찬받는 것이군?

'성품이 그대로 보존된다'라고 한 부분은 '원래의 행복을 그대로 느낀다'로 해석됐다. 불량한 아이는 자수성가해도 여전히 누군가를 괴롭히는 데 행복을 느낀다.
  대놓고 괴롭히진 않을지라도 타인과 마찰을 일으키기 쉽다. 그것은 그의 성품이 유지되고 있음을 나타낸다.

누구든 현실을 타파하기 위해 정진할 수 있으며, 그 노력은 찬사를 받는다. 그동안 '꿈을 실현했는데 왜 성품은 그대로지?'라는 의문이 있었으나, 자신의 꿈을 성취하기 위한 열정과 현실을 타파하기 위한 노력이 성품을 바꾸는 역할을 하는 것은 아니란 것을 알게 되었다. 성품과 꿈의 실현은 아무 관계가 없었다. 나리가 말한 그대로였다.

민아: 불량한 아이는 어린 시절부터 남을 괴롭히는 데 즐거움을

느끼는 것 같아. 정말 그래. 난 어린 시절에 남을 괴롭히는 데 아무 즐거움이 없었어. 지금도 당연히 그래. 왜 괜히 누군가를 괴롭히지?

연하: 어린 시절 버릇이 없다는 건 그런 거지. 아무 기반도 없이 자기가 최고라는 인식이 자리 잡고 있지. 누군가를 괴롭히는 순간 자신은 뛰어난 존재가 되어 버리는 거야.

예나: 어린 시절 자만심이 너무 강해. 그래서 겁도 없이 무언가에 도전하지. 하지만 모두가 그런 것은 아니야.

민아: 실제로 한 분야에 매진하여 정상에 오른다면 우월한 존재가 될 수 있겠지? 그때는 대놓고 괴롭힐 수 있는 건가?

나리: 그럴 거야. 어린 시절처럼 유치한 모습을 나타내진 않더라도 직장에서 부하 직원을 알게모르게 괴롭히는 것과 비슷하지. 예의가 없고 배려가 없어. 괴롭힘이라고 부르지도 않아. 정당한 수행으로 평가받지.

민아: 정상에 오른다고 누군가를 괴롭히나?

나리: 불량한 아이는 그런 거야. 그가 정상에 오른다 해도 여전히 타인에 대한 인식은 변하지 않아. 그들은 자수성가해도 그대로야. 자수성가한 것을 칭찬할 순 있어도 그가 본

능을 유지하고 있다는 건 여전히 혐오스러운 부분이지.

연하: 마음을 다잡고 굳은 결심을 하고 새로운 꿈을 향해 가는 이를 보고 사람이 달라졌다고 얘기하지만, 그럴 수도 없게 되었군. 그 사람은 단지 현실 파악을 잘하고 분투했을 뿐, 성품은 그대로야.

민아: 그래. 성품은 그대로야.

나리: 그가 느끼는 행복은 그대로야.

민아는 자신이 어린 시절 누군가를 괴롭히는 데 관심이 없었다고 했다. 그녀는 오히려 누군가를 도와주는 데 흥미를 느껴 자선 활동을 하기도 했다. 나리는 그런 사실을 알고 있었으나 자신은 그런 경우가 거의 없어 말로 꺼내지 않았다.

어린 시절 버릇이 없는 아이는 무작정 자신이 우월한 존재가 되려고 한다고 하였다. 그런 아이가 꿈을 이루고 정상의 위치에 올랐다 해도 인간이 변했다고 할 수 없을 것 같았다. 이 버릇없는 본성을 유지하고 있는 이상, 여전히 혐오스럽다고 했다. 그들은 누군가의 지배자가 되길 원한다. 꿈을 이루고 나면 마침내 지배자가 되는 것 같았다….

대화가 계속 이어졌다.

나리: 우린 아까 스타가 되기 위해 성품을 바꿀 수는 없다고 했어. 일부러 성품을 개발하는 것은 위선이라고 했어.

민아: 그래, 그랬었지. 스타와 성품을 연관 지었어.

나리: 보통 꿈을 실현하기 위해선 실력을 길러야 해. 하지만 스타가 꿈이라면 그것도 예외라고 했어. 스타는 단지 실력이 뛰어난 사람이 아니기 때문이야.

연하: 그래, 그랬었지. 스타는 인간 그 자체가 상품이어서, 성품과 인격을 갖추는 것이 좋다고 했어. 하지만 자신의 성공을 위해 그렇게 하는 것은 가식이라고 했지. 그래서 이러지도 저러지도 못한다고 했어. 그 의문이 고조되며 이 이야기들이 뻗어 왔어.

민아: 그래, 그랬지.

그녀들은 이야기가 뻗어 온 과정을 되짚었다. 스타가 되기 위해 겸손해야 한다고 하며 스타의 성품에 대한 논의가 시작되었다.
스타가 단지 실력만 갖추는 것이 아니라 인간적인 면모를 갖춤으로써 보기 좋아진다고 하였다. 실력을 증진해도 스타로서의 면모가 부족하면 실패할 수 있다고했다.
그렇게 되자 그녀들이 열심히 연습하고 있는 과정이 회의적으로 느껴졌다.

연하는 가수로서 노래 실력을 선보이는 것보다 스타로서 세상에 긍정적인 영향을 끼칠 수 있는 사람이 되고 싶다고 했다. 하지만 애써 성품을 개발하는 것은 위선이라고 하였다.

여기에 이르러 성품이란 꿈을 위해 달린다고 변하는 게 아니고, 스타가 되기 위해 변화시킬 수 있는 것도 아니란 것을 알게 되었다.

나리: 스타들이 성품을 유지한 채 등장하면 어떻게 될까? 즉, 실력이 뛰어난 채로 스타에 오른 자들은 어떤 모습일까? 스타들 중에도 과거 불량한 시절의 행적이 드러난 경우가 있어. 불량한 아이에 가까운 사람이 스타가 된다면 어떻게 되지?

민아: 불량한 아이가 스타가 된다고? 으음… 별로 달갑지 않은 일이겠지. 일단 나쁜 본성이 있다는 걸 알아보기 어려울 거야. 스타가 될 정도로 잘 감추어 왔으니까.

연하: 그렇겠지. 알아보기 어려울 거야. 그래도 은연중에 드러나기 마련이야. 스타가 실망을 안겨 주는 경우를 상상해 볼 수 있어. 춤과 노래에 능숙해진 사람이 스타가 되었다고 가정해 봐. 사람들은 그 가수를 스타로 보고 열광하겠지. 그 스타도 춤과 노래로 팬들을 즐겁게 해. 그런데 어

느 날 폭력을 휘두르고 욕하는 모습이 발각되었어. 그럼 어떻게 되지?

민아: 사람들은 실망하겠지. 그리고 놀랄 거야. '저 사람 그렇게 안 봤는데… 어찌된 일이지'라고 할 거야. 이해 가능한 수준이 아니라면 떠나게 될 거야.

연하: 그럴 거야. 춤과 노래에 이끌렸지만 예상치 못한 파격적인 행보에 등을 돌리게 되지. 나쁜 성품은 언제든 드러날 수 있어. 무작정 드러내면 망할지 몰라도 잘 감춘다면 스타로서 성공할 수 있을 거야.

민아: 나쁜 성품을 잘 감추고 좋은 성품을 잘 흉내 낸다면 스타로선 성공할 수 있는 길이 될 거야. 우리가 말한 것도 그거야. 좋은 성품을 잘 갖추어서 성공할 수 있지 않을까 하는것.

춤과 노래가 능숙해진 스타가 사람들을 춤과 노래로 매료시키지만, 인격적인 면에서 나쁜 모습이 드러날 때 사람들은 실망한다고 했다.

그녀들은 나쁜 성품을 잘 감추거나 일부러 좋은 성품을 흉내내면서까지 스타로 등극하는 것을 달가워하지 않았다.

그런 스타는 비난의 대상이 될 뿐이라고 생각했다.

하지만 민아는 그 견해에 반대를 표시하며 이렇게 말했다.

민아: 그렇군. 스타의 실망스러운 모습에 등을 돌리는군. 하지만 그 스타는 매우 열심히 연습하고 고생하며 꿈을 향해 달려온 사람일 거야. 그걸 비난하는 사람들 역시 자신만의 꿈을 향해 달려온 사람이긴 마찬가지겠지. 그러면서 인격을 소외시켜 온 것은 그 스타들과 다를 바 없어.

민아는 누구나 꿈을 향해 달려가며 인격과 성품을 소외시키기는 마찬가지라고 했다. 스타를 비난할 처지는 못 된다는 듯이 말했다.

연하: 비난할 자격이 없다는 건가? 그럴지도 모르지. 하지만 스타를 좋아하는 이상, 그 사람이 인격적으로 훌륭한 사람이길 바랄 거야. 자신과 기껏 동등한 수준이란 건 비웃음거리가 될 뿐이야. 비난까진 아니더라도 팬의 위치를 떠나는 이유가 될 수는 있을 거야.

연하는 스타가 인격적으로 초라해 보인다면 좋아하지 않을 것이라고 했다. 적어도 자신보단 뛰어나야 한다고 했다.

민아: 우리는 스타에 대해 함부로 말할 수 없는지도 몰라. 하지만 스타가 나쁜 성품을 감추고 있는 경우가 많다는 건 부인할 수가 없어. 춤과 노래를 잘하고 연기를 잘하고 누군가에게 최소한 잘 베풀고 멋진 옷도 입었지만 그 이면이 어떻게 되어 있는지는 몰라.

나리: 그렇겠지. 알 수 없겠지.

연하: 그렇게 잘 감추는 것은 애써 지어내는 것만큼이나 위선적인걸? 우린 가식적인 모습을 거부했어. 그에 따라 진실은 무엇인지 찾게 되었어. 성품은 어떻게 변할 수 있지? 공부에 열중한다고 변하진 않겠지? 춤과 노래를 연습한다고 해도 변하지 않겠지?

나리: 공부에 열중해도 안 변할 거야. 하루 종일 공부에 열중하며 좋은 대학을 가려고 하는 소년이 있었는데, 그는 십여 년동안 사소한 태도조차 변하지 않았어. 누군가의 말에 쉽게 끼어들었고 자신의 책임을 누군가에게 떠넘겼고, 민폐에 신경안 썼어. 누군가 궂은 일을 겪으면 못 본 척했어.

민아: 하긴 책상에 오래 앉아 있는다고 인간이 달라지진 않을 거야. 춤과 노래를 열심히 연습한다 해도 마찬가지일 거야.

예나: 꿈을 향해 달린다고 변하지 않을 거라고 했어.

나리: 아무래도 반복된 일을 하는 자보다 많은 경험을 하고 있는 자가 더 가능성이 높을거야.

민아: 많은 경험이란 게 뭐지? 난 방 안에서 지내서 무슨 뜻인지 모르겠어.

연하와 예나, 그녀들은 스타가 된다 해도 가식적인 모습을 띠는 것은 거부했다. 그에 따라 일부러 갖출 수도 없는 성품에 대한 의문만이 덩그러니 남게 되었다.
더 진지하게 연하는, 성품이 어떻게 변할 수 있는지 물었다.
청소년 시절 책상에 앉아 공부에 몰두한다고 성품이 변하지는 않을 거라고 했다. 그것은 너무 단순한 경험이다.
나리는 많은 경험을 하는 자가 성품을 달리 가질 수 있는 가능성이 있다는 듯이 말했다. 많은 경험이 무엇을 의미하는지 아직 알려지지 않았다.
그녀들의 논의가 계속되었다….

어느 달라진 아이

예나는 햇볕이 드는 창문을 가진 이 연습실 공간을 평소에 마음에 들어 했다. 벽면에 거울이 설치되어 있어 자신의 춤동작을 볼 수 있었다. 가운데 놓인 소파와 테이블은 사람들이 여럿 모였을 때 담소를 나누기 좋은 구조였다. 그 양옆엔 큰 스피커가 설치되어 있었다. 인구 밀집 지역에서 유일하게 음악을 즐길 수 있는 공간이었다.

그리고 한쪽 모퉁이엔 예나가 애지중지하는 커피 머신도 있었다. 예나가 자리에서 일어나 커피를 내리기 위해 그쪽으로 다가갔다. 원두커피의 고소한 향이 실내에 퍼져 나갔다. 이곳은 마치 고즈넉한 카페 같았다.

이윽고, 다시금 네 잔의 커피가 김을 모락모락 내뿜으며 그녀들에게 전해졌다.

민아: 이건 뭐야? 다시 맛있어지는 시간인가?

예나: 내 커피 조제 실력도 이렇게 늘었는걸….

연하: 커피가 또다시 주어지리라곤 상상도 못 했네. 여긴 먹을
것이 많구나.

나리: 커피는 단맛과 쓴맛의 조화로 먹는 것이지. 너무 달기만
하다면 커피 본연의 맛이 아니지.

그녀들이 커피를 받아 들고 한마디씩 했다. 고마움을 느낀다는 반응은 그다지 없었다. 나리가 커피를 후~ 불었다. 이번엔 조제된 커피를 먹는다는 것이 기쁜 일이었다.

그녀는 '꿈이란 무엇인가'라는 질문에 대해 다시 생각해 보았다.
꿈이란 초라한 현실에서 벗어나 어떤 지위에 올라 위세를 가지는 걸 의미하는 듯했다. 하고 싶은 일을 한다는 개념도 포함되어 있었다.
꿈은 며칠, 몇 달 노력한다고 이룰 수 있는 것이 아니어서 어린 시절부터 일정 진로를 따라 정진하지 않으면 안 된다. 그것은 언제나 고생, 고뇌를 포함하고 경쟁자들까지 맞이하게 되어 있는 듯했다. 의외로 후원자도 있어서 그 고생을 덜어 준다….

그녀는 꿈의 성취는 성품과 무관하다고 했다. 자수성가해 봐야 원래의 사나운 성질과 인간에 대한 관점이 그대로 이어질 것

이라고 했다.

그리고 다양한 경험으로 성품이 변할지도 모른다고 했다.

그 주제를 잠시 뒤로하고, 다음과 같이 말하였다.

나리: 우린 그동안 꿈을 향해 달려간다는 개념에 너무 집중한 것 같아. 꿈이 어떤 전문 분야의 성공한 인물이라는 가정을 계속 이어 오고 있었어. 그리고 그 이하에서 인격과 성품을 논의해 오고 있었지. 하지만 어린 시절, 아마도 사춘기 시절 무엇이 된다는 것에 관심을 두기보다 어떤 가치관, 이상형을 따라 살아가려고 마음먹는 경우가 있어. 무엇이 된다는 것은 결국 특정 직업을 가지고 위세를 가진다는 의미이기에 한계가 있어.

나리가 논의를 이어 가면서 관점을 조금 달리하려고 시도하는 발언을 했다. 어떤 사람이 되려고 하는 꿈을 떠나, 어린 시절의 이상적인 관념에 대해 말하였다. 어린 시절 무엇이 좋은지 잘 모르지만, 자신만의 신념 같은 것을 가진다. 이것은 그 이후의 삶을 좌우할 가능성이 높다. 나리는 이에 대해 설명해 나아갔다.

연하: 꿈이란 것에 대해서 직업을 떠나서 논의할 수 있다는 건가?

민아: 하긴 꿈이란 것이 막연하지. 꿈이란 대개 이루어지지 않거나, 어느 순간 유치해 보이는 것이 되고, 살아가다 성공하는 것이 있으면 그것이 직업이 되지.

나리: 응. 그러므로 단지 이상을 추구하는 삶을 생각해 볼 수 있어. 예를 들어 부자가 되어 돈을 마음껏 쓰는 삶이라거나 여행을 자주 다니는 낭만적인 삶이라거나 가난한 이들을 구제해 주는 삶이라거나 국가에 기여하는 활동을 한다거나 행복한 결혼 생활을 한다거나 하는 불특정한 진로들을 생각해 볼 수 있어. 꿈이라기보단 자신의 이상을 따라가려고 하는 어린 시절을 생각해 보는 것이지.

이상을 따라가는 어린 시절을 가정해 보아야 한다고 했다. 그래야 직업이 가진 폐쇄적이고 단조로운 환경에서 벗어날 수 있는 것 같았다.

나리가 보기에 학생은 공부에 열중하느라 다른 것에 눈길을 두지 않는다. 경험이 협소한 영역에 한정되어 있는 것 같았다. 인간이 여러 가지 경험을 하려면 시야를 넓혀야 한다. 나리는 그런 뜻에서 의견을 내놓았다.

민아: 그것도 그런 것 같아. 오늘날 전문직업군에 도전한다는 건 매우 복잡하고 어려운 일이지. 기술과 지식을 익히기 위해 그것에만 몰두해야 하고 다른 것은 다 제쳐 두어야 하니까. 옛날엔 농삿일을 하거나 장사꾼이 되거나 심부름꾼이 되거나 아주 단순했었는데, 문명의 발전으로 인해 배워야 할 것이 너무 많아졌어. 몰두하지 않고서는 전문가가 될 수 없어. 게다가 경쟁이 치열하다니, 낙오자가 될까 봐 두려워져.

나리: 그래, 그렇지. 직업이란 것이 단지 무슨 일을 하는 사람으로서, 그 사람의 본성을 드러내지 못하는 데 비해 이상을 추구하는 과정은 자신의 사상과 신념, 삶의 태도를 더 잘 드러낼 수 있을 거야.

연하: 그런 것 같아. 무슨 일을 잘한다고 그 사람이 어떠한 사람이라고 평가할 순 없을 것 같아. 정말 그래.

나리: 그러니까 춤과 노래를 잘하는 가수를 보고, 나중에 가서 춤과 노래가 아닌 인격적으로 실망했다는 얘기가 나오지.

현대의 전문 분야는 고도로 발달한 덕분에 그 분야를 익히기 위해 많은 시간과 노력을 들여야 한다. 과거의 단순했던 농경사회와 달리 여유가 없어졌고 학생들은 공부하는 데 대부분의 시간을 소비한다. 그로 인해 사상과 신념, 삶의 태도, 철학 등에 대한 주관이 성장할 가능성이 낮아졌다. 나리는 이것을 지적하며 보다 폭넓은 경험을 하는 영역으로 논의를 확대하여야 한다고 하였다.

민아는 그럴싸하다는 표정을 지으며 고개를 끄덕거렸다.

민아: 이상을 따라가는 어린 시절이란 어떤 모습이지? 그 이상이 실현되면 어떻게 되지?

민아가 질문을 던지며 궁금증 가득한 표정으로 나리를 보았다.

나리의 새로운 관점이 어떤 논의를 불러일으킬지 궁금하였다.

나리: 이상이란 쉽게 형성되는 게 아냐. 그것은 고뇌와 번민 속에서 자라나는지도 몰라.

민아: 이상이란 그렇겠지. 아무렇게나 형성되면 오락거리가 되겠지. 누군가에게 웃음을 주고 그 다음 흔적도 없이 사라지겠지.

예나: 그래서 이상에 관한 애기가 뭔데?

나리: 으음… 이런 예가 있어. 시골에 거주하던 어느 평범한 소년이 있었어. 그는 공부를 그다지 잘하지 못했고 기술을 익히는 것도 서툴러서 더 이상 진전이 안 되던 상태였어. 그러다가 부모가 물려준 밭을 경작하기 시작했대. 그리고 채소를 키워서 내다 팔기 시작했대. 그로부터 그의 사업이 시작되었지.

이상을 추구하는 어린 시절에 대하여 나리는 시골에 거주하는 어느 소년의 예를 들었다. 그는 밭을 경작하여 작물을 생산해 냈다고 했다.
공부를 뒤로하고 생산 활동을 시작한 예였다.

나리: 작물을 길러 낸다는 것은 옛부터 전해 내려오는 기술이

고 별다른 어려움이 없지. 물건을 판매한다는 건 쉬운 일일거야. 그런데 그 소년은 단순히 물건을 판매하려는 의도를 가지지 않았어. 자신이 나라의 경제의 한 부분이란 걸 인식했고, 농업과 식량 산업 전반에 대해 연구했어. 그리고 고객을 어떻게 대응할 것인지 어떻게 관리할 것인지에 대해서도 숙고했어. 상품의 신선도를 언제나 점검했었고 진열에도 신경 써서 보기 쉽게 하였고 영수증을 발급하여 계산을 명료하게 했어.

민아: 자신만의 철학을 갖고 경영하려 했던 것이군. 아무 생각 없이 돈 버는 데 집중하는 사람보다 낫군.

나리: 응, 그렇지. 고객을 응대하는 태도에서 진정성이 느껴졌지. 상품에 하자가 있을 땐 언제나 환불해 주었고, 상품이 할인할 때에는 미리 공지를 하여 이전 구입자가 억울하지 않게 하였고, 품질 개선에 고객의 불만을 끊임없이 반영하였지. 학창 시절, 공부를 그다지 잘하지는 못했지만 자신만의 경영 철학을 가지고 있었지.

그 소년은 단순한 장사를 했지만, 막연히 돈을 번다는 개념으로 접근하지 않았다. 자신의 사업에 대해서 소명의식과 주관이 뚜렷하였다. 그는 고객 응대에 충실했고, 경영에 관해 정직했다.
품질 개선을 게을리하지 않았고 고객의 요구에 부응했다.
한 시골 소년의 이야기였지만 충분히 이상을 가지고, 자수성가한 모습을 보여 주었다.

예나: 학창 시절 공부에 집중하거나 특정 직업을 향해 가려고 하는 경우와는 다르군.

연하: 이상을 가지고 일했던 것이군. 손님에 대한 예의가 있어 보여.

민아: 그다지 배우지 못한 그가, 그런 경영의 태도를 지니게 된 까닭은 무엇이지? 우리가 말해 온 성품과 관련이 있나?

민아가 궁금증을 표시했다. 공부를 못했다는 것과 시골 출신이라는 낡은 이미지가 언뜻 자수성가와 거리가 멀어 보였고, 서툰 행보를 할 것 같아서 나온 질문이었다. 나리가 대답했다.

나리: 그 소년도 한때는 소비자의 입장에 있었기 때문일 거야. 누구나 소비자로서 생산물을 구매하지. 그럴 때마다 자신이 구입한 물품이 만족스러우면 함박웃음을 짓고, 아닐 때엔 화가 나지. 그 소년이 소비 생활을 했던 일화를 들어 보면, 불량품에 굉장히 시달렸던 게 분명해. 자취 생활을 하고 있을때, 인스턴트 식품으로 끼니를 해결하는 경우가 많았다고 해. 그 음식들은 대개 푸석푸석하고 먹고 나면 더부룩하여 그를 고통스럽게 했다고 해. 가끔 배탈도 나서 이걸 돈 주고 사 먹은 건가 하고 후회를 했

다고 해.

연하: 인스턴트 식품을 사 먹으면 대개 그렇지. 겉으론 굉장한 것처럼 유용한 성분도 표시해 놓았고, 광고도 열심히 해서 유명하지만, 정작 먹어 보면 돈 내고 일부러 건강까지 해친 것처럼 보이지.

예나: 그런 경험들로 인해 불량 식품에 대한 반감이 생겨났나 보군?

나리: 그렇지. 그렇게 시달리면서 자기가 식품을 출시한다면 그런 저질 식품들은 절대 출시하지 않을 거라고 했었어. 그게 기회를 맞이하여 지금처럼 된 거지.

연하: 나와 다르군. 난 불량품을 접하면서 '이런 것도 잘 팔리는군. 나도 대강 만들어서 한번 팔아 볼까.'라고 생각했었어.

예나: 사업가 기질이 다분하군?

연하: 그런지도 모르지. 으음… 칭찬인가?

나리가 예로 든 소년이 경영자로서 정직한 태도를 가지게 된 배경에는 그가 세상에 널려 퍼진 불량식품을 접하면서 느낀 아픔이 있었다. 그 아픔들을 겪으며 자신은 누군가에게 나쁜 음식을 전달하지 말아야겠다는 신념을 가지게 되었다고 했다.

나리: 그리고 구입할 때 불친절을 겪은 것도 한몫했지. 그는 대개의 상인들이 파는 데 급급하다는 걸 알게 되었어. 거기서 나타나는 정직하지 못한 모습이 있지. 자신은 그런 꼴을 보이고 싶지 않았던 것이지.

민아: 아, 상인들이 자기 물건이 틀림없이 좋다고 하며 팔려고 하지. 하지만, 하자가 발생해서 다음 날 가 보면 온데간데 없지. 그런 상술에 시달렸군.

나리: 자기 물건이 잘 팔리면 자만심이 높아져 고객 응대에 거만해지는 경우도 있지. 아주 초라하고 기본적인 품질의 상품이었는데 그 지역에서 유일하게 공급한다 하여 가격을 높이고 불친절한 경우도 있지. 그는 그런 경우에 시달렸어.

그 소년은 불친절과 사기에 가까운 상술을 겪기도 했다고 했다. 그런 경험으로 인해 자신은 '그러지 말아야지'라는 회고가 있었다고 했다.

나리: 그 소년의 매력적인 부분은 처음부터 자신만의 사상과 신념을 가지고 사업을 시작했다는 데 있어. 대개 경영가가 사업을 개선해 나가는 경우란 소비자들의 불만이 터져 나

왔을때지. 불만을 누그러트려야 제품이 계속 팔려 나갈 수 있으므로 불만을 해소시켜 주지 않을 수 없지. 하지만 그 소년은 처음부터 생산자로서 자신만의 신념을 따라가 며 정직하지 않은 모습은 단호히 거부했던 거야.

민아: 그렇겠지. 소비자들이 특별히 불만을 제기하지 않는다면, 경영은 그대로 이어 가게 될 거야. 이윤을 내고 있는 걸, 굳이 개선하려고 하진 않을 거야.

연하: 기업들이 대개 그런지도 몰라. 이익이 계속되는 한 현재 상태를 유지하겠지. 소비자들이 마지못해 구입하는 게 대부분인데 불만이 없는 줄 알고 있는게 분명해.

나리: 기업들은 자신들의 제품이 인기 있고 잘 팔린다는 사실에 뿌듯해하지. 소비자들이 만족했는가 여부엔 관심 없어. 선물로 치면, 스스로 굉장한 베풂이라 생각하지만, 상대방에게 도움이 되었는지엔 관심이 없는 경우와 비슷하지.

그 소년의 사상과 신념은 좋은 생산물을 보급하고 소비자를 만족시키는 것이었기에, 이윤이 유지될 때 안이했다가 이윤이 안 되면 급히 경영 방식을 바꾸는 업체들과 달랐다.
단순히 매출과 이익이 향상되는 방향으로 회사를 성장시켜 가는 것이 아닌, 자신의 투철한 신념과 사상에 따라 회사를 성장시

커 가는 모습을 나타내고 있었다. 그로 인해 느껴지는 보람도 남다른 것 같았다.

이 이야기를 하며 민아는 문득 나리가 이야기한 식품 산업에 대한 비하가 내심 못마땅하였다. 자기 엄마가 식료품 가게를 운영하고 있었고 자신도 편의점 운영이 목표였기도 했기 때문이었다.
  그녀는 인스턴트 식품이 원래 조잡할 수밖에 없다고 생각했다. 대량 생산과 유통 과정으로 인해 완전한 식품을 만드는 것이 애초에 불가능하기 때문이다.
  그래서 이렇게 말했다.

민아: 사실 인스턴트 식품으로 인한 비애라고 했지만, 그 부작용들을 알고 사먹어야 해. 아까 먹은 과자도 그래. 편리하게 가게에서 저가격에 사왔지.

나리: 아, 그래?

민아: 어디에서나 살 수 있고 보관이 쉽고 포장만 뜯어 간편하게 먹을 수 있다는 장점을 놓치면 안 돼.

나리: 그런가? 으음….

민아의 퉁명스러운 표정을 보고 나리는 잠시 당황했다.
연하가 이어서 또 다른 일화를 소개했다.

연하: 자기가 몸소 체험한 바대로 행동한다는 건, 정말 뜻깊은 것 같아. 내 친구 중 하나는 부잣집 출신으로 부족할 것 없이 살고 있었어. 그러다 주위 친구들이 저마다 자기 일을 찾는 것을 보고 자기도 노동 현장에 뛰어들었지. 아마 부모님에 대한 눈치도 있었을 거야. 그녀는 음식 배달을 하기도 하고 카페에서 커피를 나르기도 하고 식당에서 설거지를 하기도 하고 광고지를 돌리기도 했대. 그 일들 중 손쉬운 일은 물론 없었지. 매일 아침 일찍 출근해 밤늦게 퇴근하는 일과가 반복되었어.

민아: 학창 시절 편하게 공부에 집중하기보다 노동 현장에 뛰어들었구나? 물론 공부가 적성에 안 맞으면 공부가 더 힘든 일이 될 수도 있지만….

예나: 젊은 시절 고생은 인생의 자양분이 되기도 하지. 육체적으로 힘든 것 이상으로 정신적으로 많은 시달림을 받게 되기도 하지.

연하: 정말 그래. 그 아이는 많이 시달렸다고 해. 늦게 배달했다고 손님에게 뺨을 맞고 중고차와 부딪혀서 보상하기도 했었고 나이 어린 사람이 반말로 주문할 때도 있었다고 해. 그렇게 시달리면서 사람들을 기피하게 되었대. 대인기피 중이라고 하나?

연하가 예로 든 소녀는 부잣집 출신이었지만, 스스로 생산의 현장으로 뛰어들었다고 했다. 밤낮으로 일하며 육체적으로 힘들었지만 무엇보다 사람들에게 시달리면서 정신적으로 힘들었다고 했다.

작은 실수에 큰 보상을 해야 했고, 화풀이 대상이 되어야 했고 어린 손님들에게도 수모를 당해야 했다. 그로 인해 대인기피 증상이 생기게 되었다고 했다.

민아: 나도 배달 일을 해 보았지만, 결코 손쉬운 일이 아니야. 음식은 잘 포장되어 식기 전에 배달되어야 하고, 이륜차로 골목길을 운전하다 보면 매 순간이 긴장되고, 무엇보다 여러 사람을 대한다는 건 고통스러운 일이야. 이 사람 저 사람, 다 대응 방식이 다르니까 말이야. 의사소통이 어긋나면 돈을 낸 고객이 항상 우위에 있게 되지.

나리: 그렇겠지. 손님이 따지고 들면 할 말이 없지. 생계를 위해 감수해야 한다는 게 그런 일일 거야. 아… 고용된 자는 주인의 눈치를 봐야 하니…. 그런 일과가 매일 반복된다니, 매일 녹초가 될 것 같아.

민아: 난감할 때가 한두 번이 아니었지. 월급 깎인다고 협박당할 땐 마지못해 사소한 심부름도 해야 했어. 병원 가야 하는데 진통제로 버틴 적도 있었어. 일 끝내고 집에 와서 맥주 한 모금 마시는 게 매일의 낙이었어. 취해 잠들면 그

나마 낫지.

예나: 어린아이가 성인이 되어 막 내디딘 세상은 냉혹하기만 하지. 하지만 그 모든 걸 극복하고 자수성가한 건가? 그 소녀는?

연하: 물론이지. 그 아이는 열심히 일했고 결국 많은 돈을 모아 자기가 운영하는 가게를 열었대. 개업날 나도 가 보았지. 매우 밝은 표정이었어. 뭔가 해방된 사람의 표정 있잖아? 요즘 경쟁의 심화로 장사가 잘 안 되는 게 보통이지만, 그 아이의 가게는 성업 중이었어. 그의 성실과 친절이 소문이 나서 타 지역에서도 찾아올 정도라는군. 판매하는 상품이 특별하기보단 주인장의 운영 방식이 훌륭하기 때문이었을 거야.

민아는 자신도 생산의 현장에 참여한 적이 있다고 하며 매우 힘든 시기였다고 고백했다. 그러나 그 시절 모았던 돈을 모두 유흥비로 탕진했던 사실은 밝히지 않았다.
나리는 그런 노동을 해 본 적이 없기에 쉽사리 공감이 가지 않았다.
그녀는 언제나 노동을 절약하거나 회피하기 위해 꾀를 쓰는 것을 특기로 삼고 있었다.
연하가 얘기한 소녀는 결국 자수성가했다고 했다. 그의 가게는 좋은 소문이 퍼져 타 지역에서도 손님들이 찾아온다고 했다.

연하: 그 아이도 사실 예전엔 그다지 친절했던 사람이 아니었어. 그가 배달원들을 보고 비웃는 걸 나도 보았거든. 청소부에게 쓰레기를 던지고 종업원에게 욕설을 퍼붓기도 했었어. 하지만 어느새 자신도 그런 처지가 되어 있는 걸 보며 과거를 뉘우치고 후회했을 거야.

민아: 어릴 적 버릇없다는 게 그런 건가? 나이 들고 보니, 아니, 자기도 그런 경험을 해 보니 그들의 처지가 이해되는가 보군?

연하: 누군가를 구박하는 자신의 꼴이 우스웠다는 것을 알게 된 것이지.

예나: 그렇게 반성하다니, 다행이야. 아예 반성도 안 하는 인간들이 있잖아?

그 아이도 한때는 누군가에게 버릇없는 행동을 한 적이 있었다. 그러나 불현듯 자신도 어려운 상황에 놓이게 되었고 과거 자신이 타인에게 했던 것과 같은 기분을 느끼고 반성하게 되었다고 했다. 이것은 행패를 부리는 인간의 추악함을 알게 된다는 이었다.
 여기서 '경험'이란 말과 '반성'이란 말이 나왔다.
 반성은 자신을 되돌아보고 뉘우치는 것이었다.

연하: 어린 시절 학업을 뒤로하면 특별한 경험을 하기도 하는 게 사실인 것 같아. 특정한 폐쇄적인 환경에서 공부나 기술을 익히는 데 집중하는 이들이 겪지 못하는 경험들이 자주 나타나는 것 같아. 흔히 시련이라고 하지.

예나: 시련이라니…. 꿈을 향해 가는 이들은 시련을 회피하는 것 아닐까?

민아: 그들에겐 꿈을 향해 가는 게 시련이지.

나리: 물론 공부에 열중하거나 춤과 노래를 열심히 연습하는 것도 시련이지. 하지만 그 속엔 반성이나 성찰, 교훈을 얻는 과정이 없잖아? 우리가 지금 논의하고 있는 건 성품에 관한 거야. 꿈은 성품을 변화시킬 수 없다고 했어.

민아: 그런지도 모르지. 꿈을 향해 아무리 간다 해도 반성이나 성찰이 있을 것 같진 않아. 다만 나태한 하루를 보냈다면 그걸 반성하고 더 열심히 하려는 경우가 있긴 하겠지.

나리: 성품이란 건 어느 분야에 집중한다고 바뀌는 게 아니고, 자신을 되돌아볼 수 있는 경험 속에서 바뀌는 것 같아.

연하: 그런 것 같아. 자신이 무얼 하고 있는지는 망각한 채 꿈을 향해 나아간다는 태도가 있어선 안 돼.

그녀들은 소년, 소녀들의 이야기를 통해 막연히 꿈을 향해 가기보다, 자신의 경험으로부터 우러나온 사상과 신념으로 앞길을 개척해 간 인간의 모습을 보여 주었다. 그것은 체험 속에서 반성을 동반하고 있어서, 성품의 변화라고도 할 수 있었다. 꿈을 향해 달려가기만 하는 사람은 반성할 수 없다고 하였다. 어느 분야에 집중한다고 해서 자신을 되돌아볼 수 있는 기회가 생기지는 않는다고 했다.

민아: '성품은 어떻게 변할 수 있는가'라고 물은 이후 비로소 성품의 변화에 대한 해답을 얻을 수 있게 된 것 같아. 자기를 되돌아볼 수 있는 경험이 필요해.

연하: 그런 것 같아. 특별한 경험…. 자기를 되돌아보고 반성하면 좋을 거야.

민아: 그래. 반성을 촉구하는 경험들. 어떤 잘못에 대한 반성이 아니더라도 자신의 현재 상태를 되돌아볼 수 있게 하는 경험들이 필요해. 또는 알지 못했던 인간의 참모습을 알게 해 주는 경험들이 필요해.

나리: 그런 것 같아. 우린 아까 불량한 아이에 대해 말했지. 그 아이는 비록 자신에게 불리한 환경에서 벗어나는 데는 성공했지만, 자신을 되돌아보지는 않았어. 따라서 자수성가 이후에도 여전히 불량함이 남아 있었어.

민아: 그는 누군가를 괴롭히는 데 행복을 느낀다고 했어. 꿈을 이루어도 성품은 그대로라는 말의 적절한 예시였어.

예나: 그럼 아까 영상물에 중독된 아이는 무슨 반성을 해야 하지?

나리: 그건 자신의 현재 상태를 알게 해 주는 경험들이 필요할 거야. 누워서 영상물을 보며 흥분하고 통쾌해하는 것을 벗어나 그것과는 다른 더 숭고하고 감동적인 일들이 현실에 있을까 생각해 봐야 해.

민아: 방 안에서 영상물로만 전해지는 것의 한계를 느끼게 하는 경험들이 필요할 거야. 적어도 지나치게 영상물에 몰두한다면 인간관계가 나빠지겠지?

그녀들은 반성을 일으키는 경험들이 성품을 변화시킨다는 결론을 얻었다. 그에 따라 성품이 그대로인 사람은 반성을 하지 않는 부류라는 것을 알게 되었다. 꿈의 실현은 반성과 무관함을 재차 확인하였다.

민아: 우린 아까 스타가 되기 위해 인격과 성품을 개발하려고 하는 것은 위선이라고 했어. 하지만 지금 여기에 이르러보니 스타가 되기 위해 특별한 체험을 하고 반성을 한다면 위선이라고만은 할 수 없을지도 모른다는 생각이 들어.

연하: 아까는 위선이라고 했었지. '스타가 되기 위해 인격을 함양하다니 그게 무슨 꼴이지'라고 하면서 비난했었어. 하지만 시련을 겪으며 반성한다고 하니 나쁘지만은 않은 것 같아. 정말 그래.

예나: 스타는 인격적으로 훌륭해야 하니까 많은 시련을 겪으며 성숙한 모습을 갖추어야 할 것 같아.

스타에 대한 기존의 견해도 수정하지 않을 수 없게 되었다.
스타가 되기 위해 인격적으로 품위를 가지려고 하는 것은 위선이라고 했다. 동시에 스타는 실력보다 성품이 돋보여야 한다고 하여 애서 성품을 개발해 나아가야 할 것 같았다.
그래서 이러지도 저러지도 못하는 상황이 발생했었다.
그러나 여기에 이르러 보니, 시련을 겪으며 일어나는 성품의 변화는 위선이라고 할 수 없는 것 같았다. 진정한 반성을 통해 변화한 성품은, 겉모습만 어설프게 갖춘 것이 아니기 때문이다.

나리는 골똘히 생각에 잠겼다…. 스타가 되기 위해 정말로 시련과 고난을 체험할 수 있을까? 아니, 체험해도 되는 것일까? 그렇게 하면 인격이 돋보이게 될까?
그녀는 줄곧 이 논의를 주도해 왔지만 여기에 이르러 스타라는 특별한 위상을 가진 존재를 다루는 것은 평범한 말로 결코 쉽지 않다는 걸 뼈저리게 느끼게 되었다…. 스타는 자신 있게 나서는 존재인 동시에 수줍어 뒤로 숨는 존재인 것처럼 느껴졌다.

그것을 다룰 수 있는 특별한 기술 같은 건 없다….

나리가 먼 허공을 바라보았다. 그리고 동시에 귀를 기울이며 그녀들의 이야기를 듣고 있었다. 벽에 설치된 스피커가 잠시 잡음을 내며 고장 난 듯했다. 이 소음을 뚫고 계속 대화가 이어졌다.

민아: 스타가 많은 시련과 고난을 겪고 성숙된 모습을 보인다는 것은 그 자체로 스타에게 어울리는 일일 거야. 우리가 이미 말했듯이 스타란 실력을 드러내어서 스타인 게 아니라 인격적으로 아름다운 모습을 드러내기에 스타인 거야.

연하: 그런 것 같아. 이제 그 말이 옳다면 스타로 거듭나기 위해 일련의 과정을 거쳐야 할 것 같아. 춤과 노래는 단지 실력일 뿐이야. 세상 속으로 파고들어 넘어지고 부딪히고 누군가에게 종속되고 비판받으며 자신을 굳건하게 다져 가야 할 것 같아. 그리고 일정한 고난을 넘어서면 마침내 최고의 스타로 탄생할 수 있을 거야. 그게 스타 탄생에 대한 정직한 과정일 거야.

예나: 정말 그런가? 그렇다면 나도 그런 결론에 따라 움직여야겠어.

나리: 세상 속으로 파고든다고? 으음….

연하: 학생이 공부만 하면 되는 줄 알고 몰두하듯이, 우리도 춤과 노래를 열심히 해서 스타가 되는 줄 알았지. 하지만 이제 아니야. 이 폐쇄적인 환경에서 성장할 가능성은 없어. 어디론가 떠나야 해.

예나: 이제 어디론가 떠나야 하나? 어디로 떠나야 하지? 자유를 찾아 떠나는 여정이 시작되는 건가? 아무래도 사람들로 북적이는 곳을 선택해야 할 것 같아. 한 번도 안 가 본 곳이라면 낭만이 있을 거야.

나리: 지금 당장은 새로운 모험에 들뜨게 될지 몰라도 결국 환난에 휩싸일 것 같아. 그때마다 안락한 집을 그리워하며 떠난 걸 후회하게 될 거야.

연하: 불안하단 말인가? 용기를 발휘해야 할 때에 물러선다면, 바라던 미래는 오지 않을 거야. 지금 여기 있는 것이 실패나 다름없어.

스타가 실력을 뽐내기보다 인격적으로 성숙한 모습을 드러내며 스타 행세를 하는 것이 좋다고 한 이후, 실제로 인격과 성품을 개발하기 위한 길이 열린 것 같았다.
위선적일 수 있다는 견해는 이 결론으로 사라졌으며, 그녀들은 인생의 풍파를 겪기 위해 떠나야 할 것만 같았다. 그에 대한 계획을 말하기도 하며 눈빛을 반짝거렸다. 연하는 용기를 발휘해야 할 일에 대해 물러섬이 없었고, 예나도 따라서 의연한 태도를 가지며 용기를 내려고 했다.

하지만 나리는 여전히 생각에 골똘히 잠겨 있었다.
그녀들의 어디론가 떠나야 한다는 말이 황당하게 들리면서도, 이 폐쇄적인 환경에서 벗어나야 한다는 말에는 동의하지 않을 수 없었다.
남아 있는 커피 한 모금과 팥을 함유한 화과 한 조각을 입으로 가져갔다….

꿈의 설정

연습실 내부에 공기가 탁해진 듯하여 연하가 자리에서 일어나 창문 쪽으로 다가갔다. 반쯤 열린 창문을 더 열려고 했으나 뜻대로 되지 않았다.

계속 힘을 주는 듯 소리를 내더니 갑자기 촤아 하고 창문이 열렸다.

연하가 화들짝 놀랐다. "뭐 이런 창문이 다 있지?"라고 그녀가 말했다.

이어서 맑은 공기를 담은 바람이 불어왔다. 그녀들의 머리카락이 흩날렸다.

나리는 결론이란 듯이 말한 스타가 되기 위해 경험한다는 말이 그다지 와닿지 않았다. 일단 스타란 것이 가수 같은 연예인을 가정하고 있어 막연하였다. 스타란 특별히 규정된 것이 없고 그 말 자체가 모호하다. '그가 스타인가'라는 물음에 대해 적당히 유명하다고 대답할 수도 있고 심지어 악인이나 낙오자 등으로도 유명해질 수 있다. 유명하다는 것은 주관적이고 누구는 별로 신경 쓰지 않을 수 있다.

또 반성의 경험이란 것이 '목적을 달고 있으면, 그 어떤 목적이 없으면 반성을 하지 않겠다는 건가라는 의문을 제기할 수도 있다. 반성이 숙연해지면서 일어나지 않는다는 건 겉으로 잘 포장해 놓은 일종의 겸손이다. 그런것은 성품과 무관하며 처세술에 가까운 것이다.

논의의 허술함이 이렇게 나타나자 나리는 재정리하여야겠다고 생각했다.

처음에 어린 시절의 꿈에 관해 언급했었다. 어린 시절에 꿈을 가진다는 것은 이미 그 자체로 허술하고 모순적이다. 어린시절 앞날의 생계를 위해 정진한다는 것은 옳은 일이지만, 큰 꿈을 가진다는 것은 대개 어린이의 시각에서 나온, 정리 안 된 바람일 뿐이다. 어린이의 시각은 협소하여 한때 충동적으로 공상에 빠져서 좋아하는 일이 생기거나 변덕이 심해서 꿈이 자주 바뀐다. 주위의 말에 쉽게 현혹되며 주체적인 판단을 하지 못한다.

나리는 그렇게 생각하며 다시 자신의 의견을 전개해 나아갔다.

나리: 으음, 그래. 폐쇄적인 환경에서 벗어나는 건 좋은 일일 거야. 우린 폐쇄적인 환경에서 아무것도 배울 수 없어.

민아: 그렇겠지. 그래서 현대 세계는 아이러니한 면을 가지고 있어. 몰두하지 않으면 안 되는 많은 전문 분야들이 있기

든? 누군가는 전문가가 되어 생산 활동의 한 자리를 담당해야 해. 그들의 몰두는 사회를 유지하게 하고 있어.

나리가 폐쇄적인 환경에서 벗어나는 것이 좋다고 했지만 민아는 의외로 현대 세계에서의 몰두의 불가피성을 말하였다. 나리는 잠시 당황하였다. 민아가 끼어드는 것이 자신의 논의를 망치고 있음을 느끼며 긴장하였다.

나리: 우리의 논의를 다시 살펴봐야 해. 우린 처음에 어린 시절의 꿈에 대해 말했었어. 꿈의 실현이란 어떤 사람이 된다는 것을 의미했고, 어느 분야의 전문가가 되는 것을 의미했지. 하지만 논의를 바꾸면서 이상을 따라가는 삶을 가정했어. 그래야 자신의 사상과 신념이 잘 드러난다고 했어.

민아: 그래, 그랬지. 어떤 사람이 되는 것을 꿈의 실현이라고 했다가 단지 이상을 따라가는 삶을 꿈의 실현이라고 바꾸었지. 자신의 사상과 신념, 철학이 더 잘 드러난다고 했어.

나리: 그런데 여기엔 구분되지 않고 지나친 개념들이 있어. 어떤 사람이 된다는 것을 우리는 직업을 가지고 전문 분야에 종사하는 사람을 가리켰지. 예를 들면 디자이너가 된다거나 건축가가 된다거나 요리사가 된다거나 하는 것들이야. 그런데 부자가 된다고 한다면 어떻게 되지? 그건 단

지 돈 많은 사람을 뜻해. 어떤 일을 해서 많건 간에 돈이 많은 사람이 부자야. 스타는 무엇으로 유명하지?

연하: 스타가 무엇으로 유명하냐고? 스타는 단지 유명한 사람이지. 부자가 돈이 많은 사람이듯이.

민아: 스타가 실력을 뒤로하고 성품이 돋보여야 한다고 하며 어떤 분야와는 거리가 멀게 되었어. 어떤 분야에 대한 실력을 논의할 수 없게 되었어.

예나: 실력이 그 사람의 본성을 나타내지는 못한다고 했어. 그래서 그렇게 되었지.

나리: 어린 시절 꿈을 설정할 때는 어떤 좋아하는 일을 하는 것을 함유하고 있어. 건축가가 되어 미래에 훌륭한 건축물을 짓겠다는 것이 그런 것이지. 그런데 막연히 스타가 된다고 하면 그걸 벗어나는 거야.

연하: 가수는 음악을 하나의 분야로 하고 있지. 음악에 종사하는 사람이라고 할 수 있어.

나리: 그렇겠지. 그런데 아까 음악은 스타가 되기 위한 하나의 수단일 뿐이고 세상에 긍정적 영향을 미칠 수 있는 사람이 되고 싶다고 예나가 말했어. 어릴 적 꿈에 어떤 분야

가 있다는건 차라리 좋은 일일지도 몰라. '그의 관심사가 무엇이지'라고 물으면 유명해지는 것, 곧 스타가 되는 것이라고 말한다면, 그는 좋아하는 분야를 가지려고 하지는 않는 것을 의미하지.

민아: 그렇겠지. 유명한 사람이 되겠다고 하는 것은 너무 막연해. 그럼 다시 실력을 강조하는 것이 좋단 말인가?

예나: 으음… 좋아하는 분야가 없다는 것은 이상해.

나리는 그동안 논의에서 지나쳐 버린 간과한 개념들이 있다고 했다.

막연히 유명한 사람이 되고자 하는 것은 마치 부자가 되고 싶다고 하는 것과 마찬가지로 어느 분야에 몰두하려는 자세를 가지는 것은 아니라고했다. 어느 분야에 흥미를 갖고 참여하려는 자세가 있어야 열정이 있을 수 있고, 성취와 도달이라는 개념이 있을 수 있다. 열정이 없을 때 즐거움을 찾는 반복적인 습관들이 나타나고 어느새 중독에 빠지게 된다고 나리는 생각했다.

나리는 이렇듯 스타라는 막연한 꿈에 도달하기 위한 노력에 반대를 표시했다. 민아는 '다시 실력을 강조해야 하나'라고 물었다.

연하: 실력을 강조해야 분야가 있을 수 있으니까, 으음….

나리: 가수라면 노래와 춤을 잘해야겠지. 하지만 아까 언급했

던 문제들이 발생할 거야. 감미로운 노랫소리와 현란한 춤에 매료되었지만, 그 가수는 폭력적인 면이 있어 사람들은 실망하며 떠날지도 몰라. 뭐, 폭력까지는 아니더라도 기본적인 예의와 배려가 없어서 나타나는 천박함이 있을 수 있지.

민아: 사람 자체가 상품처럼 나오면서 발생하는 문제가 아닐까? 우린 아까 전문 음악인을 가정한다면, 그가 내놓는 음악들에 심취해도 상관없다고 했어. 그 사람이 저속하다 해도 음악과는 별개라고 했었어. 음악이 좋으면 음악만 즐기면 되는 것이지.

연하: 그런데 가수는 종종 직접 나서서 노래를 부르거든. 공연장에서 무대를 휘황찬란하게 꾸며 내기도 해. 그래서 꼴불견은 어쩔 수 없어. 정말 사람 자체가 상품처럼 나오면서 문제가 발생해.

가수는 음악을 내놓는 사람이다. 하지만 다른 제작자들이 상품만 내놓는 것과 다르게, 가수 자신이 음악과 같이 나온다. 음악만 듣는 경우도 있지만 무대를 같이 보는 경우가 흔하다.
그 가수가 악독하다고 밝혀질 경우, 그 모습을 보기 싫은 경우가 생긴다. 이 사실을 그녀들은 또 한번 지적하였다.

나리: 인격이나 성품이 좋지 않으면 예술의 실연자는 보기 싫어

지는 것 같아. 예술은 창작자의 의도가 배어 있고 사상을 담고 있으니까.

민아: 그런 것 같아. 나도 그런 경우를 몸소 느낀 적이 있어.

예술을 선보이는 창작자 자신이 악독한 경우에 대해 한 가지 예가 떠오른 민아가 그에 대해 얘기했다.

민아: 아… 지난번 A 씨가 주최한다고 하는 작품 전시회에 갔을 때 말이야… 그 사람이 그런 사람인줄 몰랐어.

연하: A 씨라면 고풍스러운 예술품 전시를 전문으로 하는 그 예술가 아닌가?

민아: 응. 그의 전시는 고상하기로 유명하지. 그래서 처음엔 그것만 믿고 찾아갔지. 벽면에 걸린 그의 작품들을 보면서 그가 묘사하고자 하는 추상적 세계와 번영을 위한 사상들을 접할 수 있었지. 그 작가는 선량하고 정직한 사람일 것이라고 추측했지. 하지만 그다지 좋은 사람이 아니란 게 밝혀졌어. 그 사람은 횡령을 했었고 사기 사건도 여러 차례 일으켰대.

예나: 아, 그 A 씨의 고풍스러운 그림, 나도 감탄하고 있었지만, 뉴스를 본 이후 실망하지 않을 수 없었어. 고상한 내면세

계를 가지고 있을 줄 알았는데 의외로 속물이었어.

민아는 전시회에서 작품에 매료되었지만 작가에겐 실망했던 경우를 말하였다. 그의 실체가 드러나며 작품 속에서 느껴졌던 감흥이 다 달아났다고 했다. 그림 따위의 예술은 창작자의 사상과 가치관이 담기는 것이 흔하다.

연하: 나도 실망했던 경우가 있었지. 난 어느 영화 감독이 만드는 영화들을 죄다 봤어. 그러다가 그가 최근 출시한 영화를 보고, 실망을 금할수가 없었어. 주인공이 마지막에 사람들에게 일으킨 파문이 놀라웠어. 내용 유출이 될 수 있으니 더 이상 말 안 할게. 그걸 좋은 것처럼 묘사하다니…. 그는 평등에 무심했고 민폐에도 신경 안 쓰는 것 같았어. 게다가 다른 영화들을 도용한 것이 밝혀지기도 했어.

나리: 실력을 드러내려 하지만 스타처럼 되어 있는 인물들은 그의 창작물과 인격이 동시에 평가돼. 그래서 실력의 뛰어남과 무관하게 호감을 가질 수 없어. 다만 핸드백의 디자인도 예술 작품의 일종이지만, 실용적인 의미만 가지는 것 같아.

예나: 우리 주위에 많은 예술이 있지만, 일부 예술 분야는 제작자가 부각되는 경우가 있구나.

나리: 응, 그렇지. 자기 이름을 내세우고 예술을 선보이는 경우가 그러하지.

민아: 정치인도 좋은 정책으로 인기를 끌다가 인격의 오점이 드러나면서 실추되는 경우가 있지. 그런데 스포츠처럼 되어 있으면 뭐가 되지?

나리: 그것도 가수와 비슷할 거야. 스포츠상의 기술을 발휘하는 인간이 나타난 것이지. 그것을 관람하는 것이 일종의 공연을 감상하는 것이지.

연하는 평소 눈여겨본 영화감독에 매료되어 여러 작품을 보았지만, 영화와 별개로 감독에겐 실망했던 경우를 말하였다. 어느 예술 분야는 창작물이 창작자와 같이 나옴으로써 창작자 자신도 평가 대상이 된다. 특히 그것이 사상, 신념, 철학을 담은 경우 더욱 그렇다.

실력을 강조해야 분야가 있을 수 있다고 한 이후, 예술 분야에서 실력을 드러내면서 동시에 성품이 평가되는 경우가 언급되었다.
민아와 연하는 자신들이 노래와 춤 연습에 몰두하고 있었고, 분명 실력을 증진시키기 위해서 하는 것이었다. 그런데 스타는 그 꿈이 막연하다고 했고, 가수는 실력만을 너무 강조한다고 했다.

민아: 우린 아까 가수로서 조잡한 음악과 무대를 선보일 수는 없다고 했어. 실력이 뛰어나서 멋진 공연을 선보인다면 더없이 좋은 것은 분명해.

연하: 응. 그래서 처음부터 우린 당연하다는 듯이 춤과 노래 연습에 몰두해 왔지. 그런데 여기에 이르러 보니 가수는 스타로서 등장하는 것이 더 주요하다고 보여져. 스타가 되기 위해 가수를 하는 것이지.

나리: 스타는 성품이 돋보여야 한다고 해서 고난과 시련을 겪어야 할 것 같았어. 지금 하고 있는 얘기가 그거였어.

예나: 그런데 다시 스타란 꿈은 막연하다고 했지. 어떤 분야로서의 전문성이 없고 실력이 배제된 꿈은 허술함을 포함하고 있다고 했어. 다시 실력이 강조되려고 하고 있어. 우린 왜 이렇게 헤매 돈 거지?

그녀들은 헤매 돈 것 같다고 했다. 뛰어난 실력으로 멋진 작품을 선보이고 싶은 동시에 스타로서 품격을 지니고 환영받는 사람이 되고 싶었다. 이것은 작품과 함께 창작자도 전면에 나오기 때문에 일어나는 일이었다.

여기에 주요하게 등장하는 개념은 '실력'과 '성품'이었다.

뛰어난 실력으로 좋은 성품을 가지면 더없이 좋을 것 같았다.

연하: 아, 이 양면성의 문제는 풀리지 않는구나.

민아: 그래. 이 문제는 풀리지 않아. 하지만 우린 서로 구분해야 할 개념들을 알게 되었지.

연하: 문제를 애초에 끄집어낸 것 같아. 없던 곳 속에서 끄집어 낸 것 같아.

민아: 이미 엎질러진 물이야.

나리: 그런가. 논의는 더 이상 진전이 안 되는군. 이 공간이 답답하기 때문일지도 몰라. 우리 이제 1층으로 가 보자.

민아: 그래, 그게 좋겠군.

   그녀들은 논의를 잠시 멈추었다…. 연습실은 주변에서 어느새 소음이 들리고 있었고, 창문에선 먼지를 실은 바람이 불어오는 것 같았다. 민아는 모자를 고쳐 쓰고 가방을 들고 살며시 일어났다.
   연하는 핸드백에서 화장품을 꺼내더니 손에 발랐다. 그녀의 손이 윤기가 나면서 반짝반짝 빛났다.

   1층에는 이 회사가 운영하는 편의점이 있었다. 그녀들은 걸음 소리를 내며 계단을 따라 우르르 내려갔다.

편의점 문을 열고 들어서자 많은 종류의 식품과 생필품들이 진열되어 있었다. 매일 새 제품들이 들어와 신선하다고 소개하는 안내 문구가 눈에 띄었다. 연하는 그런 것을 믿지 않았고 불량 식품에 주의해야 된다고 생각하고 있었다.

그녀들은 양옆에 있는 테이블에 앉았다. 삐걱거리는 소리는 이 테이블이 부실하다는 것을 나타내고 있었다. 손님들은 여기서 곧잘 컵라면을 먹고, 때로는 국물 요리 등으로 배를 채운다. 도시인들에게 틈틈이 식사를 제공하는 듯한 느낌을 주었다.

그녀들은 서로 각자 좋아하는 빵과 과자를 주문하였다.

잠시 후 그녀들 앞에 다시금 맛있는 것들이 놓이게 되었다.

그러나 소량이었다. 나리는 이야기를 함에 있어, 왜 이런 음식들이 필요한지 이해할 수 없었다.

그녀들은 조금 전의 대화를 이어 갔다.

나리: 스타가 되기 위해 인격을 함양한다는 건 위선적이라고 했었어. 성품은 원래 그대로를 유지할 수밖에 없다고 했었어. 그러다가 '성품은 어떻게 변할수 있는가'라고 묻게 되었어.

민아: 응, 그랬지. 꿈의 실현은 성품과 관계없다고도 했었어.

연하: 성품은 시련을 겪으며 반성을 하게 되면서 변할 수도 있다고 했었어. 그에 따라 품위 있는 스타가 되는 것도 그런 경험이라면 위선이 아닐 수 있다고 했었어.

나리: 그래, 그랬지. 자기를 되돌아보게 하는 경험이 성품을 변화시킨다고 했었지. 스타가 되기 위해 그런 경험을 인위적으로 한다면, 과연 어떤 의미일까 궁금해지는 대목이었어.

민아: 그리고 스타란 막연한 꿈이라고 하며 분야가 갖추어져야 한다고 했었어. 분명한 답을 내놓지 못하고 여기까지 왔지.

그녀들은 지금까지 헤매 돈 과정을 다시 살펴보았다. 스타란 막연한 꿈이라고 했지만, 어쨌든 스타로서 성공을 꿈꾼다면 성품을 개선해 나아가야 하는 것 같았다. '성품을 올바르게 갖추기 위해 고난과 시련을 겪는 것이 좋은가'라는 아까의 질문을 언급하였다.

나리는 여기서 고난과 시련이 무엇을 의미하는가에 주목하였다.

나리: 난 여기서 이렇게 묻고 싶어. 고난과 시련이란 것이 어떤 것이길래 반성을 초래하지? 사실 대부분의 경우 반성과 거리가 멀지 않을까?

민아: 반성과 거리가 멀다고? 그럼 어떤 경우에 반성과 가깝지?

고난과 시련이 반성으로 당연히 이어질 것이라는 이전까지의

견해를 나리가 부정하였다. 고난과 시련이 바로 반성으로 이어지 진 않을지도 모른다는 듯 말했다. 어떤 경우에 반성을 초래하냐 고 연하가 물었다.

나리: 고난과 시련은 언제 겪게 되지? 그건 언제나 밑바닥에 있 을 때 경험하게 돼. 그러니까 누군가에게 종속되어 있을 때 고난이 발생하지.

연하: 그럴 거야. 시달린다는 뜻이겠지. 하지만 더 넓게 적용해 보면 꿈을 향해 달리는 과정에서 나타나지. 땀 흘리는 여 러 과정들, 공부도 고난이긴 마찬가지일 거야.

나리: 꿈을 위해서라면 고난은 헤쳐 나가야 하는 거야.

민아: 그렇겠지. 고난은 헤쳐 나가야겠지. 좌절해서는 안 될 거야.

나리: 꿈을 가진 자가 고난에 굴복할까?

민아: 굴복하지 않겠지. 꿈이 공허한 상상이 아닌 이상….

나리: 결코 굴복하지 않을 거야.

고난과 시련은 밑바닥에서 생활할 때 나타나거나 꿈을 향해 전진할 때 나타난다. 꿈에 대한 의지가 불타오를수록 고난은 헤쳐 나가려고 하게 된다.

나리: 우리들이 공부를 하거나 춤과 노래 연습을 하며 땀 흘리고 있어. 이 고난도 언젠가 극복될 거야. 의지가 강할수록 포기하지 않게 될 거야.

연하: 그럴 거야. 포기할 생각이 전혀 없어.

나리: 고난이 주는 교훈이 있을까?

민아: 고난이므로 어떤 교훈이 있는 것이 당연하지 않을까?

나리: 고난은 아무 교훈도 주지 않을지도 몰라. 왜냐하면 꿈을 위해 고난을 겪게 되는 것이기 때문이야. 우린 아까 꿈의 성취는 성품을 변화시킬 수 없다고 했어. 고난을 극복하고 꿈을 이루게 되겠지만 성품은 그대로일 거야.

연하: 그런가?

나리: 아까 불량소년의 예에서도 많은 시련을 겪고 자수성가했지만 성품은 그대로라고 했었지. 그것과 마찬가지야.

나리가 '고난이 교훈을 주는가'라고 물었다. 고난을 지나서 마침내 꿈을 이루겠지만 성품은 그대로일 거라고 했다. 아까 불량 소년의 이야기 그대로라고 했다.

연하: 하지만 고난과 시련을 겪으며 자기를 되돌아보고 반성하게 된다고 하지 않았나? 그래서 성품이 변할 거라고 하지 않았나?

연하가 어리둥절한 듯한 표정을 지으며 되물었다. 민아도 어리둥절한 표정으로 나리의 의견에 귀 기울였다.
나리는 잠시 숙고하더니 이렇게 말했다.

나리: 우린 어린 시절의 장래 희망에 대해서 말했었어. 어떤 분야에 종사하는 어떤 인물이 되는 것이 꿈이라고 했었어. 그렇게 시작된 꿈을 향한 도전은 어떤 고난이 닥쳐도 헤쳐 나가려고 하게 될거야. 그 고난들 대부분은 어떤 폐쇄적인 환경에서 집중적으로 연습, 훈련, 연마해 가는 것일 거야. 꿈을 이루기 전까지 계속돼. 여기선 자신을 되돌아 볼 기회가 없어.

민아: 그렇겠지. 하지만 그런 꿈들이 폐쇄적인 환경만을 가지진 않을 거야. 기술과 지식을 익히기도 해야겠지만 꿈을 위해서 노출된 환경에 다가가기도 해야 할 거야. 기술만 연마하고 있을 수 없어.

나리: 폐쇄적이 아니라 다양한 경험을 하는 상태라면 어떻게 될까? 아까 예처럼 생산의 현장에서 일을 하고 뭇사람들과 부딪히는 일들이 발생하는 환경이라면 어떻게 될까? 꿈을 위해서 그렇게 한다면, 그는 고난을 극복하고 앞으로 나아가려고 하게 될 거야. 꿈이라는 목적하에 그렇게 할 거야.

나리는 이미 말한 폐쇄적인 환경에서 자신을 되돌아볼 기회는 없다는 것을 재차 말했다. 동시에 폐쇄적인 환경이 아니라 일반적인 환경이어도 꿈을 위한 경험이라면 반성이 일어나지 않을 수 있다는 듯이 말했다.

연하: 같은 경험이어도 꿈을 위한 것이라면 반성이 일어나지 않을 수 있단 말인가?

민아: 살면서 저절로 겪게 되는 일들은 반성을 초래할 수 있는데, 무엇이 되려고 하는 꿈의 경험은 반성을 초래하지 못하는 건가? 그 둘의 고난이 서로 다른가?

민아와 연하가 연달아 나리의 의견에 대해 반문했다. 꿈의 위한 고난이 다르다는 듯이 나리가 말하고 있었다.

나리: 꿈을 가진 소년이 공부를 하면서 일을 동시에 하는 상황을 생각해 봐. 그 소년이 배달 업무 등을 하다가 어느 손

님에게 붙잡혀 꾸지람을 듣고 있어. 그 소년은 그에 대해 이렇게 생각할 거야. '지금 이 수모를 극복하고 앞으로 나아가자. 언젠가 나의 이상에 도달해 있을 것이다.' 이렇게 생각하며 하루하루를 버텨 낼 거야.

민아: 그렇겠지. 꿈을 위해서라면 인내해야 해. 고난을 뚫고 가야 할 거야.

나리: 꿈의 진로를 가로막는 것에 대해 맞서 싸우거나 아니면 후퇴하게 될 거야. 어느 쪽도 반성을 초래하지 못할 거야.

예나: 반성은 쉽게 일어나는 일이 아닌가?

고난이 반드시 반성을 초래하진 않는다는 듯이 나리는 계속 말했다. 꿈을 향한 길 앞에 놓인 것은 자기에 대한 도전이고 헤쳐 나아가려고 하게 된다고 했다. 따라서 반성이 있을 수 없다.
예나는 반성이 쉽게 일어나는 일이 아님에 긴장하며 어깨를 움츠렸다. 나리가 계속 말했다.

나리: 시련이란 게 무엇을 의미하지? 자신이 종업원으로 일하면서 주인장이나 낯선 손님에게 시달리고 있어. 그때 느끼는 감정은 패배감이야. 경쟁에서 졌을 때 느끼는 감정이지.

민아: 패배감이 느껴지는 건가?

예나: 경쟁은 동등하게 승부를 가리는 것 아닌가? 그것과 연관이 있나?

나리: 열심히 훈련한 선수가 경기에 출전해서 패배했어. 그때 패배감을 느끼겠지. 상대 선수가 자신보다 우월하다는 것이 입증됐어. 패배한 그 선수는 앞으로 더 열심히 해서 승리하려고 할 거야.

연하: 그렇겠지. 패배했다면 다음엔 더 잘하려고 하게 되겠지.

나리: 그는 패배로 인해 낮은 위치에 있기 때문에 패배감을 느끼는 거야. 그는 더 높이 오르려 할 거야.

민아: 그렇겠지. 복수심, 자책감, 초라한 현실에 대한 반발이 있겠지.

나리: 반성은, 반발로 인해 초래되는 것이 아닐 거야.

예나: 반발만으론 반성이 일어나지 않나?

시련은 패배감을 느끼게 한다고 나리가 말했다. 그것은 경기에 패한 선수의 심정과 같다고 했다. 패한 선수는 승리를 향해 더욱더 정진한다고 했다. 이것과 마찬가지로 꿈을 향해 가는 사람은 시련 속에서 패배감을 느끼며 꿈의 성취를 위해 나아간다.

나리: 자신이 낮은 위치에 있다고 생각하기 때문에 더 높이 오르려고 하는 거야. 반발 속에 반성은 없어. 반성에 대해서, 우리는 아까 자신을 되돌아보는 것, 더 넓게는 인간의 참모습을 아는 것이라고 했었어.

민아: 참모습? 더럽고 비열한 모습을 마주한다는 뜻이겠지?

연하: 구박받지만 상대방의 참모습을 알려고 하는 것은 아니군? 단지 자신이 낮은 위치, 패배 속에 있다는 것에 대한 반발만 있는 것이군?

나리: 그래, 바로 그거야. 상대방의 추악함을 알려고 하지는 않아. 상대의 저속함을 보며 자신을 되돌아보지 않아. 단지 구박받으니 기분 나쁜 거야.

패배로 인해 낮은 위치에 있는 자는 더 높이 오르려 한다.
낮은 위치란 것과 패배로 인한 굴욕에 반발하지만, 반발이 반성은 아니라고 했다. 반성은 상대의 추악함을 보고 자신을 되돌아보는 것이라고 했다.

나리: 스포츠 경기를 예로 들었지만 스포츠 경기와는 달라. 스

포츠 경기에는 상대방의 추악함이란 게 없어. 따라서 반성할 것도 없어. 패배한 자는 자신의 연습 부족을 반성해야겠지. 자신에게 면박과 두려움을 가해 오는 권위자가 있는데 단지 수모와 패배감을 느낄 뿐이라면, 상대방의 참모습에 다가가는 것은 아니야.

연하: 꿈을 향해 달리는 자도, 그렇게 앞길을 가로막는 것에 저항하는군.

민아: 저항만이 있다면 반성이 없을 것 같아. 정말 그래.

나리: 저항이 아니라 단지 수그러들 수도 있어. 꿈을 위해서 수그러드는 거야. 인내심을 발휘하는 거야. 그때도 반성이 없어.

경기에서의 승리와 패배는 정당한 과정 속에 있는 것이고 상대방의 추악함이란 것을 따질 수 없다고 했다. 꿈을 위해 가는 과정이 경기처럼 되어 있다면 수모를 당한 자는 단지 패배자일 뿐이고 반성과 성찰의 의미를 가지지 않는다.

연하: 그럼 어떻게 되지? 고난이 막연히 반성을 일으키진 않는 거잖아?

예나: 고난과 시련을 겪으며 스타로 거듭나려던 계획은 무산되

는 것인가.

연하: 폐쇄적인 환경에선 아무것도 배울 수 없다고 했는데….

그녀들은 어리둥절한 표정으로 서로를 번갈아 쳐다보았다.
　스타로서 성숙된 모습을 갖추려는 일련의 노력들은 유효하지 않으며 인격은 함부로 갖추어지는 게 아닌 것 같았다. 패배감과 반발이란 개념에서부터 반성은 가로막히고 있었다. 꿈을 위한 전진 속에 반성이란 없었다.

　나리가 무슨 말을 계속할까 유심히 쳐다보았지만, 나리는 잠시 동안 입을 떼지 않고 있었다. 그녀들이 앞에 놓인 빵을 뜯어먹기 시작했다.

　편의점 내부에 손님들이 들어왔다. 그들은 물건을 골랐고, 잠시 떠들더니 물건을 계산하고 나갔다. 일부 손님은 계산을 잘못한 것에 항의하고 있었다. 민아가 잠시 그들을 힐끔 보다가 시선을 다시 나리에게 고정했다.

민아: '우린 스타가 인격을 돋보이게 하기 위해 일부러 시련을 겪어도 되는가'라고 물었어. 여기에 이르러 보니, 스타로서의 성품을 갖추어 가는 과정은 꿈을 위한 과정이고 목표를 위한 의지로 충만하여 반성 따위가 있을 것 같지 않아. 반성이 있으려면 인간에 대한 성찰이 있고 자신에 대한

자각이 있어야 하는데, 모든 시련은 헤쳐 나가야 하는 것이 되어있고 이상에 다다르면 마침내 높은 위치에 올라서서 아래를 내려다보는 것이 되어 있으니 거기서 기대할 수 있는 성품이란 건 없을 것 같아. 낮은 위치에 있다가 올라서고 패배자는 승리자가 되고 피해자는 어느새 가해자가 되는 것 같아.

연하: 반성이 없는 승부의 세계가 펼쳐지는 것 같아. 정말 그래. 패배감 이상의 수모가 있어야 반성이 싹트는 것 같아. 내가 나쁜 사람들에게 시달렸다면, 난 결코 그런 사람들처럼 되고 싶지 않을 거야.

민아: 진심으로 하는 말이니?

연하: 아니, 그럴 것 같은 느낌이야. 내 기분은 예측할 수 없지만….

그녀들은 이렇게 꿈을 위한 경험이 반성을 초래하지 않는다는 것을 말하였다. 반성을 초래하기 위해서는 자신을 되돌아 보는 자각과 인간의 참모습에 대한 성찰이 있어야 하며 도전과 열정이 있어서는 안 되는 것이었다.

낮은 위치에 있는 사람은 어느새 꿈을 이루고 높은 위치에 오르게 된다. 낮은 위치에 있을 때 구박과 면박, 시달렸던 슬픈 경힘이 있지만, 자신이 연약하기 때문에 있었던 일이다.

더 강하고 더 높이 올라설 때 더 이상 시달림이 없고 급기야 자신이 누군가의 지배자가 된다. 인간의 참모습에는 다가가지 못하고 오직 승리자가 된다….

그녀들은 다시 먹고 있던 과자들을 몇 개 집어 들었다….

어린 시절이란 무엇인가

　　　　　　　이전까지의 견해를 부정하며 다소 격양된 분위기가 펼쳐졌지만 민아는 기분을 가라앉히고 다시 시선을 유리 너머로 향했다.
　편의점 통유리 너머로 지나가는 사람들이 보였다.
　근처에 대학교가 있어서인지 젊은 사람들이 유독 많이 보였다. 민아는 속으로 그들이 저마다의 어떤 목적으로 거리를 나섰으며 한가한 사람들이 결코 아니라고 생각했다.

　민아는 어떤 시련의 경험이 아니더라도 반성과 교훈을 얻는 경우를 생각해 보았다. 여행을 갔을 때 기차의 한 자리를 차지했었는데 뒷좌석의 승객이 발을 올리며 그녀를 불편하게 했었다. 그 사람에겐 타인이 안중에 없었다. 같이 사용하는 시설에 대해 타인을 배려하지 않는 경우에 대해 반성하지 않을 수 없었다.
　또 어느 날, 친구와 여행을 갔을 때 친구가 신나서 날뛰었지만 자신은 피곤하고 배탈 난 상태여서 전혀 즐겁지 않았다. 그것도 모르고 연신 재잘거리며 장난치는 친구는 자기 기분 내키는 대로 행동하는 악동이었다. 그걸 보며 자신은 타인의 기분을 파악하지 못하고 들뜬 경우가 있지 않았는지 되돌아보게 되었다. 사소한 경우지만 반성을 하게 된 동기가 되었다.

민아는 지금까지의 논의를 이어 오며 그럴싸하다는 느낌도 있었고 동조도 있었지만 일부는 의혹을 가지기도 하였다.
나리가 주장한 꿈을 위한 시련의 경험은 반성을 불러일으키지 못한다는 말에 대하여 다소 의문을 가지게 되었다.
반성을 못 하는 자는 원래 반성을 못 하는 것이다. 목적이 있건 꿈이 있건 이상이 있건 문제가 안 된다. 자신을 지킨답시고 외부의 공격에 대해 항상 저항한다. 반대로 반성할 줄 아는자는 어디서나, 어떤 경우에서나 자신을 개량해 나아가려고 한다. 꿈이란 목적을 가진 것이 아니라 자신에 대한 갱신의지를 가지고 있는 것이다.

민아는 연하와 예나에게 적용될 이 문제에 대해서 스타가 특별한 경험으로 자신을 단련해 가는 것을 여전히 정당한 것으로 인정받으려 했다. 그리하여 연하와 예나의 눈에 더 띄고 싶었고 나리보다 더 나은 의견의 소유자라는 것으로 알려지고 싶었다. 무엇보다 자신의 견해를 논란 속으로 밀어 넣어 그 타당성을 검증해 보고 싶었다.
나리의 표정은 지금껏 합당한 의견을 내었다는 듯이 뿌듯하게 미소 짓고 있었다. 그녀의 주도에 의해 좋은 경과를 맞이한 것을 내심 인정하지 않을 수 없었다.

편의점 직원들이 물건을 옮기고 있었다. 그녀들이 오래 앉아 있는데도 그다지 신경 쓰지 않는 듯했다. 회사 소속이란 것을 알고 있는 것 같기도 했지만 내부가 다소 시끄러워야 활기찬 느낌이 나기 때문에 방치해 두는 것 같기도 했다. 음악이 실내에 항상 울려 퍼지는 건 이런 활기를 나타내기 위해서다.

그녀들의 대화가 계속 이어졌다.

민아: 꿈을 위해서 반성을 한다는 말 따위는 성립하지 않는군. 그렇군.

연하: 그래, 성립하지 않아. 꿈을 위해서 반성할 순 없어.

나리: 진심이 아닌 거야. 성찰도 없고 자각도 없어.

민아: 그래. 그렇군.

민아는 조심스럽게 이전 견해들을 받아들이는 척했다.
그리고 다음 할 말을 정리했다.

민아: 아, 그런데 여전히 납득이 가지 않는 점이 있어. 반성과 성찰이란 것 말야.

연하: 아니, 뭐가 문제지?

민아: 꿈을 위한 경험이라면 과연 반성은 일어나지 않을 것 같아. 하지만 전혀 안 일어날까?

나리: 무슨 말이야? 조금은 일어난단 말인가?

민아의 갑작스러운 태도 변경에 나리는 당황했다. 놀란 눈을 잠시 깜빡거렸다. 그러나 그 표정은 곧장 사라졌다.입을 굳게 다문 표정으로 바뀌었다. 그녀는 위축된 모습을 드러내고 싶지 않았다.

민아: 꿈에만 집착한다면, 모든 일이 꿈을 위한 행동이 되겠지. 하지만 때로는 호기심을 가진 것에 대하여 궁금증을 가지기도 하지. 세상에 일어나는 일들에 대해서, 예를 들면 실업자가 왜 증가할까, 왜 과일 생산량이 줄어들까, 왜 재활용이 안 될까 등등… 자신을 구박해 오는 사람에 대해서도, '왜 저런 사람이 있을까'라고 생각하기도해.

연하: 물론 그런 호기심도 가끔씩 있겠지. 자기 목표에만 치중할 순 없어. 분노와 저항, 패배감만 가지고 있을 순 없을 거야.

나리: 그런 호기심이 반성으로 이어질 수도 있단 말인가? 호기심만으론 추진력이 거의 없어서….

민아: 어떤 경험 속에서도 반성을 하는 사람들이 있어. 가족이나 친구들과의 관계 속에서도 잦은 충돌과 대립을 하고 헤어지기도 하지만 그 속에서도 교훈을 얻고 반성하는 사람들이 있어. 꿈과는 별로 상관이 없을 거야. 어떤 경우에든 적대감만 가진다면 반성할 수 없을 거야. 이미 말한 대로야.

연하: 그래, 그렇겠지. 반성은 꿈과 무관하게 안 하는 사람은 안 하고, 하는 사람은 하는 것이겠지. 반성을 반드시 꿈과 연관 지을 필요는 없어. 꿈에 대한 열정 때문에 반성이 가로막히는 건 아닐 거야. 단지 일부만 그런 경우가 있을 거야. 그래, 맞아.

민아: 그래. 그러므로 꿈을 향해 달린다 해도 성품을 변화시킬 수 있어. 아까 불량소년에 대해서 말했지만 그런 사람들은 원래 반성을 못 하는 자들이지. 그리고 폐쇄적이라면 경험이 단조로워서 반성과는 거리가 멀게 될 거야. 스포츠 같은 대결도 반성과는 거리가 멀 거야. 이미 말한 대로야.

연하: 그런 경우가 아니라면 반성은 일어날 수 있는 건가? 반성에 대해 민감하다면 정말 반성이란 어려운 일이 아닐 것 같아. 어느 경우에서나 반성할 사람은 반성할 것 같아.

민아: 응, 그렇지.

예나: '다시 스타가 되기 위해 고난과 시련을 겪는다는 건 좋은 일인가'라고 묻지 않을수 없게 되었군?

민아가 가까운 사람들과의 관계 속에서도 갈등이 생기면 저항하고 대립하려는 사람들이 있는 반면, 그 속에서도 반성하는 사람들도 있다고 했다. 반성은 꿈을 추구한다고 영향을 받는 것이 아니며 인간에 대한 호기심과 자신을 개선해 나아가려는 의지에 따라서 가능한 것 같았다. 예나가 다시 '스타가 되기 위해 고난과 시련을 겪는다는 건 좋은 일인가'라고 물었다.

나리: 그래. 반성을 안 하는 사람들은 안 할 거야. 꿈을 위한 시련이 인위적으로 보였고, 패배감만 느끼게 하므로 반성이 안 일어날 거라고 했지만, 어떤 경험이든 반성하는 사람은 반성하는 거고 안 하는 사람은 안 하는 거야. 그 말이 옳아.

나리가 수긍했다. 그리고 옅은 미소를 지었다. 민아는 나리가 금방 인정하고 수용하는 것에 의아해했다. 또 뭔가 준비해 둔 역설 같은 것이 있을지 모른다는 두려움이 느껴졌다. (실제로 이후, 역설이 등장한다.)
나리가 계속해서 말했다.

나리: 그렇다면 다시 이전의 질문으로 돌아가 봐야 할 것 같아. 우린 아직도 구분하지 못한 개념들을 가지고 있는지도 모르기 때문이야.

나리가 아직 구분하지 못한 개념들이 있을 거라고 했다.
민아와 연하, 예나는 이 논의가 진정 까다로움을 함유하고 있다고 생각했다. 결론에 도달하는것은 아직도 벅차다. 개념을 명확히 구분하고 서술하는 것은 결론을 바꾸어 놓기도 하기 때문에 나리는 놓칠 수 없었다. 어설픈 논의는 중요한 결론을 내리지 못하게 한다.
그녀는 계속해서 얘기했다.

나리: 어린 시절 우리는 꿈을 갖게 돼. 어떤 분야의 전문인이 되는 것이 흔하지만, 그중엔 스타가 되고 싶은 사람도 있어. 그러나 이미 말했듯이 스타란 막연해. 겉으로 가수거나 배우거나 모종의 예술인으로 되어 있지만, 그 분야를 파고드는 의미의 전문가가 아니야. 물론 나름대로 열심히 일에 매진할 수도 있겠지만 어린 시절 스타에 흥미를 가지게 되는 이유는, 뭇사람들에게 널리 알려져 인기를 얻기 때문이야.

민아: 스타란 막연하겠지. 전문 분야의 종사자가 아닐 수 있어. 그들은 매번 하는 일이 바뀌지. 그런데 어린 시절이라 함은 어느 정도의 나이대를 말하는 거지? 청소년기를 포함

하는 건가?

나리: 너무 어린 시절을 가정할 필요 없어. 청소년을 지나 성인이 된 청년층이어도 상관없어. 그때의 시선으로 세상을 보게 돼.

연하: 그렇겠지. 그때의 시선으로 세상을 보겠지. 스타가 된다면 즐거울 거라고 생각하겠지.

나리는 어린 시절을 다시 언급했다. 너무 어린 시절을 가정할 필요는 없으며 청소년 정도여도 된다고 했다. 그때의 시선으로 세상을 본다고 했다.

나리: 그런데 어린 시절이란 무엇을 의미하지? 어린 시절에 담겨 있는 의미가 뭐지?

나리가 "어린 시절이 무엇인가?"라고 물었다. 그동안 줄기차게 언급해 왔지만 구체적인 내용을 가지지 못한 말이었다.
어린 시절은 단지 나이대가 이른 시기를 의미하고 있었다.
그 이상의 의미를 캐물었다. 민아가 대답했다.

민아: 어린 시절이 무엇을 의미하냐고? 어린 시절은 어린 시절이지. 성장하지 못하고 있는 시기야. 미성숙한 상태지.

나리: 어린 시절의 아이는 고난과 시련을 그다지 경험하지 못한 상태일 거야.

연하: 그래, 그렇겠지.

나리: 고난과 시련은 성품을 변화시킬 수도 있다고 했어. 어린 시절, 성품이 원래 그대로일 때 보는 세상은 어떤 것일까? 꿈을 가진다면 어떤 안목에서 가지게 될까?

민아: 성품이 원래 그대로라면 유치하겠지. 관점이 유치할 거야.

나리: 그럴 거야. 유치할 거야. 꿈을 가지려고 할 때 가장 먼저 눈길이 가는 것이 있을 거야.

민아: 그게 뭐지?

연하: 가장 먼저 눈길이 가는 것?

나리: 그것은 자신이 최고의 자리에 오르는 것이지.

민아: 으음… 최고의 자리…. 그럴 수도 있겠지.

나리: 많은 것을 따지지 않고 최고의 자리에 오르려 하지. 그래서 스타라는 막연한 꿈에 매료되는 것이지.

연하: 그런가?

예나: 최고라는 것은 매력적이겠지. 사람들이 우러러본다는 뜻이니까.

나리: 연예인 같은 스타가 아니더라도 최고의 권력자가 되려고 하지. 또는 주위에서 가장 좋은 직업이라고 하는 무엇이 되려고 하지. 어린 시절의 미성숙한 관점은 그런 거야.

어린 시절에 꿈을 가지게 되는데 그때의 관점은 유치하다고 했다. 단지 최고의 자리에 오르는 것을 목표로 한다. 특별한 사상을 추구하거나 취향을 반영한 것 같지 않은 상태다.
또한 그 꿈은, 한 번도 경험해 보지 않은 것이어서 더욱 낭만적으로만 보인다. 미성숙한 관점속에서 그런 꿈이 생겨난다.

민아: 어린 시절 꿈을 가지는 과정은 간단해. 예를 들면 유명인들을 보고 나도 저렇게 되고 싶다고 생각하지. 또는 주위에서 어떤 직업이 가장 돈을 많이 번다거나 명성 있다 하여 그쪽으로 향하기도 하지. 실제로 내 동생도 학업 성적이 꽤 좋아지자, "어느 분야로 지원할 수도 있겠는데"라고 하며 평소에 관심도 없던 분야가 거론되기도 했었지. 그때 난, '열심히 하긴 하지만 뚜렷한 주관이 없군'이라고 생각했어.

민아가 나리의 의견에 동조하며 자신의 동생도 무작정 공부를 열심히 했지만 주위 의견과 시선에 좌우되었다고 하였다.

예나: 어린 시절은 그렇군. 관점이 유치하군.

연하: 관점이 유치해서 주위 의견에 좌우되는군. 아….

민아: 어린이의 꿈은 응원해야 한다고는 하지만, 그 꿈이 부족한 경험과 유치한 관점에서 비롯되는 줄은 몰라. 파악하기 어렵게 되어 있어.

나리: 부모가 자신이 원하는 꿈을 강요하는 경우도 있어. 그럴 때 어린이의 꿈은 사실상 없는 것이지.

어린이의 꿈은 허술한 것 같았다. 주위 환경에 따라 좌우되기도 하여 주체성을 가지지 못하는 상태였다. 어린이의 꿈은 부모의 보살핌과 주위의 격려 속에서 자란다. 좋은 성적을 내면 칭찬받기도 한다. 그에 따라 주위의 의견과 평판에 이끌린다.

민아: 성품이 원래 그대로일 때 유치하여서 최고를 향한다면, 성품이 좋아졌을 땐 어떻게 변한다는 것이지?

예나: 성품이 좋을 때의 꿈이란 무엇이지?

나리: 성품은 언제 좋아지지? 이미 말한 대로 고난과 시련은 성품을 바꿀 수 있다고 했어. 반성을 동반하고 있다면 말이야. 우린 아까 스스로 사업을 일으킨 소년에 대해 말했었지. 그는 비애를 겪으며 얻은 교훈을 바탕으로 자신의 사업을 이끌어 나아갔지. 그의 사업에는 자신이 발굴해 낸 사상과 교훈이 깃들어 있었어. 성품이 좋아진다면 최소한 자기의 사상과 윤리를 가지고 어떤 일에 임할 것 같아.

성품이 좋을 때의 꿈에 대해서도 말해줬다. 자신이 겪은 시련으로부터 나온 사상이, 하고 있는 일들 속에 깃들어 있을 것이라고 했다. 아까 자수성가한 소년의 이야기 그대로였다. 별 다른 내용 없이 최고를 향하는 경우와 비교되어 보였다.

민아: 성품이 좋을 때의 관점은 다르구나. 자신의 사상이나 신념을 따라가려고 해.

연하: 막연히 최고를 향하지 않는군. 신중해지고 분별력이 생긴 것이군.

예나: 그렇게 보면 어린 시절 꿈을 가진다는 것은 그다지 바람직하지 않아 보여. 미성숙한 관점이라니…. 어떻게 된 일이지? 차라리 생계를 위한 손쉬운 직업을 찾는 것이 좋은 일일까? 유치한 관점이란 것이 걸림돌이 되는 것 같아.

연하: 어린 시절 꿈을 가진다는 건 어쩐지 불안정하고 허술함을 함유하고 있는 것 같아. 단지 자신과 동떨어진 불가능한 것을 추구한다고 유치하다는 평가를 받지만, 현실적이고 성행하는 것, 인정받는 것도 그 안에 모순과 방치된 개념들을 함유하여 그릇된 길로 이끄는 것 같아. 이제 어떻게 되는 것이지? 꿈을 가진 어린이들을 보며 마냥 칭찬하고 있을 수도 없잖아?

민아: 정말 그런 것 같아. 어린 시절엔 그냥 많이 놀고 때때로 배우는 것이 중요한 것 같아. 성장이 제대로 일어나려면 관점부터 변해야 할 것 같아.

어린 시절의 꿈은 온당치 않게 보였다. 하지만 주위의 지원과 격려가 쏟아지는 시기이기도 하다. 그래서 힘을 얻으며 전진해 나가는 것 같았다. 그녀들은 논의가 혼란에 빠지자 어리둥절한 표정만 지었다.

나리는 그녀들의 당황한 표정에도 아랑곳 하지 않고 다음 이야기를 이어 갔다.

나리: 다시 조금 전의 질문으로 돌아가 논의해 봐야 해. 스타가 되기 위해 시련을 겪는다는 것을 가정했어. 실제로 반성하는 부류들은 반성할 거라고 했으니까 좋은 일일 거야.

민아: 그래. 좋은 일일 거야. 성품이 좋아진다고 했으니까.

나리: 그렇게 좋아진 성품은 스타가 되어 드러나니까 자랑인 걸까? 스타가 된 이후로, 그 시련은 멈추는 걸까? 아니면 최고를 향해 가는 걸까?

민아: 한번에 하나의 질문만 하는 게 어때? 난해한걸?

연하: 어떻게 되는 것이지? 최고가 되지 않는다면 좌초되는 것일까?

나리: 성품으로 최고가 될 수 있을까? 어린 시절 유치한 관점은 최고를 향한다고 했어. 성품을 갖춘 이가, 최고를 향할수 있을까?

민아: 성품을 갖춘다면 최고를 향하지 않나?

예나: 그런가?

스타가 되기 위해 인위적으로 성품을 개량해 간다 해도 그 성품은 최고를 향하지 않는다고 했다. 스타가 되기 위해 있게 되었다면 어느 순간 그 진전을 멈추어야 할 것 같았고, 그보다 성품이란 것이 본래 최고를 향하지 않는 것이라고 했다.
최고라는 건 꿈을 포함하고 있었고 성품은 그것과 무관하였다.

나리: 성품은 최고로 갈 수 있는 수단이 아닐 거야. 실력이라면 최고를 향해 갈 수 있을지도 모르지. 하지만 성품은 그렇게 될 수 없어. 성품은 위력을 추구하는 상태가 아냐.

민아: 성품은 최고를 향하지 않는구나. 으음… 하긴 성품을 갖추었다는 것이 정상에 오르기 위한 야망을 나타내는 건 아닌 것 같아.

연하: 최고란 것이 모호하게 느껴져. '최고의 기준점이 뭐지'란 생각이 들어. 어릴 적 그대로 유치한 상태로 최고에 이른다면 그는 최고가 뭔지 알기나 할까? 이런 생각이 들어.

나리: 난 여기서 또 다른 얘기를 하고 싶어. 아까 여담으로 했던 얘기를 다시 꺼내 볼게. 부유해지는 게 꿈이었던 사람이 꿈을 이루어 부유해졌대. 그런데 그는 계속 고생을 하고 있었어. 스스로 모험을 찾아 떠나는 모험가가 되어 있었어. 산길을 달리고 사막을 횡단하고 노상에서 취침하기도 했었어. 그는 편안하고 안락한 생활을 싫어했었어. 특별한 경험을 원하고 있었지.

연하: 부자가 되었지만 계속 고생을 하다니…. 고생이 가진 의미가 무엇이길래 그렇게 하는 것이지?

민아: 고난과 시련에 대해 여러 번 말해 왔지만 부자가 되어 고

생을 계속한다는 건 또 무슨 뜻이지?

나리: 그가 모험을 떠난 이유는 '인생 속에 무엇이 있는가'라는 질문에 대한 답을 찾기 위해서였어. 호기심에서 출발했다고 볼 수 있지.

민아: '인생 속에 무엇이 있는가'라는 건 매우 막연하고 추상적이군. 최고를 향하지 않고 어떤 가능성을 탐구하는 것인가?

나리가 부자가 되었지만 계속 고생하는 인물에 대해 말하였다.
그는 편안하고 안락한 삶을 벗어나 인생의 풍파를 겪는 삶을 선택한 것으로 보였다. 스스로 모험을 찾아 떠나는 모험가가 되었다.
그는 탐구의 시선으로 인생을 바라보는 듯했다.
문득 민아에겐 인생을 얻어야 할 것과 성취해야 할 것, 즐겨야 할 것 이상의 관점에서 바라보는 듯한 인상이 느껴졌다.
그녀가 통유리 너머로 사람들을 보고 있었다. 그리고 시선을 의식하지 않고 빵 한 조각을 입으로 가져갔다.

나리: 아까 영상물에 대해서도 말했지만 현대 사회에선 세상 속에 일어나는 여러가지 일들을 안방에서 편안히 볼 수 있어. 각종 비리와 소문들, 번영과 쇠퇴들, 수난과 영광들을 볼 수 있어. 그중에는 도움의 손길을 내미는 것도 있고 축제를 벌이며 온통 자랑인 것도 있지. 어린 시절 꿈을 가지

지만 처음 있어야 할 질문은 그거라고 생각해. 이 세계에 무슨 일이 일어나고 있는가…. 꿈은 세계에 대한 호기심으로부터 시작하는게 우선이라고 생각해.

연하: 세상은 탐욕적인 걸로 가득하지. 어린 시절 아이의 눈에는 그래. 호기심이나 관조, 궁금증 가득한 시선은 쉽지 않을 거야.

예나: 꿈은 세계에 대한 질문으로부터 시작하는 건가? 성숙한 관점이 뭔지 모르겠어. 스타를 보면서 나도 저 정도 되어보고 싶다는 생각이 들지. 그런 본능적인 것이 꿈으로 이어져. 어린 시절엔 그래.

나리: 어린이는 망상의 존재고, 자신을 멋지게 만드는 일에 제일 먼저 이끌리지. 세계가 어떻게 되어 있는지엔 관심 없어.

민아: 그래, 맞아. 어린이는 단지 본능에 이끌리지. 어린 시절이란 게 자라나지 못하고 있는 시기니까.

나리가 꿈은 세계에 대한 질문으로부터 시작해야 한다고 했다. 이것은 모호한 말이었지만, 그 내포하고 있는 의미는 최소한 최고를 향하거나 막연히 위세를 가진 것을 향하는 것은 아닌 것 같았다. 어린아이는 망상의 존재여서 탐욕으로 가득 찼다고 나리가 말했다. 어린이의 관점은 세계와 조화를 이루지 못하며 자신을 돋보이게 하는 데 제일 먼저 이끌리는 것 같았다. 그런 아이들이 개별적으로 자라나 세계는 혼란에 빠질 수도 있는 것 같았다.

민아: 스타가 되기 위해 시련을 겪는다는 건 이미 앞뒤가 안 맞게 되었어. 스타란 목표도 막연할 뿐 아니라 성품을 길러서 최고의 자리를 향한다는 것 자체가 모순에 빠져 버렸어. 성품은 최고를 향할 수 없는 것 같아. 정말 그래. 성품은 야망과는 그다지 관계가 없어 보여. 우리가 이 주제를 논의한 것은 처음부터 잘못되었어.

연하: 꿈의 이야기에 성품을 추가하니, 꿈이란 야망이란 게 드러나네.

민아: 꿈을 아름답게만 볼 때엔 결코 알 수 없었던 것들이야. 꿈이란 처음에 초라한 어린아이가 열심히 앞날을 개척하려는 다부진 상태였으므로, 칭찬의 대상인 줄 알았지. 하지만 여기에 이르러 유치한 관점이 작용한다고 하였고, 그것은 어디로 뻗어 가는지 사실상 알 수 없는 것이 되어 버렸어. 이것으로 어린 시절이란 그 자체로 저급한 것이 되어 버렸어. 다시 꿈을 미화시킬 수 있는 순간이 올까? 그런 의문이 떠오를 뿐이야.

민아는 스타가 되기 위해 시련을 겪어야 한다는 기존의 견해를 더 이상 내세울 수 없음을 알게 되었다.

　애초에 '스타가 되기 위해서'라는 질문, 아니, 요구가 틀린 것이다. 스타는 인격과 성품을 갖춘다 한들 그걸 자랑이라고 내보일 수도 없는 것이다.

　역설적으로 스타가 인격과 성품을 갖추어 가야 하는 것이 아니라 어떤 인물이 인격과 성품을 갖추었는데 스타가 되는 것이 적절하다는 뜻이었다. 스타라는 거대한 위상을 꿈의 추구에 있어서 먼저 들이밀 수는 없는 것이었다….

집단의 꿈

편의점 내부는 서서히 손님들이 들어서며 시끌벅적해졌다. 그녀들은 자리에서 일어나 바깥으로 향하기로 했다. 바로 앞 공원에는 햇살이 비쳐 드는 나무들과 붉은색 벤치, 맑은 물을 뿜어내는 분수대가 있었다.

튤립이 가득한 꽃밭도 있었다. 꽃향기를 좋아한 민아는 곧장 거기로 가자고 제안했다. 그리고 그녀들은 자리에서 일어났다. 나리와의 논의에 민아의 수척해진 생각들이 그녀의 머리속에 여전히 맴돌았다.

공원에 도착했을 때, 그녀들을 반기는 것은 봄바람에 흩날리는 분홍 꽃잎들과 향기를 쫓는 나비들이었다. 아이들이 뛰어놀고 있었고 개 짖는 소리가 여기저기서 들려왔다. 풍경은 멋지고 따사로웠다.

공원을 거닐면서 느껴지는 초여름의 감각이 있었다. 더우면 외투를 벗고 바람 불면 입어야 하는 상황이 느껴졌다. 구름이 하얗

게 깔릴 때면 사진 찍기 좋은 구도도 완성되었다.
 나리와 연하가 공원의 풍경을 둘러보는 사이, 민아는 혼자서 사색에 잠겨 있었다.

 어릴 적 유치한, 최고를 향한 꿈….

 그녀는 나리의 의견에 대체로 동의했지만, 부실한 점도 있다고 생각했다. 최고라는 말은 함부로 사용할 수 없는 말이다.
 가장 비싼 차를 두고 최고의 자동차라 말할 수 없다. 매우 큰 집을 두고 최고의 집이라 말할 수 없다. 마찬가지로 가장 유명한 스타를 보고 최고의 인물이라 말할 수 없다. 유명세란 어쩌면 유흥의 한 부분으로 존재하는 것인지도 모르고, 인기는 어느 순간 유행처럼 지나갔다 다시금 나타난다. 사람들의 기호에 따라 정해지는 이상한 것일 뿐이다….

 성품도 함부로 사용할 수 없는 말이다. 나리는 성품을 다른 사람에 대한 동정심 정도로만 생각하는 것 같은데, 성품이란 애매모호한 개념의 말이다. 부지런히 일하는 사람의 성품은 근면 성실하다고 해야 하고 도전과 용기로 무장한 사람의 성품은 용맹하다고 해야 한다.
 성품이 인간의 친절한 마음씨만을 가리킨다면 성품과 열정은 구분해야 한다…. 또한 진심 어린 마음만으로 다가갈 수 없는 의무감, 책임감이란 것도 있다. 이것은 실제로 실천해 내는 능력이다.

그녀의 머릿속은 기존의 생각들과 새로운 생각들이 서로 순환을 이루며 빙빙 돌고 있었다….

나리와 연하가 빠르게 걷고 있었고 예나가 두리번거리며 뒤에서 따라오고 있었다. 그녀들이 햇살이 비치는 벤치에 앉게되었을 때 다시 논의가 시작되었다.

나리: 이곳은 햇볕이 더 따사롭군.

연하: 응, 좋아. 여기에 앉자.

민아: 가방은 여기에 둬. 여전히 무거워 보이는군.

예나: 응, 그렇게 할게.

그녀들이 자리를 잡자 공원까지 오는 피로가 풀리는 듯했다. 나리가 다리를 곧게 뻗었다. 연하는 상체를 뒤로 젖혔다. 도심 속에 이런 자연 풍경이 펼쳐져 있다는 데 작은 감동이 느껴졌다.
이전 이야기를 계속 이어 가기 위해 잡담은 더 이상 나눌 수 없었다.
민아가 나리를 보며 말했다.

민아: 우린 스타에 대해 오랫동안 얘기해 왔지만, 스타란 말은 함부로 사용할 수 없는 것 같아. 스타란 여러 매체

에 나오는 유명인을 가리키고 대개 가수나 배우지만 스포츠 선수일수도 있고 때로는 기업인이거나 정치인일 수도 있어.

연하: 그렇겠지. 우린 주로 연예인을 스타라고 하고 있었어. 그리고 어린 팬들이 따라다니며 환호성을 지르는 광경을 떠올리고 있었어.

민아: 아까 한 말에 따르면, 자기 자신이 활동 결과와 같이 드러나는 경우를 의미했었어. 그래서 예술 작품 같은 것을 내거나 사회적 견해 등을 밝히고 추종자를 모으면 그걸 스타라고 할 수 있지.

그녀들은 스타에 대해 다시 이야기를 나누었다. 스타란 유명인을 가리키고 자신의 생산 결과가 자신과 같이 나오는 경우를 말했다.
생산 결과란 결국 어떤 기술이 투입된 유익한 것을 말한다. 때로는 추상적으로 존재하는 관념이거나 형식일 수도 있다.

연하는 그녀들의 이야기를 들으면서도 공원의 풍경을 힐끔힐끔 보고 있었다. 밝은 햇살이 내리쬐고 있었고 나비들이 여전히 날아다니고 있었다.
아이들이 떠드는 소리에 잠시 머뭇거리며 말하는 것을 멈추기도 했다.

부모의 손을 잡은 아이들은 조용했지만 서로 노는 아이들은 이곳이 자기 세상인 양 뛰어놀고 고함을 지르고 있었다. 어느 순간 비둘기 떼들이 몰려들어 아이들은 기겁을 하며 달아났다.

민아: 일반적인 산업에서 그 제작자를 지나치게 띄우는 경우는 거의 없어. 내 신발은 누가 만들었는지 모르지만 멋지고, 내 휴대폰은 누가 주도해서 만들었는지 모르지만 뛰어난 기술력을 자랑하고 있지.

나리: 그렇겠지. 대개의 산업이 그런 모양새를 하고 있지. 제작자가 특별히 부각되는 경우는 없어. 하지만 과학을 예로 들면, 어떤 과학자가 놀라운 업적을 이루었을 때 유명해지기도 해.

민아: 대개의 산업이 사람보다는 브랜드로서 유명하지. 우리가 종종 대기업의 제품을 찾듯이.

대개의 산업에서 제작자를 띄우지는 않는다고 했다. 하지만 훌륭한 업적을 이룬 사람을 칭찬하는 분위기가 분명 있는 것 같았다. 과학에서나 예술에서나 역사적인 인물들이 있다.

나리는 여러 분야에 관심이 있어서 유명한 현존 인물들을 잘 알고 있었다. 누구나 훌륭하다고는 하지만, 업적에 대해선 잘 알지 못하는 경우가 많다. 나리는 그런 업적에 대해서도 대강이나

마 알려고 했다. 적어둔 노트가 가득 쌓여 있었다. 그녀는 언젠가 여행을 다니며 그 사람들을 만나는 꿈을 꾸기도 했다.

연하: 어린 시절 막연히 스타가 되려고 하는 사람은 의외로 드물어. 대개 가능한 선에서 취업 준비를 해서 좋은 직장에 들어가려고 하지.

민아: 그렇겠지. 생계를 준비해야 해. 그들에게 꿈이란 건 허황되게 존재하는 게 아니고 바로 앞의 작은 목표가 되어 있지. 현실적인 사람일수록 가까운 목표를 정하고 소모적이거나 모험적인 결정은 하지 않아.

나리: 취업이란 어떤 기업의 일원으로 들어가는 것이지. 입사가 아니라면 자기가 사업을 해야 할 거야.

스타가 되려는 사람은 의외로 드물다고 했다. 가능성을 생각할 때 스타는 어려운 일이기 때문이었다. 사람들 앞에 나서는 것을 좋아하지 않는 사람들도 있다. 취업하여 회사에 들어가면 그 회사의 일원이 된다. 취업이나 입사란, 어느 공동체의 구성원이 되는 것을 의미하고 있었다.

나리: 난 어린 시절, 아마 청소년 후반이었을 거야. 그때 꿈에 대해 생각했을 때, 독보적으로 무엇인가 되려고 하는 것보다, 어느 집단에 속해 내가 거기에 기여하는 역할을 하

는 꿈을 생각했었어.

연하: 집단에 속하는 게 꿈인가?

민아: 독보적으로 무엇이 되는 건 마다하는 건가?

나리: 자기가 원하는 분야에 속해 자기가 맡은 역할을 충실히 해 나가는 것이지. 여기엔 연합과 협동이 중요해. 우리 사회의 거대한 프로젝트들은 단일 목적하에 모인 수많은 인재들이 뭉쳐야 좋은 결과를 낼 수 있지. 그 일원으로서 충실히 일한다면 보람된 일일 거야.

나리가 자기 분야에 속한 인재로서의 역할을 하는 것이 꿈인 경우도 있다고 했다. 그들에겐 협력과 공동의 목표를 향한 노력이 있다. 개인적으로 스타가 되려는 꿈과는 다른 유형인 것 같았다.

예나: 협력이라니…. 정말, 이 문명사회의 많은 것들이 협력을 필요로 하고 있는 것 같아.

민아: 그동안 꿈에 대해서 말해 왔지만 협력에 대해 생각해 보지 않은 것인지도 몰라. 협력이 있어야만 공동의 목표를 추구할 수 있는 것 같아.

나리: 그렇겠지. 유치한 관점은 세계에 관심이 없다고 했어. 협력이 일어나는 곳에 눈길이 가지 않는 것이지.

연하: 정말 협력에 대해 언급하지는 못했어. 어린 시절 꿈이란 것은 협력과 그다지 관계가 없어 보이는군.

예나: 협력하면 무엇이 다르지?

나리: 커다란 프로젝트들은 협력 없인 안 돼. 협력이 필수지.

민아: 혼자일 때와는 다를 거야. 물론 이익을 독차지할 수는 없겠지만.

꿈에 대해 말하면서 협력이란 말은 한 번도 나오지 않았다. 이제 나오게 되니 당황스러웠다. 꿈이란 그동안 개인적인 목표였다.
꿈을 이루어도 혼자 기쁜 것이다. 이 세계의 많은 것들이 협력을 통해서 이루어진다고 하였다. 그래서 협력에 주목하지 않을 수 없었다.

나리: 시골의 작은 집 하나를 건설해도 여러 명의 전문가들과 여러 분야의 기술들을 필요로 하지.

연하: 가수가 음악이 담긴 앨범을 낼 때도 단순히 녹음하는 것으로 그치지 않아. 작곡가, 안무가, 디자이너, 조명 기사

등 많은 인력들이 필요하지. 하나의 산뜻한 앨범엔 제작에 동참했던 여러 인물들의 이름과 함께 고마움이 표시되어 있지.

예나: 나도 노래를 녹음하면서 그들의 지시대로 할 뿐이야. 내 의견을 약간 더 보태서 앨범이 완성되지.

개인의 목표를 이루는 것과 달리 공동의 목표를 이룰 때 협력이 필요하다. 협력은 서로를 잘 이해하는 것을 기본으로 하고 있다.
그들은 시선을 돌려 공원 풍경을 바라보았다. 분수대가 물을 뿜는 광경과 울타리가 꽃밭을 지키고 있는 모습이 보였다.

예나: 이 공원도 한 사람이 만든 건 아니겠지?

민아: 여러 사람이 협동한 결과일 거야. 한 사람이 만들었다면 조잡할 거야.

연하: 분수대가 물을 잘 뿜어내고 있고, 화장실이 잘 갖추어져 있고 식수대도 있어. 오색찬란한 꽃밭도 있어. 바닥은 가지런한 타일들로 걸어 다니기 편해. 벤치 하나도 정교한걸.

예나: 매우 좋은 공원이야.

민아: 그래. 매우 좋은 공원이야. 협력이란 무엇을 의미하지?

나리: 협력이란 힘을 합친다는 뜻이지. 서로 목표하는 바가 같고 능력이 계층적으로 잘 나누어져 있어서 각자 맡은 역할이 있고, 더 쉽게 말하자면 마음이 잘 맞는 것이지. 일이라면 손발이 척척 잘 맞는다고 표현해야겠지.

민아는 이 공원의 전경을 보면서 여러 사람의 협동으로 잘 만들어진 공원이라 생각했다. 민아가 "협력이 무엇이지?"라고 물었을때, '또다시 논의가 깊어지고 있구나'라고 연하는 생각했다.
하지만 이 주제가 어떤 이야기를 펼쳐 낼지 궁금했다.
협력이란 단독으로 행동할 때와는 다른 모습을 띠고 장점을 드러낼 것 같았다.

예나: 협력하에 뭔가를 이룬다면 뜻깊을 것 같아.

민아: 협력하에 일어나는 성취는 개인적이지 않은 것 같아. 동참했던 모두가 그 성취감을 느낄 거야.

연하: 모두가 성취감을 느낀다니, 경쟁심은 어디로 갔지?

민아: 경쟁과는 다른 경우야. 경쟁심은 접어 두어야 할 것 같아.

나리: 우린 아까 공연장에서 돌아온 후, 그 얘기를 했었지. 일반인들은 감탄만 나열하는 데 비해 전문가들은 공감한

다고. 깊은 공감을 얻기 위해선 전문가적인 동료들이 필요해.

민아: 서로 같은 분야의 동료들은 전문가들이기에 가깝고, 깊은 공감을 나누는 것 같아. 협력하에 일어나는 성취감도 그런 것 아닐까?

예나: 어려운 일도 여러 사람이 같이하면 쉬울 거야. 그런데 단지 쉬워진다는 것 이상으로 서로 교감할 수 있는 면도 있을 거야.

협력을 통하여 일어나는 목표 달성은 특별하다고 했다. 전문가들은 공감한다는 얘기도 곁들였다. 그녀들은 집단에 속하여 일을 해 본 경험이 없기에 협력에 의한 목표 달성이란 개념을 실감하지 못했다.
나리가 다음과 같은 이야기를 하며 자신의 체험을 말하였다.

나리: 난 공동체 생활을 해 본 적이 없지만 협력의 중요성을 느낀 경험이 있지. 작년 우리 동네는 홍수로 물난리를 겪었어. 산사태로 흙더미가 쌓이고 오물들이 넘치고 쓰레기가 나뒹굴었어. 아무도 선뜻 나서서 치우려고 하지 않았지. 그때 누군가 나서서 사람들을 모았고 역할을 분담하여 하나둘씩 쓰레기와 오물들을 치우기 시작했었어. 나도 가담했고 몸이 불편한 노인들도 보탬이 되고자 노력했어.

째 열심히 일한 결과 밤이 되어서 거리는 깨끗해졌어. 사람들은 환호성을 질렀지. 난 그때 처음으로 서로 협력하여 보람차다는 느낌을 가질 수 있었지.

연하: 아, 물난리를 겪고 복구를 했었구나. 힘든 날들이었겠군.

예나: 동네 사람들이 하나가 되어 목적을 달성했군.

민아: 그때 너희 동네가 하루 만에 깨끗해진 걸 보고 모두들 놀라워했었어. 우리 동네는 자기 집 앞에 닥쳐오는 오물들을 죄다 다른 방향으로 미루기 바빴지. 서로가 서로에 대한 적이었어.

연하: 위기의 순간에도 서로 경쟁한 건가?

민아: 어쩔 수 없었어. 협력이란 쉬운 게 아닌 게 분명해.

나리는 드물게 경험했던 단합과 협력의 예시를 일부 말하였다. 홍수가 났을 때 마을 사람들이 합심해서 뒷정리를 했다고 했다. 고되었지만 보람된 경험이었다고 그날을 술회했다.
민아의 동네는 협력이 없었고 각자 자기 집 앞만 돌보고 있었다고 했다. 공동체의 위기에 대해 이기적인 모습을 보인 경우였다.

예나: 협력은 위기를 극복하게 하는 게 분명하군. 그런데 그 물난리 속에서 오물과 쓰레기를 방치하고 모른 척한다면 그건 무엇을 의미할까?

연하: 으음… 모른 척하고 방치한다면, 서로 따로 존재한다는 것이니까 분열이겠지.

민아: 분열은 소모와 낭비를 일으킬 거야. 실제로 이미 말한 것처럼 1위를 향한 경쟁이 치열하다면 개인적으로도 사회적으로도 손해가 막대할 거야.

예나: 하지만 경쟁은 어쩔 수 없이 일어나는 일이기도 해. 자리가 한정되어 있거든. 또 아까 말했듯이 누군가와 경쟁하며 앞서가려고 할때 힘이 나기도 해.

나리: 으음… 그래도 분열이 심화된다면 어떻게 될까를 걱정해야지. 장점이 있다고 방치해 두어야 하나?

각자 자기 일에만 몰두할 경우 협력은 안 일어난다. 이것을 그녀들은 일종의 분열 상태라고 했다. 협력이 없는 곳에 경쟁이 있는 듯, 자연스레 서로를 밀쳐 내고 정상에 오르려는 다툼이 발생한다.

그녀들은 공원의 풍경을 다시 한번 바라보았다. 분수대 근처에 비둘기들이 몰려들었다. 나비들과 꿀벌들이 함께 날아다니고 있었다.

맑고 상쾌한 공기가 있어 야외는 실내와 역시 달랐다.

야외로 나가서 탁 트인 공간을 마주할 때 기분이 달라지는 것은 인간 본연의 특성인 것 같았다. 민아는 숨을 크게 들이쉬며 상쾌한 공기를 들이마셨다.

민아: 만일 의견이 서로 달랐다면 협력이 일어나지 않겠지? 리더가 정해지지 않아도 협력이 어려울 거야.

나리: 그런 것 같아. 리더가 정해지지 않는다면 협력이 일어나지 않을 것 같아. 물론 작은 일에선 서로 같이하자고 간단히 추진할 수 있겠지만, 고도의 결정력을 바탕으로한 큰 프로젝트들은 리더 없인 안 될 거야. 의견이 대립될 때 리더가 최종 결정을 해야 해.

민아: 한 동네에서 일어나는 복구 가능한 재난에 대해 리더로서 누가 나선다는 건, 분명 그다지 어려운 일이 아닐 거야. 폄하해선 안 되겠지만 고도의 기술적 문제가 아니고 기력이 장기간 소요될 것도 아니니까.

나리: 그래, 맞아. 작은 일에선 리더가 그다지 필요 없어. 재난 후라면 정리해야 할 것을 누구나 알고 있으니까 실천하기만 하면 돼. 매우 크고 어려운 일에 대해서 협력이 가능하

기 위해선 그 조직을 이끄는 리더, 지도자가 필요해. 구성원들이 리더가 이끄는 대로 잘 따라가고 서로 손발이 잘 맞을 때 진정한 협력이 이루어지는 것이지.

협력을 위해선 리더가 있어야 한다고 했다. 간단한 일에선 대강 여러 사람이 힘을 합쳐 처리할 수 있지만, 고도의 기술적 문제에 대해선 리더가 정해져야 한다고 했다. 리더가 정해질 때 일은 체계적으로 진척될 수 있다. 나리는 리더의 예시를 다음과 같이 들었다.

나리: 난 예전에 어느 다큐멘터리 영상을 본 적이 있어. 바다를 가로지르는 거대한 다리를 건설하는 과정을 담은 영상이었지. 장대한 다리를 건설하기 위해 거대한 자본과 수많은 노동자들과 기술자들이 투입되었어. 다리를 구성하는 블록들과 기둥 같은 것들이 설계되고 엄격하게 제조되었지. 운반 과정도 철저했어. 폭풍우가 치는 날에도 굴하지 않고 24시간 강행한 건설이었어. 부상자도 있었고 위험한 순간도 있었지만 결국 완성해 버린 다리를 보며 감탄을 금할 수 없었지.

민아: 다큐멘터리 애호가답게 주제를 가리지 않고 보는구나?

연하: 영화도 아니고 다큐멘터리라니…. 영화에선 주로 다리를 파괴하는 장면이 나오는데 말이야.

나리: 그 영상을 보고 협동에 관한 감정이 간접 체감되는 듯했어. 서로 손발이 맞으니까 기분 좋아졌고 내심 흥분되기도 했어. 그리고 리더의 역할이 프로젝트의 초기부터 남다르단 걸 느꼈어. 리더는 건축물이 어떻게 완성되어야 하는지 처음부터 아는 듯이 행동했어. 리더를 따르는 대원들은 자기가 맡은 부분에 대해서 철저했어. 리더는 체계적으로 관리하며 프로젝트를 완수해 갔어. 최종 결정은 언제나 리더의 몫이었어.

나리는 다리 건설에 관한 영상물을 보며 하나의 거대한 프로젝트가 여러 사람에 의해 완성되어 가는 과정을 간접적으로 체감하였다고 말했다. 나리는 영상을 보면서 리더에 대해 새삼 느낀 바가 있었다. 리더는 구성원들을 이끌고 프로젝트를 완수해야 한다. 리더의 잘못된 명령도 구성원들이 실천한다. 리더의 실수는 아래로까지 이어진다.
이것은 리더가 막중한 책임감을 동반하고 있음을 나타내고 있었다.

예나: 그 협력은 전문가들 사이에서 일어나는 협력이어서 일반인들은 참여할 수 없겠지?

나리: 그렇겠지. 리더가 무엇을 요구해도 알아들을 수 없으면 허사야. 구성원 모두가 전문가들이야. 다만 청소 같은 것은 일반인들도 할 수 있겠지.

연하: 그들은 같은 분야에서 같은 꿈을 향해 달려왔군.

나리: 그래. 달려왔어. 그런 숙련자가 되기까지 많은 고난이 있었을 거야. 혼자서 외로운 시간을 보내기도 했겠지. 리더를 충실히 따르는 모습에서도 감명받았어. 다리가 완성되었을 때 리더를 둘러싸고 환호성을 질렀고 샴페인을 터뜨렸어.

민야: 그렇구나. 리더가 잘 이끌었고 충실히 각자 맡은 일을 해내었기 때문에 그런 목표를 달성할 수 있었던 것이겠지.

연하: 그렇겠지.

하나의 프로젝트를 수행하는 자들은 모두 전문가들이다. 거기에 이르기까지 많은 노력과 고뇌가 있어 왔다. 그들은 같은 분야에서 같은 꿈을 향해 달려왔다고 했다. 그리고 어느 순간 하나의 프로젝트를 위해 뭉치게 되었다,
나리는 리더를 충실히 따르는 모습에 감명받았다고 했다,

민야: 리더를 잘 따른다고 하니 의문이 생겨나는군. 왜 리더를 따르는 걸까? 리더가 인격적으로 훌륭하기 때문인걸까?

나리: 인격적으로 훌륭하다고? 아닐 거야. 하나의 프로젝트에 대해 리더의 인격이 어떠한지는 알 수 없어.

민아: 그런가? 리더와 성품은 상관이 없군.

나리: 다만 알 수 있는 사실은 그가 프로젝트를 떠맡을 만큼 뛰어난 실력을 갖추고 있다는 사실이지.

연하: 그럼 실력을 보고 따르는 것이군?

예나: 리더의 실력이 없다면, 그 프로젝트는 진척되지 않을 거야. 당연히 그렇겠지.

나리: 또 하나 추가하자면 리더는 대체로 투지를 갖고 있을 것이고 게으르지 않다는 거야. 만일 리더가 태도상으로 태만하거나 방만하다면 리더로서의 자격은 떨어지게 될 거야.

민아가 리더를 따르는 이유에 대해 물었다. 나리는 리더를 따르는 이유를 실력적으로 훌륭하기 때문이라고 했다. 그리고 리더는 일에 관해서 열정적일 거라고 했다. 이것은 아까 스타를 얘기할 때와 달랐다. 스타는 실력보다 인격과 성품이 돋보여야 한다고 했었다.

민아: 어쩐지 리더는 스타와 비교되는 것 같아. 스타는 실력보다 인격이 훌륭해야 한다고 했었는데…. 뛰어난 춤과 노래 실력에 이끌린다 해도 인격이 저질스럽다고 판명 나면

팬들도 다 떠날 거라고 했었는데….

나리: 이번엔 반대로 되었어. 어떤 사람이 인격과 성품이 훌륭하다 해도 그를 리더로 삼을 수는 없어. 예를 들어 우리 동네에 하수도관이 파손되었는데, 그 문제를 해결하기 위해 동네에서 인격과 성품이 좋은 사람을 고용하여 해결하려고 할 수는 없어. 아무도 그를 따르지 않을 거야.

연하: 당연히 그렇겠지. 무실력자를 따를 수는 없지.

나리: 성품이 좋은 사람을 리더로 내세우면, 자칫 큰일로 번질 수도 있어. 그들이 악의를 가지진 않겠지만 결과는 참담할 거야.

예나: 선한 사람이 사고를 일으키는 경우구나.

무실력자나 초보자가 리더가 될 수는 없다. 실력자가 리더가 된다는 건 당연한 일인 것 같았다. 그런데 실력자라 해도 서로 실력이 다를 수 있으며 인격과 성품이 좋다 하여 어중간한 실력자를 고용할 수도 있는 문제였다. 그녀들은 그것이 실수로 이어질 것이라고 했다.

나리: 스타와는 다른 경우야. 스타는 독단적이지만 리더는 협력을 중시해. 스타는 분야를 갖추지 못했지만 리더는 공통의

목표를 향하고 있어. 스타는 단순히 정상에서 위세를 뽐내지만 리더는 실력으로 평가받고 전체에 기여하고 있어.

연하: 스타는 단순히 정상에 있는 인물인 데 반해, 리더를 단순히 정상에 있는 인물이라 단정할 수는 없을 것 같아. 정말 그래.

나리: 그렇겠지. 리더를 단순히 선두나 정상에 있다는 의미로 받아들일 수 없어. 리더는 단체를 이끌고 그들의 계획을 완수해야 하고 최종 평가를 해야 해. 그 안의 조화를 이루어야 해.

예나: 리더는 그 집단의 조화를 실현해야 하는구나.

나리: 협력을 주도해 가는 게 리더야. 협력은 공동의 목적을 갖고 힘을 합치는 것이고 그 선두에 주도자인 리더가 있어. 스타에 대해 얘기할 땐 협력이란 게 없었잖아?

민아: 리더가 실력이 없거나 태만하거나 결정을 못 내려 우왕좌왕한다면, 그 프로젝트는 망하고 말 거야. 협동하던 사람들도 '이게 뭐야, 우린 열심히 했는데…'라고 투덜거릴 거야.

나리: 그렇겠지. 리더가 잘못한 것은 프로젝트 전체를 망치기도

해. 밑에서 일부 협력자들이 잘못한 것과는 손실 정도가 다르지.

리더는 협력을 중시하며 구성원 전체의 조화를 선도해야 하고, 리더는 단순히 정상에서 권위를 뽐내고 있지 않는다고 했다.
리더가 우왕좌왕하거나 태만하면 팀 전체의 질서와 이익을 파괴한다고 했다.

민아: 리더는 청소나 운반, 조립 같은 단순 반복 업무를 하는 게 아니라 낯선 길을 개척해 간다는 인상이 강해. 리더를 필요로 하는 까닭은 그 길이 낯설고 힘들기 때문일 거야.

예나: 스타는 아무 길도 제시하지 않아. 길이라고 할 수 있는 게 없어. 스스로를 드높이기 위해 정상에 있는 것 아닌가?

연하: 스타로 성장하기까지의 과정이 힘들었다면 누군가에게 귀감이 되겠지.

민아: 스타를 보며 힘을 얻고 용기를 내는 사람들도 있어.

나리: 리더는 협력자들의 노고를 이해해. 어떤 부분이 잘되었는지 잘못되었는지 다 잘 이해해. 같은 전문가니까 말이야. 그리고 그에 맞는 보상을 할 거야. 성과가 좋다면 큰 보상을 할 거야.

민아: 어떤 위험한 순간이 있거나 실패했다고 느끼는 순간이 있을 땐 철수를 결정해야 하기도 할 거야.

예나: 성공할 때도 같이 성공하고 실패할 때도 같이 실패하는구나.

리더는 단순 반복 업무를 하는 사람이 아니라고 했다.
  선택하고 결정하고 추진해 나아간다는 건, 새로운 목표에 도달한다는 것이어서 낯선 환경에 노출되는 경우를 자주 맞이한다. 그가 맡은 프로젝트가 어려운 것일 경우 완전히 새로운 환경에 직면하는 것이고 미지의 세계 앞에 리더를 따라갈 이유가 되어 있다.

  리더는 구성원들이 어느 정도의 기여를 했는지 안다고 했다. 그만큼 보상이 주어지며 그들에 대한 대우가 달라지고 지위를 높여 놓는다. 리더는 프로젝트가 더 이상 진척되지 않을 때 파기를 결정하기도 해야 한다고 했다.
  나리가 어릴 적 꿈이 어느 집단에 속해 협력하에 일하는 것이라고 한 이후, 리더에 대한 이야기가 계속되었다….

리더와 성품

그녀들이 앉아 있는 곳에 풀벌레들이 날아왔다. 민아는 벌레들을 싫어했기에 쫓아 보내지도 못하고 자리에서 일어났다.
그녀들은 할 수 없이 반대편 벤치로 향했다. 다시 자리에 앉게 되었을 때 그녀들은 이야기를 이어 갔다.

나리: 리더는 용기와 도전 의식을 가진다고 함부로 되는 것이 아니야. 우린 아까 불량한 아이에 대해서 말했었지. 아이는 어린 시절 무작정 용기를 발휘하고 권위를 스스로 가지면서 불량한 행보를 시작하지. 그들은 누군가를 위협하고 행패를 부리며 정상에 오른 것처럼 행동하지. 하지만 그들은 사회속에서 어떤 프로젝트도 수행할 수 없을 거야. 오히려 사회의 한 부분을 갉아먹는 역할을 하지.

예나: 불량한 아이는 리더가 될 수 없군. 사회의 한 부분을 갉

아먹다니.

민아: 그들은 누군가의 것을 가로채고 훔치면서 뿌듯해하지. 그리고 사회적 균열을 파고들어 큰 성과를 이루려고 하지.

연하: 그게 그들의 일거리가 아닐까? 떼를 지어 다니면서 계략을 꾸미는 자들이 있어. 그들 사이에서도 나름대로 리더가 있을 거야. 그리고 협력도 있지. 무작정 폭력을 동원하지도 않고 이성적일 때도 있어.

민아: 어린 시절 최고라는 착각에 사로잡히면 그렇게 되는 것 같아. 난 어릴 적 내가 최하라고 생각했어.

연하: 무척 겸손했었구나?

민아: 그래서 배움의 자세가 남달랐지.

나리: 어린 시절은 망상으로 가득 차 있고 위험한 것을 겪어 본 적이 없어서 두려운 것 없이 나서게 되지. 용기가 넘칠수록 불량한 아이가 되기 쉬워.

어린 시절엔 함부로 용기를 가지고 스스로를 드높인다. 그러나 철없는 아이의 무모한 도전일 뿐이며 자랄수록 사회악이 되어

간다고 했다. 민아는 이 사회에 불량한 아이는 드물지만, 그들이 소수라도 자라난다면 사회 속에 상당히 나쁜 영향을 끼친다고 생각했다.

민아: 우린 아까 어릴 적 꿈에 대해 말할 때, 현재에 머무르는 자가 있는 반면, 미래를 향해 나아가는 자가 있다고 했었어. 리더에 오른 사람은, 어린 시절부터 미래를 향해 달려온 사람일 거야. 자신의 꿈을 이루어 마침내 리더에 오른 것이지.

예나: 어린 시절부터 꿈을 향해 달려오다니, 멋진 사람인 것 같아.

나리: 어린 시절엔 누구나 미약한 존재여서 할 수 있는 것이 없어. 그런데 누군가는 꿈을 가지면서 자신에게 가능성을 부여하지. 그 가능성을 믿고 가는 것이지.

예나: 처음부터 체념하는 사람도 있을 텐데, 대단하군.

나리: 고난과 시련이 그의 앞에 펼쳐지겠지. 꿈을 향해 가는 자는 하루하루 열심히 살며 꿈에 다가갈 거야. 게으르고 노는 것에 빠지는 자는 별다른 진전을 하지 못할 거야.

연하: 어린 시절에 그렇게 나뉘는구나. 꿈을 가지고 노력하는 사람을 칭찬하지 않을 수 없군.

나리: 물론 성인이 되어서도 꿈은 가질 수 있겠지. 다만 전공을 선택해야 한다면 그건 쉽지 않을 수도 있어. 나이가 들어서 의사가 된다거나 교사가 된다거나 하는 것은 어렵겠지. 어쨌거나 빈둥빈둥 놀기만 한다면 꿈은 이룰 수 없을 거야.

어린 시절에 현실에 머무르는 자와 미래를 향해 나아가는 자로 나뉜다고 했다. 미약한 존재지만 섣불리 대단한 존재라고 착각하지 않는다. 겸손하게 한 단계씩 밟아 가는 아이가 리더에까지 오르는 것 같았다.

민아: 어린 시절의 꿈은 함부로 최고를 향한다고 했어. 최고가 무엇인지도 모르고 말이야. 하지만 최고라는 건 어느 분야에서든 분명히 존재하는 개념인 것 같아. 실력자로서 리더가 된다면 거의 최고라고 할 수 있지 않을까?

연하: 그렇겠지. 최고의 위치에서 관리하고 통솔하지. 리더가 된다는 건 굉장히 매력적인 일 같아.

예나: 매우 매력적이야.

민아: 어릴 적 꿈이 리더라면 어떨까?

나리: 꿈이 리더라는 건 상당히 좋을 것 같아. 이미 말한 대로

어느 분야를 향한다는 것이 정해져 있어 막연하지 않고, 전문가로서 공감을 나누는 사람들을 만날 수 있고, 열정과 집념을 가지고 추진할 수 있는 공동의 목표가 있다는 것은, 분명 가치 있는 일일 거야.

연하: 스타가 된다는 것과 달리 막연하지 않군. 그리고 최고를 향하고 있으면서도 거만하지 않아. 협력을 중시하고 있으니 말이야.

예나: 이제 리더로 꿈을 바꿔야 하나?

연하: 그래야 할지도 몰라.

나리: 꿈을 바꾼다는 건 쉽지 않은 일이야. 어느 분야로 진출할지 막연해져. 그리고 고난의 정도를 가늠할 수가 없어.

어릴 적 꿈이 리더라는 건 매력적일 수 있다고 했다. 최고를 향해 있으면서도 화합을 도모하고 있다. 실력을 갖춘 리더는 정상에 오른 것처럼 보였다. 어릴 적엔 유치하다고 했던 최고의 수준이란 것이 다시 부각되고 있었다.

나리: 리더가 된다는 것은 어려운 일일 거야. 되기까지 많은 노력을 했겠지만, 되고 나서도 안이한 자세는 나타나지 않을 거야.

연하: 리더에 오르고서도 계속 고생을 하나?

나리: 고생이라기보단 태만해지지 않는 것이지. 난 예전에 리더의 생활상이 담긴 영상물을 본 적이 있어. 거긴 한 회사의 경영자가 나타났어. 그는 일상생활이 매우 잘 정돈되어 있었어.

민아: 여러가지 영상물을 보는구나. 몸소 체험한 이야기는 없니?

예나: 리더의 생활상이 담긴 영상물이라니, 교훈적이겠는걸?

연하: 일하는 모습이 아닌 생활상인가? 일은 철두철미하겠지만 생활은 어떨까?

나리: 응. 그는 우선 아침 일찍 일어났어. 늦잠 자는 나태한 사람들과는 달랐지. 그는 집에서도 항상 청결을 유지했고 방안이 정리 정돈이 잘 되어 있었어. 맑은 물과 통밀빵 등으로 건강한 식사를 했고 규칙적인 운동 습관을 가지고 있었어. 학습 시간엔 집중력을 발휘했고 잘 정리된 노트를 갖고 있었어. 궁금한 점이 있을 땐 창피해도 누군가에게 질문했어. 취미 생활도 있었고, 적절한 휴식도 챙겼어. 매우 바른 생활을 하고 있었지.

민아: 리더는 그렇게 그 위치에서도 자기 관리를 열심히 하는구나.

연하: 인격과 성품이 어떤지는 몰라도 바른 생활을 하고 있군.

나리: 응, 그렇지. 바른생활.

리더가 되기까지 어려운 과정에 대해 얘기했지만, 리더로서 지내는 것도 단순히 쉬운 것은 아니라고 했다. 나리는 자신이 본 리더에 관한 영상에 대해 얘기했다. 리더는 기상과 식사, 정리 정돈, 학습 등 여러 방면에서 근면 성실한 생활을 하고 있었다.
 그런 바른 생활이 리더에 오를 수 있는 원동력인 것 같았다.

민아는 그 애길 들으니 내심 창피했다. 그녀는 늦잠을 자기도 하고 낮잠을 자기도 하여, 잠이 많은 인물로 평가받고 있었다. 정리 정돈을 거의 안 해서 집 안이 온통 어질러져 있었다. 채소를 조리하거나 식기 세척이 귀찮아서 빵을 먹는 경우가 많았다. 난잡한 생활을 하고 있는 그녀여서, 바른 생활을 한다는 이야기에 위축되었다.

연하: 직업과 일에 관한 것이 아니더라도 게으른 생활을 해서는 안 될 것 같아. 난 집 안이 잘 정리되어 있고, 필요 없는것은 사지 않고 필요 없어진 것은 잘 버리는 편이야. 그리고 운동은 항상 하는 편이고 외출 후엔 샤워를 꼭 하지. 건

강한 식사 생활을 하고 있어서 신체도 건강해.

민아: 그래? 예전과는 많이 달라졌군? 나와 같이 지내다 보니 얻은 교훈이 아닐까….

연하: 뭐? 본인은 언제나 표본이라고 생각하나 보지?

민아: 난 충고하지 않고 언제나 모범을 보여 주지. 그래서 습득해도 나 덕분인 줄 모를 거야.

연하: 겸손과는 거리가 멀구나.

  연하는 자신도 바른 생활을 하는 한 명이라고 하였다. 이에 뒤질세라 민아도 자신을 내세우며 자기 덕분이라고 하였다. 나리는 누구나 기본적으로 지키고 있는 생활 양식을 자랑이랍시고 떠벌리는 그녀들이 우스꽝스러웠다.
  그녀는 자신의 단정하게 입은 상의와 잘 빗은 머리, 깨끗한 운동화를 보며 그녀들의 것과 비교하며 훑어보았다. 자만심이 생기며 비아냥거리는 표정이 나타났다.

나리: 겉으로 말끔하고 정숙한 옷차림을 하고 있어도 그가 생활 속에서까지 정갈한지는 알수 없어. 나의 이웃집에 사는 아주머니는 매우 친절하고 다정한 사람이었어. 그런데

어느날 그의 집에 방문했을 때, 방 안이 온통 어질러져 있었고 유리문이 깨진 채로 있었고 대문은 녹이 슨 채로 있는 걸 발견했어. 화단에 꽃을 심은 흔적도 있었는데 하다가 만 일이란 걸 알 수 있었지. 그녀는 게으르고 우둔했어. 생활에 대한 정성이 없었어. 심성이 고운 사람이었지만 바른 생활을 하고 있진 않았어.

연하: 모범적으로 보이는 인물도 그 내막을 들여다보면 허술하고 조잡한 면을 드러내곤 하지.

민아: 생활을 관리한다는 건 쉽지 않은 일이야. 힘들다기보단 정성스럽지 않은 것이지. 바른 생활이란 아무 업적도 아니잖아?

예나: 업적이 아니면 안 하는 건가?

민아: 큰일이 아니라고 생각되면 안 하는 것이지.

나리는 이웃집 아주머니가 바른 생활을 하고 있지 않다고 했다. 성품이 좋은 사람이었지만 생활 속에서 허술하고 조잡한 면을 드러내고 있었다. 생활을 잘 꾸려 간다는 것은 개인의 업적이 아니어서 정성이 가지 않는다. 성취라고 생각되지 않는 일들은 귀찮은 듯이 방치해 두는 것 같았다.

연하: 아마 그런 생활은 오랜 세월에 걸쳐 형성된 습관이나 양식일 거야. 어린 시절부터 이어져 온 것이지.

민아: 그래? 난 어린 시절부터 엄마가 방 청소 하라고 해서 항상 청소해. 또 외출 갔다 와서 꼭 씻으라고 해서 그렇게 해.

나리: 가정 환경이 좋았던 것인가? 난 우리 사회가 질서를 잘 지키고 최소한의 윤리를 가지고 있다는 데 감명받아. 그래서 줄을 잘 서고 양보도 잘해. 휴지는 아무 데나 버린 적이 없고 신호에 맞추어 길을 건너지. 난 질서 있는 환경에 끼어들어 불편을 주고 싶지 않아.

민아: 사회 속을 잘 살아가고 있다는 건가? 누구나 사람들 속에서 잡음을 일으키고 싶진 않아.

예나: 어린 시절 도전 정신이 강하다면 사소한 일엔 신경 쓰지 않을 것 같아.

연하: 그럴지도. 그러나 리더가 된 사람도 바른 생활을 하고 있다잖아?

예나: 아까 예시로 든 그런 리더들은 정말 모범적인 것 같아.

생활 습관도 어린 시절부터 형성된다고 했다. 생활 습관은 그의 시선이 어디를 향해 있는지 말해 주는 것 같았다. 일상생활이 잘 정돈되어 있을 때 더 큰일들도 잘할 수 있을 것 같았다.

민아: 우린 그동안 꿈을 향해 가는 것만을 말해 왔는데, 꿈만이 중요한 게 아니라 생활 양식 속에 투영된 인간의 미가 있는 것 같아. 꿈이 아니면 다 의미 없다는 듯이 일상생활에 나태한 모습으로 흥미를 잃어버리고 살아간다면 무엇을 성취해도 의미가 없을 것 같아.

연하: 그런 것 같아. 꿈을 이루어 굉장한 업적을 쌓았지만 생활 속 태도가 엉망이라면, 그 사람이 마냥 훌륭해 보이지만은 않을 거야.

나리: 리더가 생활 예절이 잘 갖추어져 있지 않다면 같이 다니고 싶지 않을 거야. 침을 아무 데나 뱉거나 옷차림이 누추하다거나 사생활 침해를 예사로 생각하는 리더와는 가까이하고 싶지 않아. 물론 그 리더와도 프로젝트는 잘 추진되겠지.

민아: 리더를 따른다는 것은 어디까지나 일에 한정하는 것 같아. 생활의 어느 면이나, 인간관계의 어떤 면까지 모범적이라고 생각할 필요는 없는 것 같아.

예나: 범죄까지 저지른다면 최악이지 않을까?

리더로서 최고에 이르렀지만 바른 생활을 하고 있지 않다면 최고의 의미도 퇴색되는 것 같았다. 꿈이라는 거대한 목표는, 그 아래 있는 모든 것을 사소하게 보이게 한다는 단점이 있었다.

민아의 머릿속에 리더로서 훌륭하지만, 길거리에 휴지를 버리고 큰소리로 공공장소에서 떠들고 머리가 부스스한 사람의 모습이 그려졌다. 일을 할 때는 그가 믿음직하여 따르고 싶지만 일상생활은 난잡하고 예의도 없어 가까이하고 싶지 않은 유형의 사람이 되어 거부감이 느껴졌다….

연하: 리더가 실력도 갖추었고 리더다운 용기와 결단력도 갖추었고 바른 생활도 잘하고 있고, 성품까지 갖추었다면 어떻게 될까?

민아: 성품까지 갖추었다면? 성품은 갖추기 어려울 거야. 왜냐하면, 우린 아까 성품의 변화는 꿈의 성취로는 이룰 수 없다고 했어. 꿈을 성취해도 성품은 그대로라고 했어.

예나: 오직 한길을 가는 사람에겐 반성을 일으킬 수 있는 환경이 마련되어 있지 않을 거야.

민아: 어쩌면 도전 정신으로 인해 반성 자체가 어려운 유형일지

도 모르지. 누구보다도 앞서가야 한다는 의지가 꿈을 실현시키기도 하지만 타인을 배척하기도 하거든.

연하: 물론 실력증진에만 몰두한다면 반성의 경험은 어려울 거야. 하지만 아까 리더에 올라서도 바른 생활을 하는 사람도 있다고 했어. 리더면서 성품도 좋은 사람도 있겠지?

예나: 그런 사람도 있나?

민아: 그런 사람은 어떤 사람이지?

민아가 "리더로서 월등한 위치에 있으면서 동시에 성품까지 갖추면 어떻게 되는가?"라고 물었다. 리더가 대개 폐쇄적인 환경을 견디며 꿈을 성취한 사람이기에 경험이 단조로워 성품까지 갖추긴 어려울 거라 했다. 또한 도전 정신으로 인해 항상 싸움이 잦고 반성 자체가 어려운 유형일지도 모른다고 했다. 하지만 나리는 이런 예를 들었다.

나리: 그런 사람도 있지. 완전히 찾아볼 수 없는 것만은 아니야.

민아: 그래? 있나? 어떤 사람이지?

연하: 그런 사람은 어떤 사람이지?

나리: 으음… 내가 학교에 다닐 때 선생님이 있었어. 그는 매우 친절한 사람이었어.

민아: 학교 다닐 때라면 매우 오래전 이야기구나.

연하: 학교를 제대로 다니지 않았다는 건 알지만 존경하는 선생이라도 있었으니 다행이군. 그래서 무슨 이야기지?

나리: 그 학교엔 여러 분야의 수업을 맡은 선생님들이 있었지. 그들은 대개 많은 학생들앞에서 자신들의 기호와 취향대로 수업을 진행했어. 그런데 수업은 그다지 만족스럽지 못했어. 학생들 사이에서 불평이 쏟아져 나왔었지. 선생들이 죄다 자기 자랑만 하고 있었기 때문이야. 선생들은 이렇게 말했어. "이러저러한 원리가 있는데 너희들이 알긴 어렵지. 무조건 외워 둬. 의심을 품을수록 손해니까 무조건 받아들여." 그 선생들은 자기 아는 대로 나열했어. 질문을 던지면 질문 자체가 멍청하다고 했었어.

민아: 선생들이 자기 자랑만 하고 있었군?

연하: 선생으로서의 실력은 갖추었겠지? 그럼 리더라고 할 수 있군.

예나: 그래서 어떻게 되었지? 친절한 선생은 누구지?

나리: 그런데 그중 한 선생은 예외였어. 그는 학생들 각자가 어떤 수준에 있는지 잘 이해했어. 무조건 암기하라고 다그치지 않았고 원리를 이해하고 학생 자신이 알고 있는 수준에서부터 이해하도록 했어. 반론과 의혹들을 틀렸다고 치부하지 않았고 수용 가능한 수준까지 차근차근 연결해 가며 설명했어. 난 그 선생과 매우 가까워져 많은 것을 배울 수 있었지.

민아: 배우는 단계에 있는 초라한 학생들이지만 무시하지 않았군.

연하: 자기 지식을 자랑하는 선생이 있는 반면, 학생들의 수준에 접근해서 그들을 이끌려는 선생이 있었군?

나리: 응. 난 그런 교육 환경에서 자라났어. 매우 자랑스러워.

나리는 리더면서 성품까지 갖춘 인물의 예를 들었다. 그녀가 다니던 학교의 어느 선생은 가르치는 데 있어 학생들의 눈높이에 맞게 접근했다고 했다. 그들의 입장을 이해하고 한 발 한 발 나아갈 수 있도록 도왔던 것이다. 그에 반해, 다른 선생들은 단지 자기 지식을 늘어놓기 바빴다고 했다. 학생들이 따라잡지 못하면 모두 그들 자신들 탓이었다.

예나: 리더가 성품까지 갖추어 초보자들을 배려하는 경우인가….

나리: 응, 그래. 성품까지 갖추었다고 볼 수 있지. 교육은 눈높이 교육이어야 하지. 동떨어진 채 자기 자랑만 하고 있으면 안 돼.

민아: 그렇겠지. 눈높이를 맞추어 준다면 참 다정한 사람이 될 거야.

나리: 초보자들에 대하여 가까워져 있는 거야. 초보 실력을 가진 그 사람에게 가까이 다가가서 수준을 이해하고 현 상태를 파악하고 거기서부터 뻗어 나갈 수 있을까 고민해 주는 것이지. 어려운 것을 갑자기 들이민다면 그의 수준을 벗어나는 것이 될 거야.

연하: 그런 마음가짐도 참 어렵게 보이는군.

나리: 질문이 나왔다면 어떤 이해를 가졌기에 그런 질문이 나왔는지 가늠하는 거야. 이것은 엉뚱한 질문을 던지는 학생에게도 결코 그를 초라하게 보지 않음을 의미해.

예나: 실력자가 되면 거만해지기 마련인데 그렇지는 않은 것이군.

민아: 실력자로서 누군가를 무시한다 해도, 자라나려는 사람들까지 무시하진 않는 경우를 볼 수 있어. 못하지만 해 보러

고 하고 실패하지만 일어서려고 하는 사람들을 초라하게 보지는 않는 것이지.

예나: 아예 포기하고 시도조차 안 하는 사람들은 정말 무시당할 것 같아.

민아: 성품까지 갖춘 리더가 그렇게 있는 것이군.

나리: 그래, 있어. 있는 거야.

성품까지 갖추긴 어려울 거라 했으나 성품까지 갖춘 실력자들도 있는 것 같았다. 그들은 초보자들을 실력 부족이라고 핀잔을 주거나 멸시하지 않고 이끌어 주려고 한다. 교육은 눈높이에 맞추어 상대방에게 다가가야 한다고 했고, 이것은 상대방과 가까워지는 것이었다. 그에 반해 거만함은 동떨어져 있음을 의미했다.

민아는 교사를 그다지 좋아하지 않아서 좋은 기억으로 남은 교사가 없었다. 현재의 그녀에게 교사와의 추억은 단지 꼴불견 교사로 인해 자신은 그러지 말아야지 하는 반성의 표본이 되어 있을 뿐이었다.

민아: 실력을 갖춘 이가 동떨어지지 않고 가까워져 있다는 건 놀라운 일이야. 정상으로 간다는 것 자체가 이미 모두를

따돌리고 홀로 간다는 걸 내포하고 있는데 말이야.

나리: 경쟁심만을 너무 부각시킬 필요는 없는 것 같아. 어떤 사람은 다른 이들에게 무슨 일이 일어나는지 살펴보기도해. 자신은 어렵고 힘들게 그 길에 도달했지만, 누군가는 더 쉽고 편하게 그 길에 도달하길 바라기도 해.

민아: 그 길의 고통과 슬픔을 이해하고 동정심을 가지는 경우구나.

나리: 응, 그렇지. 동정심.

성품까지 갖춘 리더에 대해 그렇게 말하게 되었다. 실력자가 성품까지 갖추는 것도 가능한 것 같았다. 그들은 자라나는 이들을 초라하다고 무시하지 않고 그들의 처지와 눈높이를 이해한다고 하였다. 한때의 자기 자신도 그렇게 초라한 순간을 견디며 어려운 길을 걸어왔다. 그 길을 가는 이들에게 동정과 연민을 가지는 것이라고 했다.
  그렇게 이야기한 후, 그녀들은 자리에서 일어났다. 햇볕이 없는 그늘로 가는 것이 좋을 것 같았다….

스타와 경영

　　　　　　　　　형형색색의 꽃들이 길 양옆으로 늘어서 있었다. 벌과 나비들이 날아다니며 신선한 꿀을 찾고 있었다.
　나리가 꽃을 잠시 보더니 떨어진 꽃잎을 발견하고 집어 들었다. 꽃잎은 표면이 매끄럽고 윤기가 있어 보면 볼수록 빠져들게 했다. 플라스틱 같은 인조물이 아닌 천연물이 이렇게 오색찬란한 색을 드러내는 건 꽃잎밖에 없을 것 같았다. 꽃잎은 곧 찢어지더니 흩날려 가 버렸다. 길거리에 아무렇게나 뿌려져도 휴지 조각이 아닌 것이 꽃잎이었다.
　무수히 떨어져 있는 붉은색 또는 노란색, 보라색의 꽃잎들을 밟으며 그녀들이 걷고 있었다. 저만치 나타난 고목 아래 누군가 깔아 놓은 돗자리를 발견하고 빠른 걸음으로 다가갔다.
　"이제 여기서 좀 쉴 수 있겠는데?"라고 연하가 말했다. 고목의 그늘이 그녀들을 햇볕으로부터 보호해 주었다. 나리가 들고 있는 음료수를 마침내 다 마시고 멀리 있는 휴지통에 던져 넣었다. 음료수 통은 투둥 하는 소리를 내며 들어갔다.

연하에겐 이 고목의 그늘 아래도 그다지 낯선 곳이 아니었다. 그녀는 연습실을 다니며 훈련을 쌓는 동안 혼자인 시간이 많았다. 그럴 때마다 이 공원의 가로수길을 걸으며 사색에 잠겼다. 생각해야 할 많은 주제들이 있었다…. 그것은 언제나 꿈과 앞날에 대한 것이었다. 힘든 나날을 보내고 스타로 성장해 있을까, 주위 친구들과 가족들이 자랑스러워할까, 돈은 마련될까….

그러나 지금 처음으로 가까이 있는 것들에 대한 질문이 생겨났다.

자신의 진로와 아무 연관이 없어 보였다.

왜 사람들이 분수대 주위로 모여들까, 왜 꽃잎들은 청소의 대상이 아니어서 방치하는 걸까, 왜 비둘기들은 인간을 겁내지 않는 걸까….

나리와 얘기하는 동안 고민은 절묘하게 모습을 바꾸어 사색이 되어 갔다. '난 잘하고 있는 걸까, 앞으로 어떻게 해야 하지'라고 묻던 것이 사라지고, 지금은 '꿈이란 무엇인가'라는 더 추상적인 질문으로 바뀌어 갔다.

고민은 '어떻게 좋은 것을 성취할 것인가'에 주목하고 있었지만, 사색은 '그것이 무엇인가'라는 질문에 주목하고 있었다.

민아는 지금까지 이야기한 것에 여전히 의문을 가지고 있었다. 바른 생활에 대해 언급했지만, 바른 생활이란 좋은 환경에서도 대체로 고쳐 나아가고자 한다면 이룰 수 있는 것이고 쉬운 일이다. 하지만 전문 분야를 가지고 꿈을 성취한다는 것은 결코 쉬운 일이 아니다. 폐쇄적이고 암울한 환경을 고통스럽게 겪어야 한다. 어린 시절부터 정신을 차리고 자세가 똑바로 되어 있어야 한다.

나리가 예로 든, 선생이 성품이 좋다는 것은 사실 당연한 것이다. 교육자라면 학생들을 잘 가르치는 능력이 있어야 하고 그들을 고객이라 생각해야 한다. 그렇지 않으면 해고 대상이다. 오늘날 학생들은 가장 비싼 수업료를 내고 있는 고객들이다. 월급도 보상도 없이 가르친다면 자기 자랑을 하건 말건 자기 마음이다.

민아는 여러 생각들을 섣불리 꺼내기엔 두려운 탓에 머릿속에서 곱씹고만 있었다.
나리가 하늘을 멍하니 바라보고 있었다.
연하는 바닥을 쪼아 대고 있는 비둘기들을 보고 있었다.
예나는 손거울을 꺼내어 얼굴을 보정하고 있었다.
민아는 언제 이야기가 다시 시작되나 조마조마하게 기다리고 있었다….
사람들의 발길이 드물어졌을 때 즈음, 다시 논의가 시작되었다. 주위는 매우 조용했다….

나리: 우린 여기 오기 전 그런 이야기를 나누었지. 실력자들은 세상을 풍요롭게 한다고. 실력자들이 자랑스럽게 내보일 수 있는 것으로 인해 세상은 풍요로워진다고 말이야.

민아: 그래, 그랬었지. 그들은 세상을 풍요롭게 해. 겸손하게 있을 필요가 없다고 했어. 자랑스럽게 내보일 수 있는 것을 내보일수록 좋다고 했어.

나리: 그들은 꿈을 이룬 사람들이야. 그중엔 리더에 도달한 사람도 있을 거야. 그리고 분야를 갖춘 이상 협력과 공감 속에 있을 거야.

민아: 그래, 그렇겠지. 게으르거나 불량스럽게 놀던 사람들은 그렇게 될 수 없어.

처음에 스타가 되기 위한 덕목을 얘기하던 중, 겸손이 주제로 떠올라 겸손에 대해 얘기했었다. 하지만 실력자들은 겸손할 필요가 없으며 실력을 자랑하기 위해 나서야 한다고 했다.
리더가 된 사람들은 꿈을 향해 열심히 달려온 사람들이고 협력과 공감 속에 있다. 그들이 커다란 계획을 펼칠 때 사회는 풍요로워진다.

나리: 우린 스타라는 꿈을 이야기했고 그걸 이루면 행복할 거라고 생각했어.

연하: 그래, 그랬었지. 우리들의 꿈은 스타여서 열심히 연습에 몰두하고 있었어.

나리: 그런데 스타는 실력이 뛰어나서 스타인 게 아니라, 그 사람이 우아하고 품위 있어 보여서 스타라고 했어. 그래서 인격과 성품을 기른다고도 했었지.

민아: 그래, 그랬었지. 스타는 실력보다 성품이라고 했어. 춤과 노래에 이끌린다 해도 인격에 실망할지도 모른다고 했어. 가수라면 노래를 잘하는 사람을 보려고 하는 게 아니라, 어떤 매력적인 사람의 노래 부르는 모습을 보고 싶은 것이지.

연하, 예나는 스타라는 꿈을 위해 열심히 정진하고 있었다. 그것은 어린 시절 생성된 단순한 꿈의 실천이었고 실력을 기르는 과정이었다.

그러나 이 논의에서 스타는 단순히 실력이 뛰어난 사람이 아니라고 했다. 스타로서의 품격을 가지고 인격과 성품이 돋보여야 했다. 스타란 실력을 드러내어서 스타인 게 아니라 인격적으로 아름다운 모습을 드러내기에 스타였다. 실력만으로 시험을 통과하고 정상에 오르는 다른 분야와 달랐다.

나리: 꿈을 이루어도 성품은 그대로일 거라고 했어. 실력을 증진하는 과정은 성품을 변화시키지 않는다고 했어.

민아: 그래, 그랬었지. 꿈의 실현과 성품은 아무 관련이 없다고 했어. 자수성가한 불량소년은 여전히 인격이 저속하다고

했어. 그가 어떤 것에 행복을 느끼는가 하는 것은 그대로라고 했어.

나리: 누군가를 괴롭히는 것에 여전히 행복하다고 했었지.

연하: 그래, 그랬었지.

나리: 성품이 변한다는 건 시련과 고난을 겪으며 자신을 되돌아보고 반성할 때라고 했어. 그때 누군가의 처지를 이해하고 동정하게 되는 거야. 더 이상 누군가를 괴롭히면서 행복해하는 일은 없게 될 거야.

민아: 행복은 그렇게 변하기도 하는 거야. 그에 따라서 '내가 왜 어떤 것에 행복을 느끼는가'라는 질문이 생겨나기도 할거야.

나리: 왜 어떤 것에 행복을 느끼는가…. 매우 좋은 질문인 것 같아. 이기적인 행복 속에서 그런 질문은 없을 것 같아.

예나: '어떤 것에 행복을 느끼는가'란 뜻밖의 새로운 질문처럼 보이는군. 난 사람들을 조롱할 때 행복해. 그리고 커피를 마실 때 행복해.

연하: 난 영화에서 정의를 지키는 사람이 승리할 때 행복해.

꿈의 성취는 성품과 관련이 없다. 실력을 증진시킨다 해도 성품은 변하지 않는다. 그에 반해 시련과 고난은 성품을 변화시킬 수도 있다. 경쟁에서 패배한 것은 아무 반성도 불러일으키지 못하지만, 구박당하고 핍박당하는 경험은 반성과 성찰을 불러일으킬 수도 있다.

꿈을 이룬 사람에 대해서, 지금의 행복을 미루고 미래를 향해 달려간다는 자세가 칭찬받는 부분이라고 했다. 하지만 그것만으론 인격의 변모라고 할 수는 없다. 천박한 짓을 하고 행복해한다면 그는 여전히 저속한 인격의 소유자다.

그녀들은 지금까지 한 얘기들을 정리하고 있었다.

나리: 스타가 많은 시련과 고난을 겪고 성숙된 모습을 보인다는 건 그에게 어울린다고 했어. 그래서 일부러 고난을 겪는 것이 옳은가에 대한 논의도 있었지.

민아: 그래, 그랬지. 하지만 그런 사실에도 불구하고 리더에 대한 이야기가 나오면서 스타를 꿈꾼다는 건 상대적으로 허술하다는 걸 알게 되었어.

나리: 그래, 그렇게 되었지. '품위를 갖춘 스타라 한들 그게 무슨 의미가 있지'라는 생각이 들었어.

연하: 스타란 꿈은 막연하고 고립되어 있어. 회의가 느껴지고

있어. 공감도 없고 협력도 없어. 불특정 다수를 지나치게 향하고 있어. 분야가 정해지지 않은 듯 열정을 발휘할 것이 없어. '지금 현재, 스타로 되어 있는 사람들은 뭐지'란 생각이 들어.

민아: 스타가 유치하게 설정된 꿈이란 게 드러난 듯했어. 어린 시절 무작정 최고를 향하며 실수가 일어난다고 했지. 꿈이란 호기심, 관조의 정신으로 다가갈 수 있다고 했어. '세계 속에 무슨 일이 일어나고 있는가'라고 했었어. 이것은 최소한 꿈이 '하고 싶은 것 해라'라는 정도로 나타나는 것을 부인하고 있어.

민아: 그런지도 몰라. 꿈의 자율성을 부인하는 것 같아.

나리: 어린 시절의 관점은 세계와 조화를 이루지 못한 채, 최고를 향한다고 했어. 또는 주위의 영향을 많이 받아 칭찬받는 쪽으로 쏠린다고 했어. 어린 시절의 꿈은 그렇게 허술해.

스타가 일부러 성품을 개발하려는 것은 위선이라고 했었어.
하지만 이것 또한 시련과 고난 속에서 진정 반성한다면 변할 수 있다고 했었다. 그러나 리더와 협력에 관한 얘기가 나오면서 또 달라졌다. 스타는 동떨어져 있었고 지극히 개인적인 꿈 같았다. 사회가 꿈을 실현하는 장이라면, 동떨어진다는 것은 이기적이고 독단적인 느낌을 갖게 한다. 세계에 대해 무관심한 어린 시절에 스타에 다가간다는 건 독단을 자처하는 것 같았다. 협력과 공감이 결여된 채 사회 속에서 위력을 발휘하는 것처럼 보였다.

나리는 하늘을 바라보았다. 파란 하늘에 흰 구름이 두둥실 떠다니고 있었다. 그늘 아래서 바라보는 대낮의 풍경이 고즈넉했다. 민아와 그녀들이 연신 주목하고 있는 것을 의식하며 다음 말을 이어 갔다. (이것은 거의 결론이었다.)

나리: 우린 최고에 대해 말해 왔어. 최고란 무엇을 의미하지?

연하: 어느 분야에서 최고란 뜻이지. 마냥 그 사람이 최고인 게 아니라 실력을 발휘하는 그 분야에선 최고 수준이란 뜻이지.

나리: 그럴 거야. 다른 방면에선 어떻게 되어 있는지는 몰라. 일상생활에서, 대인 관계에서, 사회를 보는 안목에서, 가정생활에서 어떻게 되어 있는지는 몰라. 이미 말한 대로야.

민아: 그래. 이미 말한 대로야.

'최고가 무엇인가'라고 물었다. 최고란 다만 어느 분야에서 최고라고 했다. 꿈이란 그 안에 최고를 향해 간다는 느낌을 내포하고 있다. 꿈을 실현한 후에도 더 높이 올라가려고 한다. 그래서 최고에 대해 언급했다.

나리: 그 사람 자체가 최고인 경우가 있을까?

민아: 무슨 뜻이지? 왜 그런 질문이 나오지?

나리: 스타란 마치 사람 자체가 최고인 것처럼 언급되었어. 실력을 배제하고 스타로서의 면모를 갖추어야 한다고 했으니까. 물론 실력이 뛰어나도 상관없어. 스타와 관계된 산업이란 사람을 보고 돈을 지출하는 것이지. 그러므로 최고의 인물을 키워야 될 것 같아.

민아: 그 사람 자체가 최고가 되려면 실력, 주도력, 바른 생활, 열정, 지성, 성품까지 두루 갖추어야 할 거야.

나리: 그럴 거야. 인간으로서 갖출 수 있는 것은 다 갖추어야 할 거야. 하지만 최고란 건 위력을 발휘하는 상태야. 위력으로서의 의미가 있어야겠지.

민아: 위력이란 건 구체적으로 뭐지?

예나: 어떤 힘이나 능력을 가진다는 뜻인가?

나리: 실력자들은 오랫동안 정진해 온 기술로 위력을 발휘하지. 놀라운 상품을 생산해 내고 사회를 편리하게 해. 거리에서 오물을 걷어 내고 쾌적하게 만들기도 해. 내가 지난번 어느 도시에 여행 갔을 때 길거리가 온통 지저분했고 건물이 낡았고 전기 시설은 미비했었어. 게으른 사람들만 있다면 그 도시는 개선되지 않을 거야. 사람들이 편리하고 안전하고 쾌적하게 살아가는 건 실력자들 덕분이야.

민아: 오랜 정진으로 실력을 향상시키고 초보에서 벗어나 위력을 발휘하는군.

나리: 미천하게는 불량 집단이 위력을 발휘하기도 해. 사회 곳곳을 부수고 다니지. 속임수라는 위력도 발휘하지.

연하: 불량소년들이 자라나서 그렇게 되는 것이겠지.

예나: 한쪽은 건설하고 생산하는데, 다른 쪽은 부수고 망치고 다니는군. 둘다 위력적이군.

'최고의 인간이 존재하는가'라고 나리가 물었다. 최고의 인간은 모든 것을 다 갖추어야 할 것이라고 했다. 하지만 최고라는 건 위력으로서의 의미가 있어야 한다고 했다. 실력자들은 오랫동안 축적해 온 기술들로 위력을 발휘한다고 했다. 사회적 산물들은 그들이 생산해 낸 것이고 구축한 것이다. 문명사회가 풍요로운 것은 그들 덕분이다.

나리: 스타가 갖추어야 한다는 성품이란 것도 그런 것일까? 성품이 위력적일까?

민아: 사람들을 끌어들인다면 인기가 높아지고 자본이 모이는 것이니까 위력적이라고 봐야겠지.

나리: 그럴 거야. 틀림없는 사실이야. 그렇다면 최고를 향해 갈 수 있어.

예나: 최고의 스타가 될 수 있군?

나리: 그럴지도 몰라. 매우 유명해지고 많은 팬들을 끌어모을 수 있겠지. 하지만 우린 처음에 겸손에 대해 말했어. 겸손이란 게 자랑이 될 수 있을까? 매우 겸손한 사람이라고 자랑할 수 있을까?

민아: 그럴 수 없을 거야. 겸손은 자랑의 반대편에 있는 것처럼 보이니까.

연하: 겸손한 사람이 이미 그렇게 자랑하고 있으므로 모순일 거야.

나리: 그럴 거야. 겸손뿐 아니라 다른 것도 마찬가지일 거야. 나는 착한 사람이고 친절하고 상냥하고 애정이 넘친다고 자랑할 수 있을까?

민아: 자랑할 수 없나?

연하: 으음… 그렇게 애써 내보인다면 어색할 거야. 그런 성품들이 특히, 반성을 통해 나온다면 말이야.

나리: 자랑할 수 없다면 추구할 수도 없어. 일반적인 의미에서.

예나: 아까 성품이나 반성 같은 것은 시련과 고난 속에서 저절로 자라나는 것처럼 말했어.

연하: 저절로 자라난다면 추구하는 건 아닌 것인가?

나리: 실력자가 가진 기술들은 자랑할 수 있을 거야. 더 높은 곳으로 더 광대한 것을 찾고 미지의 세계를 탐험할 수도 있을 거야. 인간은 자연의 신비를 밝혀냈고 우주에 이르렀지. 작게는 종이를 생산해 내고 예술품들을 만들었지. 실력은 불가능을 가능케 하고 있어. 실력자들은 자신들의 프로젝트를 관철시키며 세계 속에 우뚝 서 있어. 리더가 앞장서고 전문가들이 협력하고 있어. 그 업적들은 자랑스러운 것들이야.

민아: 실력자들은 자기 실력이 뛰어난 것을 자랑할 수 있군?

나리: 그래. 자랑할 수 있어. 기록이 남고 업적이 될 수 있어. 반면 스타가 되어 성품을 갖추고 바르게 살아간다 한들, 자랑할 수 있는 요소는 아닐 거야. 성품이란 야망 속에서 자라나는 것이 아니고, 위력을 추구하는 것도 아니고, 그 누군가를 자랑의 대상으로 삼지도 않아.

민아: 성품은 인간을 바라보는 관점이기 때문인 걸까? 야망과는 다른 것 같아.

실력자들은 자신들의 실력을 자랑할 수 있다고 했다. 그들은 놀라운 능력으로 사회를 편리하고 유익하게 만든다. 하지만 인격이나 성품은 자랑할 수 없다고 했다. 위력을 발휘할 수 있는 것만이 자랑이 될 수 있고 최고를 향할 수 있다고 했다.

실력은 투철한 의지와 야망 속에서 자라나지만, 성품은 고뇌와 숙고, 어쩌면 슬픔 속에서 자라나는지도 모른다.

실력자들은 꿈을 성취하고 영광을 누린다. 그들은 명예롭고 존경의 대상이 된다. 성품은 성취할 수 있는 것이 따로 없지만 관점과 마음의 변화로 인해 새로운 행복을 발굴하는 것처럼 보였다. 다정한 사람이 되어 주위 사람들과의 관계 속에서 행복해진다. 때로는 누군가의 후원자가 되기도 한다….

그녀들은 자리에서 일어났다. 앉아 있던 자리는 나뭇잎들과 꽃잎들이 쌓이면서 더 이상 휴식의 장소가 아니게 되었다.
그녀들은 공원을 서서히 빠져나오고 있었다….

민아: 성품은 자랑할 수도 없는 것이었군.

예나: 스타는 성품을 갖추어야 한다고 했었는데…. 일부러 갖출 수도 없는 성품을….

연하: 우린 처음에 '스타와 일반인은 무엇이 다른가'라고 물었어. 그 의문이 비로소 풀리는 것 같아. 그와 더불어 우리의 꿈이 어떤 위치에 있는지도 알게 되었어.

예나: 스타가 되려는 우린 결국 추구할 수도 없는 것을 향하고 있었군. 이제 스타에 대한 꿈은 접어야 하는 걸까?

스타가 꿈이었던 연하와 예나는 여기에 이르러 비로소 원하는 답을 찾은 것 같았다. 그 답은 한마디로 정리되지 않았다. 스타가 성품을 갖추어야 하지만 자랑할 수 없고 따라서 추구할 수도 없다는 것이 주요한 답이었다. 그것은 스타가 꿈인 것을 사실상 부정하는 것이었다. 최고의 스타가 되려고 한다는 것은 모순에 빠진 것이었다. 스타의 길에 최고란 존재하지도 않는 것이었다.
예나가 "스타란 꿈을 그만두어야 할까?"라고 약간 슬픈 눈빛으로 나리에게 물었다. 연하도 거의 같은 생각이었다.

나리: 아니. 아냐. 체념할 필요는 없어. 지금까지 쌓아 온 것도 있고, 포기하지 않는 한 길은 열릴 거야.

연하: 스타라는 꿈을 유지해도 될까?

나리: 스타라는 개념을 바꿀 필요가 있어.

나리가 그녀들을 제지시키며 스타에 대해 개념을 수정하며 다가가야 한다고 했다.

연하: 스타에 대해 발굴해야 할 것이 있다면 지금까지 쌓아 온 것이 아깝지 않게 그렇게 할 거야. 난 결코 지치지도 않고 흐트러지지도 않아. 이렇게 오랜 논의를 해 왔지만 의문은 감소하지 않았고 호기심은 여전히 충만해.

예나: 우린 애초에 말했었지. 꿈을 포기하는 한이 있어도 '스타와 일반은 무엇이 다른가'라는 의문에 대한 답을 찾겠다고.

스타에 대한 꿈이 무너지고 있는걸 느끼며 초조해지고 있었지만 나리는 이를 제지시키며 아직 더 논의해야 할 것이 있다고했다. 그러자 다시 용기를 내며 새로운 것을 탐구하겠다는 의사를 밝혔다.

그녀들의 눈이 다시금 반짝거렸다. 그동안 스타에 대해 부정적

견해를 유지한 것이 자칫 나쁜 결과를 초래할지도 모른다는 생각에 나리는 보다 긍정적인 방향을 가지려고 했다.

그녀들은 조금 전 지나온 꽃밭에 이르렀고 벤치에 다시 앉았다. 햇볕이 걷힌 약간 어슴푸레한 주변 시야로 고목들이 보였다. 눈앞엔 누군가 버리고 간 음료수 통이 나뒹굴고 있었다.
그리고 꽃들이 뿌리째 뽑힌 채 짓밟혀 있었다. 벌과 나비들은 온데간데없었다. 질서를 지키는 사람이 없는 듯 재미있게 놀다 간 자리에 지저분한 흔적만이 남아 있었다. 여기서 마지막 논의를 이어 갈 것 같았다. 스타와 팬들 사이의 관계, 그리고 스타를 운영하는 경영자들의 자세에 대한 이야기가, 이 마지막을 장식하게 되었다….

나리: 스타란 분야가 정해지지 않아 막연한 꿈이라고 했지만 가수로서 성공할 수도 있어. 그 이후에 새로운 환경을 맞이할 수도 있게 될 거야.

연하: 스타가 완전히 부정되지 않아 다행이군.

나리: 스타라는 개념에 너무 신경 쓸 거 없어. 불특정 다수들에게 유명해져서 자신의 일을 해 나아가는것이라고 생각하면 돼. 분야가 모호하다 해도 어차피 분야란 인위적으로 구분된 것이고 새로운 종류의 분야를 창출하면 돼. 현재도 여러 분야들이 생겨나고 전문가들을 요구하고 있어.

민아: 그렇겠지? 새로운 분야도 생겨날 수 있을 거야. 그리고 한 분야가 도태되어 없어지기도 할 거야. 과학이 발전하고 있으니까.

나리: 여러 가지 일을 겸하는 사람들도 있어. 연예인처럼 유명하다면 구매 층이 있다는 뜻이고 여러 분야의 일들을 초보적이지만 선보이며 인기를 끌 수도 있어.

나리가 기존의 어떤 분야란 것이 정해져 있는 것이라고 생각할 필요가 없다고 했다. 또한 하나의 분야에만 속할 필요도 없는 것 같았다. 다만 방대한 기술 축적을 요구하기에 하나의 분야에 집중하는 것이 상식이 되어 있는 듯했다. 나리의 말을 들으며 연하는 안심하는 듯 미소를 지었다.

나리: 스타와 그를 관리하는 경영이란 것에 대해 생각해 봐야 해. 스타는 일반적인 산업에서와는 달리 상품을 팔아서, 또는 편의를 제공해서 돈을 버는 구조가 아니야. 자신을 좋아하는 사람의 심리를 이용한다는 점에서 일반적인 경영을 할 수 없어.

민아: 그렇겠지. 일반적인 산업과 다르다고 이미 말했지. 우린 애초에 물었어. "왜 스타의 경우는 다르지?"라고. 그건 생산물과 함께 제작자가 전면에 나서기 때문일거야. 음악과 함께 가수가 나왔어. 노래만 띄운다면 음악 산업이 되는

거고 스타를 띄운다면 스타 산업이 되는거야. 음악만 내놓고 스타로 나서지 않는 사람들도 있어.

스타가 포함된 산업은 인물을 내세우고 그에 대한 우호성을 이용한다는 점에서 일반적인 산업과 다르다고 하였다. 이미 그에 대한 언급이 있었으나 이번엔 '경영'이란 말이 덧붙여졌다. 경영이란 스타를 어떻게 관리하고 확장해 나아갈 것인가에 대한 고민이다.

연하: 난 스타 산업에서 스타로 나서려고 하고 있는데, 사실 음악을 강조해도 상관없어. 사람들이 나를 뒤로하고 음악만 열심히 들어 준다 해도 상관없어. 그들이 나를 볼 땐 '음악만은 몹시 잘하는 사람이구나'라고 생각해 주면 돼.

민아: 음악이 소외되면 안 될 거야. 그것으로 실력자의 길을 갈 수 있을 테니까.

예나: 그런데 스타에 대한 어떤 경영이 필요하지? 스타 당사자와는 다른 입장인가?

나리: 스타를 관리하는 경영자들이 있을 거야. 그들은 스타를 어떻게 볼까? 자신들이 돈을 벌 수 있는 수단으로 볼까? 스타는 실력이 아닌 인격과 성품으로 다가가는 존재야. 팬들은 스타의 인간미에 매료되는 것이지. 실력에만 매료

된 경우도 있지만 드물어.

민아: 실력에 매료되어도 결국엔 인격에 실망하는 경우가 생긴 다고 했었지.

나리: 스타 산업에서 구매가 일어나는 경우를 생각해 봐. 보통의 매매 활동이란 자신이 일한 결과를 상대방이 일한 결과인 생산물과 바꾼다는 것이지. 교환이라고 할 수 있어. 이 교환에 정감이란 없어. 악인과 교환해도 거래만 잘되고 서로 이익을 잘 챙겼으면 그만인 거야. 하지만 스타의 경우가 그럴까? 스타의 어떤 매력적인 모습을 감상하는 데 돈을 썼는데, 그게 개인적인 만족으로 그치는 것이라고 할 수 있을까? 스타를 우호적으로 생각하는 마음이 담겨 있는 거야. 스타의 경영자는 그 마음을 소중히 해야 할 거야.

스타는 인격과 성품으로 다가간다. 팬들이 우호적으로 생각하기에 지갑을 연다. 이것은 제품의 효용성만을 추구하는 일반적인 거래와 달랐다. 악인과 거래해도 성립하는 것이 일반적인 거래였다. 스타 산업이란 우상에 대한 친근감, 존경과 사랑을 매개로 한다는 점에서 다른 경영과 달라야 할 것 같았다.

민아: 단지 자신을 좋아하는 사람이 고객이란 것. 이것이 일반적인 경영을 할 수 없게 되는 요인인 것 같아.

나리: 팬들이 스타에 대해 돈을 쓴 마음에 상처를 주지 말아야 겠지. 종종 그런 경우가 있어. 스타를 내세웠으니까 품질엔 신경을 안 쓴다든가 하는 경우가 있지. 경영자가 자본을 무리하게 끌어모으려 하면서 그런 경우가 생기지.

연하: 스타의 이미지를 좋게 하기 위해 거짓 정보를 퍼뜨리는 경우도 있어. 팬들이 알면 실망하겠지.

나리: 스타를 열렬히 보고 싶어 하는 마음을 잘 이용하려고 하는 경우가 있기도 해. 오늘 공연에서도 보았지만 팬들을 마치 우르르 몰려든 어린아이 취급하는 것 같았어. '이리 와, 저리 가'를 쉽게 말하는 것 같았고 협박하는 것 같기도 했어. 모두 돈을 들여 비싼 입장료를 낸 고객들인데 말이야.

민아: 그랬었지. 안내판조차 없었고 물어도 대답 안 해 주었고 '당신들 여기서 떠들면 큰일 나'라는 경고까지 들어야 했어.

나리: 백화점에 입장할 땐 물건 안 사도 그 안의 직원들은 매우 친절해. 그런 경우와 비교가 돼.

연하: 스타 M 씨를 관리하는 회사도 최근 새로운 건물로 이사 가고 직원들을 많이 채용했던데, 그게 다 무리한 경영으로 가능한 것 같아.

나리가 스타의 팬들을 스타 자신을 좋아하는 고객이라고 하였다. 스타를 대리하는 경영자는 회사의 규모를 키우고 자산을 모으는 데 역점을 둔다고 했다. 스타를 돋보이게 하기 위해 많은 기술들을 동원한다. 새로운 예술을 끌어다 쓰고, 화려한 조명 장치를 추가한다. 그리고 보호하기 위한 인력도 배치한다. 그런 노력에도 불구하고 다소 불미스러운 상술이 있을 수도 있다고 했다. 이것은 고객이 억울한 경우를 맞이하게 한다.

나리: 스타의 경영자는 그렇게 스타를 내세워서 세력을 확장하고 부를 끌어모을 수 있을 거야. 하지만 스타인 당사자가 부를 모으는 데 몰두해야 할까?

민아: 스타는 부를 모을 수 없나? 스타 역시 예술을 실연하는 예술가니까 생산적이라고 할 수 있을 거야. 생산적인 일이라면 보상이 주어져야 할 거야.

나리: 물론 그럴 거야. 땀을 흘리고 뛰어난 발상이 첨가되어 있다면 가치를 인정받아야 할 거야. 그러나 '부'라는 것은 결국 어떤 다른 사회적 산물들을 누리는 데 사용하기 위함이야. 많은 것을 누려 행복하겠지만, 그게 다 모독이나 위선, 누군가의 상처에 의한 것이라면 마음이 편할 수 있을까? 스타가 부를 챙기는 데 몰두한다면 자신을 향한 우호성을 교묘하게 이용하는 것에 지나지 않아.

연하: 우호성을 이용한다니, 그것도 나쁜 일이네?

예나: 예술의 실연으로 돈을 번다고 할 수 있는 부분도 클 거야.

스타의 경영자는 스타를 내세워 부를 축적할 수 있다고 했다. 하지만 스타의 입장은 그와 같을 수 없다고 하였다. 자신을 향해 오는 우호성과 애정을, 부유함을 위해 있는 것처럼 여길때 그 사람들을 업신여기는 것처럼 보인다. 나리는 심지어 교묘하게 이용하는 것이라고 표현하였다. 스타의 입장은 상당히 난감하였다.

연하: 으음… 팬들이 열광적으로 좋아해서 구매하는 경우에는 우호성으로 인해 구매하는 것이지. 보통 스타가 끼어든 곳이 유명하기 때문에 일반인들도 잘 몰려들어. 물론 우호성이 가미된 모양이겠지. 하지만 열광할 정도는 아니야.

나리: 팬들만이 주요 고객은 아니라는 얘기군. 그럼 그럭저럭 양호해. 스타들도 적절히 부를 끌어모을 수 있어. 다만 꼴사나운 경우가 있어선 안 되겠지.

연하는 우호성만을 가진 열성 팬들만이 고객은 아니라고 했다. 일반인들이 스타와 관련된 구매를 많이 한다고 했다. 연하는 나리가 팬들을 교묘하게 이용한다고 표현한 것이 다소 과격하다고 생각했다. 아니꼬운 표정을 지으며 나리를 힐끗 쳐다보았다.

나리: 스타는 고객들이 돈을 지불한 만큼 보답하려고 애써야 할 거야. '인기가 높구나'라고만 생각해선 안 될 거야. 오늘 공연에서 우린 원하는 스타의 실물을 제대로 보지 못했어. 공연 입장료가 상당히 비쌌는데 말이야. 돈을 지출한 만큼 가치 전달이 제대로 이루어지지 않은 경우야.

연하: 스타의 경영 측에서 그렇게 허술한 무대를 꾸몄을 거야. 스타 본인을 탓해선 안 돼.

나리: 그럴지도 모르지. 하지만 스타의 태도도 만만치 않았어. 동네에 잠시 외출한 듯한 남루한 옷차림을 한 가수도 있었어. 그건 태도가 불량하고 성의가 없어 보여. 스타라면 늘 새로운 모습을 보여 주며 팬들의 요구에 보답해야 할 거야. 이전 모습을 그대로 재활용해서 다시 나서는 경우도 있는데, 너무 태만한 것 아닐까?

예나: 스타는 일상적인 모습으로 다가갈 수 없군.

나리: 스타라면 화려한 모습을 유지해야 해. 보는 즐거움과 만나는 즐거움을 위해 계속 노력해야 해. 그것이 무료가 아닌 이상….

민아: 가치 전달을 위해 계속 노력해야 하는구나.

고객이 돈을 낸 만큼의 가치 전달을 제대로 하기 위해 스타는 늘 새로운 모습으로 다가가야 할 것 같았다. 무성의한 모습은 예의가 아닌 듯했다.

민아: 스타의 경영자는 회사를 운영하고 재산을 누적하며 최고를 향할 수 있을 것 같아. 하지만 스타는 최고를 향할 수 없을 것 같아. 다만 예술가로서 작품을 구상하고 표현하고 즐기면 될 것 같아.

연하: 스타의 길에는 최고가 존재하지 않는 것 같아. 그것이 실력으로 이루어진 것이 아니고, 사람들과의 교감을 기반으로 하기 때문일 거야.

나리: 그럴 거야. 최고가 존재하지 않아. 다만 경영의 뜻대로 따를 수 있고 그에 따라 더 넓은 곳으로 진출할 수 있을 거야. 그들에겐 예술을 선보이며 사람들과 공감할 수 있는 장이 매 순간 열릴 거야. 단체를 이룰 경우 협력과 공감도 발견할 수 있을 거야.

예나: 협력과 공감도 발견할 수 있었으면 좋겠어.

나리: 공동의 목표를 향해 갈 수 있을 거야. 새 앨범, 새 노래를 발표하며 설레기도 하겠지. 경영 측의 도움으로 화려한 무대도 꾸밀 수 있을거야. 그런 스타와 경영에 관한 이해

를 바탕으로 스타는 자신을 지키고 팬들에 대한 예의도 지킬 수 있을 거야.

스타의 경영자는 최고를 향한다 해도 스타 자신은 최고를 향할 수 없다고 하였다. 다만 경영의 방향을 따라가며 수동적으로 뻗어 나아갈 수 있다고 했다. 이것은 마치 자랑을 자신이 하지 않고 누군가 나서서 대신 챙겨 주는 것과 비슷한 모양새라고 민아는 생각했다.

연하: 그런 경영적인 문제까지 안고 난 스타의 길, 아니, 어떤 성장의 길을 갈 것 같아. 지금보다 더 나은 환경에 안착하여 사람들과 교감하며 예술을 선보이게 되겠지. 나의 작품에 공감해 주는 이들을 발견할 수 있을 것이고 나에게 찬사를 보내 주는 많은 팬들을 만날 수 있을 거야. 나의 인연이 되어 준 것에 감사하며 그들의 삶도 행복하기를 늘 바랄 거야.

나리: 이제 앞으로의 길도 자신의 노력에 반하지 않는 일을 할 수 있을거야. 팬들의 응원과 메시지에 감동도 느낄 수 있을 거야.

연하: 그렇게 되면 좋겠어.

예나: 나도 말이야.

민아: 이제 마무리인가?

나리: 그래. 마무리야.

연하가 앞으로의 진로에 대해 그렇게 말했다. 스타로 성장하여 많은 이들을 만날 수 있을 것이라고 했다. 그 길을 성장의 길이라고 표현하였다. 지금의 논의처럼 자신 주변에 펼쳐진 것에 관조하는 마음으로 다가가리라는 생각에서 나온 말이었다. 더 이상 어린 시절의 망상에 가까운 생각은 없었다.
나리는 그녀에게 희망이 있는 듯 반기며 칭찬했다.

그녀들이 공원 입구까지 나왔을 때 햇볕은 거의 걷히고 어슴푸레한 주변 풍경이 보였다. 연습실에서 편의점으로, 편의점에서 공원으로 이동하며 이 대화가 이어져 왔다. 대화는 거의 마무리 되었다.
연하와 예나는 마지막에 얘기하게 된 스타와 경영에 관한 내용을 바탕으로 앞날을 설계하기로 했다. 그동안 막연히 스타가 되면 좋을 거라는 생각은 무너지고, 스타와 팬들 그리고 사회 속의 위치와 역할에 대해 새로운 이해를 얻게 되었다. 스타는 성품으로 분류된 존재고 실력자가 아니었다. 스타의 길에 최고란 존재하지도 않는 것이었다. 그리고 이러한 여러 개념을 따라 전개되어 온 논의를 통해 알게 되었다. 인기를 얻는다는 것은 인간에 대한 탐구가 아니었다….

그녀들은 헤어지기 위해 작별 인사를 나누었다. 미소를 머금으며 서로를 바라보았다. '다시 연락할게'라는 외롭고 허전한 한마디를 남긴 채 서로 떠나갔다….